Pearl S. BUCK

Wer Wind sät...

Pearl S. BUCK

Wer Wind sät...

Roman

Weltbild Verlag

Titel der amerikanischen Originalausgabe
VOICES IN THE HOUSE
Deutsche Übersetzung von Armin Holler

Genehmigte Lizenzausgabe für
Weltbild Verlag GmbH, Augsburg 1991

Gesamtherstellung: Ueberreuter Buchproduktion, Korneuburg
Printed in Austria
ISBN 3-89350-316-1

Erstes Kapitel

Das große Haus stand auf einem abgeflachten Hügel bei Manchester im Staate Vermont. Es war ein altes Haus, gebaut etwa hundert Jahre, bevor die letzte Mrs. Winsten starb und bevor William Ascher ihre Tochter Elinor heiratete und es zum Ascher-Haus umwandelte.

Doch so völlig umgewandelt war es auch dann nicht, denn alte Vermonter nannten es noch immer das Winsten-Haus, und dabei würde es wohl auch bleiben. Und William nahm das nicht weiter übel, denn er liebte das Haus, wie es immer gewesen war. Er hatte keine Angst, seine eigene Persönlichkeit dabei zu verlieren; es kam ihm gar nicht in den Sinn, daß dergleichen sich ereignen könnte. Er war stark genug, um unter allen Umständen er selbst zu bleiben und sich somit an Elinors Erbgut zu erfreuen und es sich zu eigen zu machen. Es gab auf Long Island ein Ascher-Haus, und als einziges Kind hätte er es haben können, wenn er gewollt hätte. Doch in seiner Kinderzeit, in den sanften grünen Sommern von Vermont, hatte er gelernt, Manchester zu lieben und die anmutigen Höhen, die es umrundeten. So verkaufte er nach dem Tode seiner Eltern ohne jegliches Bedauern das Haus auf Long Island.

Das Winsten-Haus war so fest, so geräumig, daß die folgenden Generationen der Familie nichts angebaut hatten.

Bevor sein Erbauer, Adam Winsten, anfangs des neunzehnten Jahrhunderts gestorben war, hatte er ein großes Haus gebraucht, denn er hatte eine Familie von zwölf Kindern in die Welt gesetzt, von denen neun am Leben blieben und aufwuchsen. Die Enkel waren zumeist nach dem Westen gezogen. Das Haus, so groß es auch war, konnte sie nicht alle beherbergen, und im Westen, an Gold und Eisenbahnen reich geworden, hatten sie beinahe vergessen, daß sie aus Vermont stammten.

Doch im Verlauf des Jahrhunderts hatte immer ein Winsten im Hause gewohnt, und der alte Winsten, der letzte und Elinors Vater, vor seinem Tod hager und dürr wie eine winterliche Ulme, hieß ebenfalls Adam. Keiner seiner Söhne wollte in diesem Hause wohnen, das so groß war, daß die neuen Dienstboten nur einen Blick auf die weitgestreckten Dächer warfen und sogleich erklärten, hier würden sie nicht bleiben. Keiner aber, weder Sohn noch Frau, wollten die alte Bertha behalten, die Köchin, die seit Menschengedenken im Hause gewesen war.

Schließlich gingen alle Kinder fort bis auf Elinor, die jüngste Tochter, und sie blieb mit ihrer Mutter und der alten Tante Emma, die immer im großen Hause gewohnt hatte. In den Sommern dieser Jahre war es geschehen, daß William sich in sie verliebt hatte. Er und Elinor wurden, nachdem die alte Mrs. Winsten eines Frühlingstages einem Schlaganfall erlegen war, weil sie sich zu lange mit ihrem Rosenbeet abgemüht hatte, bald und in aller Stille getraut. Nach der Hochzeit verkündete Tante Emma, sie habe sich immer gewünscht, in New York zu leben, und nun würde sie es auch tun, da Jessica – das war die verstorbene Mrs. Winsten – ihr genügend Geld vermacht hatte.

So kam dann das Haus an Elinor und auf diesem Weg an William, dem der Gedanke, darin zu wohnen, gut gefiel. Aschers waren in Vermont immer nur Sommergäste gewesen, und William liebte Vermont, und die Vorstellung, nur ein Durchzügler zu sein, war ihm verhaßt. Kaum hatte er das juristische Studium in Harvard beendet, als er auch schon eine kleine Kanzlei in Manchester aufmachte, und da war sie noch immer, allerdings nur aus Pietät, denn jetzt, Jahre später, als erfolgreicher Anwalt, mußte er sein Hauptbüro in New York haben. Die Wahl zwischen New York und Boston war schwer gewesen, doch Aschers waren eine New Yorker Familie, und sein Berufsleben dort fortzusetzen, bildete eine angenehme Verbindung zwischen Vergangenheit und Gegenwart.

Das große Haus blieb genau, wie es immer gewesen war. Von außen weiße Schindeln und grüne Läden, doch unter dem Holz waren die Mauern aus Backsteinen, und so hatten die Fenster tiefe Nischen. Das Haus streckte sich lang und nicht ganz symmetrisch hin, zwei Flügel an der einen, drei an der anderen Seite, einige Fuß hinter das Haupthaus zurückgesetzt, das zwei Stockwerke hatte und, bis auf die geschnitzte Vordertür, von strenger Einfachheit war. Eine lange Anfahrt, von Ulmen gesäumt, die nun so alt waren, daß William sie jeden Herbst, bevor die Winterwinde tobten, genau untersuchen ließ, führte zu dem Rasen vor dem Haus. Der erste Adam hatte die Ulmen so weit voneinander gepflanzt, daß die Anfahrt breit und geräumig war. Sobald sich die Vordertür öffnete, war auch im Innern das gleiche Gefühl für Geräumigkeit zu erkennen. Eine weite Halle zog sich durch das ganze Haus zu einer Glastür, die zu einem umfriedeten Garten führte. Eine Doppeltreppe vereinigte sich über der Tür, und rechts und links lagen die beiden Wohnzimmer, die nach altem Brauch das Ostzimmer und das Westzimmer genannt wurden.

Die Möbel waren noch immer schön; jene erfreuliche Mischung, wie sie sich bei einer alten Familie findet, die in jeder Generation gekauft hatte, was ihr gefiel, und alles aufstellte, ohne sich um die Epochen zu kümmern. Als Elinor Herrin im Hause wurde, fand sie, die Zimmer seien überfüllt. Darum hatte sie ihre Brüder und Schwestern, die über die ferner gelegenen Staaten verstreut waren, aufgefordert, sich bestimmte Stücke zur Erinnerung an die gemeinsame Kindheit für ihr eigenes Heim zu nehmen. Die samtbezogene Mahagonigarnitur und jene besonderen Möbel, die immer im Hause gewesen waren, wie etwa die langen französischen Spiegel zwischen den Vorderfenstern in den Wohnzimmern wegzunehmen, daran hatte natürlich niemand gedacht, ebenso wenig wie man daran dachte, die alten Fliederbüsche oder gar die mächtigen Ulmen zu entwurzeln. Manche Dinge gehörten fest zu dem großen Haus, und Winstens hatten entsprechenden Respekt davor.

William Ascher war das Haus nicht fremd gewesen, als er an jenem Spätfrühlingstag vor fünfundzwanzig Jahren nach der Hochzeit eingezogen war. In jedem Sommer seiner Jugend war er hier ein und aus gegangen. Elinors Brüder waren seine Freunde gewesen, und so war er gewissermaßen auch mit ihr aufgewachsen und hatte sich nur nach und nach, im Verstreichen der Sommer, Rechenschaft darüber abgelegt, daß er sie liebte. So hatte er sich auch an Bertha gewöhnt und an Heinrich, ihren Mann, der Butler im Hause war, und es war nicht weiter befremdend für ihn, sie auch nach seiner Heirat als Dienstleute im Haus zu behalten.

Weniger leicht war es gewesen, sich an deren Tochter

Jessica zu gewöhnen, die Bertha und Heinrich im Jahr nach Elinors und seiner Hochzeit geboren worden war. Daß zwei ältliche Dienstleute noch unverhofft ein Kind in die Welt setzten, war widersinnig. Das empfanden sie auch so, und es war ihnen sehr peinlich. Elinor hatte sehr gelacht, gab aber ihren Segen dazu, als die beiden ihr Kind nach der verstorbenen Mrs. Jessica Winsten nennen wollten. Und so war die seltsame kleine Jessica in der Küche aufgewachsen, sozusagen am Rande des großen Hauses, obgleich William sich ihres Vorhandenseins kaum bewußt wurde, es sei denn, daß er sich manchmal, wenn er sie sah, die Frage vorlegte, was eigentlich aus ihr werden sollte. Sie war das Kind von Dienstleuten, und doch wirkte sie nicht so. Als sie den Kinderjahren entwuchs, war sie ganz reizend, sehr schlank, die Augen funkelten blau, das feingesponnene Haar golden.

Einmal, vor Jahren, als William heimgekommen war, fand er Jessica im östlichen Wohnzimmer, damals ein Kind von sieben Jahren, doch schon mit dem Staubwedel in der Hand, denn Bertha zog sie dazu heran, ihr behilflich zu sein. Jessica aber staubte nicht ab. Sie saß auf einem der mit rosa Samt bezogenen Stühle, die Augen hell und blicklos, die Lippen zu einem unbestimmten, süßen Lächeln gekräuselt, während sie die Hand bewegte, die nicht den Staubwedel hielt, eine zarte Kinderhand, weich und weiß und durchaus nicht die Hand eines Dienstmädchens.

Als William sie musterte, fuhr sie auf.

»Oh, Mr. Ascher«, flüsterte sie, »ich habe Sie nicht gehört.« Dann sprang sie auf und lief in die Küche, während er ihr nachrief, es sei weiter nicht schlimm. Sie war ja nur ein Kind, und obgleich er eine Scheu vor Kindern hatte, bevor seine eigenen auf die Welt kamen, wollte er doch ein so junges Geschöpf nicht erschrecken.

In der Woche darauf schickte Bertha sie in ein Kloster nach Kanada, ein englisches Kloster, wo die Nonnen, wie sie Elinor berichtete, strenger sein würden als französische Nonnen.

»Jessica ist doch noch zu klein, um in ein Kloster geschickt zu werden«, hatte Elinor vorwurfsvoll gesagt, als sie es William erzählte.

»Ja«, meinte auch er. »Zu jung.«

Doch nichts konnte Berthas Entschluß erschüttern. Manchmal im Sommer fand Jessica heim, doch blieb sie nie lange. Bertha fand, sie sei lästig. Als Heinrich in dem Jahr starb, da Jessica zehn war, ließ Bertha sie fortan auch während der Ferien im Kloster, bis sie alt genug war, um das Kloster endgültig zu verlassen und Dienstmädchen im Hause zu werden. Und so hatte man sich an sie in dieser Stellung gewöhnt, obgleich Elinor meinte, Jessica werde nie so werden wie Bertha und wahrscheinlich werde man sie eines Tages verheiraten müssen. Doch, wie Elinor noch gerade an diesem Morgen gesagt hatte, wer sollte Jessica heiraten, ausgenommen Herbert, der Chauffeur und Hausdiener, der vor etwa sieben Jahren seinen Dienst angetreten hatte, nachdem einige Nachfolger Heinrichs nicht Aschers Wünschen entsprochen hatten? Auf seine langsame, zähe Art hatte er sich sogleich in Jessica verliebt, und aus Liebe zu ihr blieb er in dem großen Hause, obgleich sie ihn immer wieder, halb lachend, halb verärgert, abwies.

Dieser Dienstbotenklatsch, wie William es nannte, war allerdings nur eine schwache Ablenkung und ein Thema für Elinors heitere, witzige Schilderungen, wenn er müde aus seinem Büro heimkam. Er hörte nur mit halbem Ohr zu, während sie die Kinder zu Bett brachte, und empfand es als Entspannung. Jetzt allerdings waren die Kinder inzwischen erwachsen. Winsten war verheiratet und Edwin und Susan auf der Universität. Er und Elinor waren wieder allein in dem großen Hause.

Der Zug schwankte zwischen den Hügeln von Vermont hindurch und blieb mit einem Ruck auf der Station stehn. William legte seine Papiere zusammen, versorgte sie in der schwarzen ledernen Aktentasche und machte sich bereit, auszusteigen.

Elinor hatte ihm die Aktentasche zum letzten Weihnachtsfest geschenkt, und sie war braun gewesen. Der Unterschied zwischen braun und schwarz bei der Aktentasche eines Anwalts ist gering, aber dennoch groß genug, und der Blick, mit dem William die neue Aktentasche musterte, hatte seine Bedenken verraten.

Elinor hatte gelacht. »Gib sie mir wieder«, rief sie, und ihre blauen Augen funkelten heiter. »Gib sie mir wieder, William, ich werde sie gegen eine schwarze umtauschen. Du hattest, seit ich dich kenne, immer schwarze Aktentaschen, und ich wollte einmal sehen, wie die Abwechslung auf dich wirken würde.«

»Das ist keine Frage der Wirkung auf mich«, hatte er erwidert. »Ich denke an die Wirkung auf andere. Klienten erwarten eine gewisse Solidität.«

Darauf hatte Elinor nur mit ihrem süßen Lächeln unter den funkelnden Augen geantwortet. Immerhin bedeutete es für ihn eine Erleichterung, als er wenige Tage später die schöne schwarze Aktentasche fand, die in blassem Gold seine Initialen trug.

Herbert hatte sich einen freien Tag erbeten, und darum hatte William den Zug genommen. Es war ein Vergnügen, aus dem Waggonfenster zu schauen und Elinor zu erblicken, die ihn auf dem Bahnsteig erwartete. Sie war gekommen, um ihn abzuholen. Selbst nach fünfundzwanzig Ehejahren freute er sich noch immer, wenn er sie erblickte. Sie war mit ihrem Wagen gekommen, einem kleinen dunkelgrünen Kabriolett, das sie aber nie öffnete. Selbst heute, an einem warmen Sommertag, hatte sie zwar die Fenster herabgelassen, das Dach aber blieb geschlossen. Sie saß am Steuer und rauchte mit der ihr angeborenen Unbefangenheit eine Zigarette. Eine schlanke, ziemlich hochgewachsene Frau, die ihr blondes Haar in einem Nackenknoten trug. Es war weich, beinahe schlicht, wurde aber, obgleich sie erst fünfundvierzig war, schon langsam weiß. Da es ausgesprochen blond gewesen war, bemerkte man den Unterschied kaum. Wäre sie nicht so elegant, so schlank, so zartknochig gewesen, so hätte sie leicht schlampig wirken können. So aber schien die gewisse Nachlässigkeit, die immer an ihr zu bemerken war, lediglich zufällig zu sein. Im Laufe der langen Ehe hatte er gelernt, kein Wort mehr darüber zu verlieren, daß der oberste Knopf ihrer weißen Seidenbluse meistens offenstand. Er wußte, jedes Wort von ihm würde nur ein Lächeln, ein Achselzucken zur Folge haben, bestimmt aber nicht erreichen, daß der Knopf geschlossen wurde. Eine Nadel oder eine der vielen Broschen, die er ihr geschenkt hatte, würden die zwei Stiche überflüssig gemacht haben, die erforderlich waren, um das oberste Knopfloch enger zu nähen. Wie er aber wußte, würde sie nie an diese zwei Stiche denken.

»Herbert noch nicht zurück?« fragte er, als er in den Wagen stieg. Sie glitt in den Sitz neben ihm. Sie waren sich beide darüber einig, daß er der bessere Fahrer war, weil er ruhiger lenkte und der Verkehr des Spätnachmittags ihn nicht störte. Manchester war im Sommer ein Touristenzentrum. Zwar war es besonders vornehm, aber gerade das zog eine Menge Fremde an. Das Equinox-Hotel war voll belegt mit erstrangigen Gästen, Cooks Ausflugswagen dröhnten durch die Straßen, und viele Gäste von auswärts füllten auch die billigeren Hotels bis auf den letzten Platz.

»Ich bin allein gekommen, weil ich dir eine Neuigkeit erzählen wollte«, sagte Elinor. »Jessica hat sich entschlossen, Herbert nun doch zu heiraten.«

»Nein! Was du nicht sagst...«

»Ja, endlich ist es soweit. Sie waren den ganzen Tag miteinander fort.«

Er bog in die nächste Straße ein und lenkte nach einigen Häuserblöcken den Wagen in eine Querstraße, die nach zwei Meilen Fahrt durch gepflegte Anlagen zu ihrer eigenen Anfahrt führte.

»Nach sieben Jahren«, murmelte er, »eine lange Wartezeit.«

»Ich habe immer gewußt, daß Herbert es schließlich schaffen würde«, meinte Elinor.

»Ob sie Herbert auch wirklich gern heiratet?« William schenkte seiner eigenen Frage nicht viel Beachtung, denn jetzt kam ihr Haus in Sicht, und es war ein stets erneutes Entzücken für ihn, auf das massive Haus dort auf dem Hügel zuzufahren. Er verlangsamte das Tempo.

»Sprich nicht von Herbert als Ehemann«, sagte Elinor ziemlich scharf.

William lächelte. Elinor war gar zu empfindlich. Sie konnte Herbert nicht leiden. Es gab dafür eigentlich keinen Grund, da sie tatsächlich keinen Fehler an ihm entdecken konnte. Er war geradezu vorbildlich genau in allem, zuverlässig, ehrlich, schweigsam, fleißig und von verborgener Energie erfüllt. Sie hatte nicht lange gebraucht, um zu entdecken, daß diese Energie sich allerdings in erster Linie auf Jessicas Eroberung erstreckte.

William kam noch einmal auf das Thema zurück: »Sechs Jahre sind es in diesem Sommer, glaube ich, daß du mir gesagt hast, Herbert habe sich in Jessica verliebt, sie wolle aber nichts von ihm wissen.«

»Ich weiß«, sagte Elinor. »Du meintest, es sei ein Jammer, daß er seine Mühe am untauglichen Objekt vergeudet, und ich sagte dir, er werde sie schon eines Tages überreden, wenn er hartnäckig bleiben würde.«

Er wandte den Kopf, um ihr Profil zu betrachten, und entdeckte einen mißbilligenden Zug darin. Die zarten Lippen waren streng, der Blick von Zweifeln erfüllt, die Brauen zusammengezogen. Der Wind wehte weiche Strähnen ihres Haars zurück und entblößte ihre hohe, glatte Stirn, die intelligent und schön wirkte. Ihr Blick sagte ihm, daß sie jetzt nicht weiter über die Angelegenheit sprechen wollte. Er fragte deshalb nicht mehr, denn er wußte, sie würde zu gegebener Zeit reden und sich aussprechen, ohne dazu gedrängt zu werden.

Mit sanftem Schwung steuerte er den Wagen die Anfahrt hinauf, hielt genau vor dem Portal, öffnete Elinor die Wagentür und stieg dann selbst nach der anderen Seite aus.

In diesem Augenblick kam Herbert aus dem Haus und übernahm den Wagen. Er hatte noch seinen guten doppelreihigen blauen Anzug an.

»Guten Abend, Mr. Ascher«, sagte er.

»Guten Abend, Herbert«, erwiderte William, der schon auf der untersten Stufe der säulengeschmückten Veranda stand, die erst vor fünfzig Jahren von Elinors

Großvater hinzugebaut worden war. »Ich höre, daß man Ihnen Glück wünschen darf«, sagte er.

Das gewöhnliche Ziegelrot von Herberts Gesicht vertiefte sich nicht. »Jessica hat mir heute ihr Jawort gegeben«, sagte er mit leisem Stolz. Er hatte einen schmalen Mund, aber seine kleinen grauen Augen waren nicht ohne Güte.

»Schön, schön«, meinte William, »Sie sind ja auch sehr beharrlich gewesen.«

»Ich habe nie eine andere Frau angesehen«, sagte Herbert. Seine Stimme, tönend und fest, paßte zu dem stämmigen Körper. Irgendeinmal, dachte William, mußten holländische Vorfahren ihm diesen untersetzten Leib, diese starken Hände gegeben haben.

William lächelte und stieg die Stufen hinauf, während Herbert den Wagen in die Garage fuhr. Elinor war bereits im Hause; sie war, während die beiden Männer sprachen, so leicht die Marmorstufen hinaufgeeilt, wie sie es immer tat, so daß sie nicht mehr zu sehen war, als er das schweigende Haus betrat.

Er hatte sich mit der Abwesenheit der Kinder abgefunden, denn er wußte, daß sie sich in jenem verwirrenden Alter befanden, in dem die Zeit noch keine Rolle spielt und aus dem sie erst herauskommen würden, wenn sie erwachsen wären, wie sein Sohn Winsten es zu tun begann.

Zu seinem älteren Sohn konnte er sprechen wie zu einem Freund, während Edwin noch zu jung und eigensinnig war. Die heranwachsende Frau in seiner Tochter Susan kannte er nicht, doch fühlte er, daß es das Kind, das sie einst gewesen war, nicht mehr gab. Er glaubte jedoch Elinor, die ihm sagte, Susan sei genau so, wie er es sich erhofft hatte. Unterdessen freute er sich daran, daß sie ganz gewiß sehr reizend war, wenn es ihm auch leid tat, daß sie nicht die grazile Schlankheit ihrer Mutter geerbt hatte. Susan geriet mehr seiner Familie nach. Sie war dunkel und neigte zur Rundlichkeit; sie würde Diät halten müssen, wie er selbst es zu tun gelernt hatte. Einmal, als Dreißiger, hatte er sich gehen lassen und war dick geworden. Es bedurfte aber nur eines einmal von Elinor gezeigten Widerwillens, um ihn so zu beunruhigen, daß er fortan auf sein Gewicht achtete. Er erinnerte sich ungern jener mitternächtlichen Szene.

»Du liebst mich nicht mehr wie früher, Elinor«, hatte er gesagt, weil sie den Kopf abwandte.

»Ach... nun«, hatte sie gemurmelt.

Das Verlangen nach Zärtlichkeit ebbte jäh wieder ab. Er faßte nach ihrem Kinn.

»Sieh mich an, was ist denn los?«

Sie hatte sich geschämt, darüber zu sprechen, doch irgendwie brachte sie es dann doch zuwege, weil er sie danach drängte. In jener Nacht begann er zum erstenmal, den Unterschied zwischen sich und Elinor zu begreifen, wie die Kluft zwischen Mann und Frau überhaupt. Ihre Leidenschaft war wie eine geheime Silberquelle, die ihr ganzes Wesen durchdrang, Nerven und Gefühle vereinigend, während die seine einem Strom vergleichbar war, der unabhängig von anderen Voraussetzungen nur seinem Lauf folgte. Im Gegensatz zu ihm konnte die Quelle aller Zärtlichkeiten bei ihr schon durch eine Stimmung, durch einen plötzlichen Gedanken, durch eine kleine Abneigung zum Versiegen gebracht werden.

Die Jungen schlugen den Winstens nach. Sie waren alle hochgewachsen, blond und auffällig, um nicht sagen zu müssen geradezu überflüssig schön, besonders Edwin.

Susan dagegen hatte dunkles, lockiges Haar. Er hing sehr an ihr und liebte sie mit einer eigenartigen Zärtlichkeit, die er damit entschuldigte, daß sie seine einzige Tochter war.

Auf dem obersten Treppenabsatz stieß er auf Jessica, die ihn fast umgerannt hätte. Das schmächtige Geschöpf war in Eile wie immer und hastete durch die lange, geräumige Halle, daß ihr hellgrünes Kleid flatterte und die Schleifen und Bänder daran raschelten. Sie war vierundzwanzig, sah aber noch viel jünger aus.

»Nicht so eilig, Jessica«, warnte er. »Eines Tages werden Sie noch die Treppe hinunterfallen!«

»Ach, was liegt schon daran, Mr. Ascher«, erwiderte sie. Sie trug auf beiden Händen einen Stapel frischer Handtücher, und der Geruch frisch gebügelten Leinens umschwebte sie wie ein Duft. Sie sah reizend aus. Ihr blondes Haar lag in Flechten um ihren Kopf, kleine Löckchen umrahmten das zarte Gesicht.

»Immer in Eile«, brummte er. »Mich macht's schon müde, wenn ich Ihnen nur zusehe! Sie wollen also nach all den Jahren nun doch Herbert heiraten!«

Sie lachte plötzlich. »Ach, dieser Herbert! Irgendwie muß ich ihn loswerden. Das Ganze hat Mutter angestiftet. Sie sagt, nun wär's an der Zeit. Ich kann ebenso gut ihn heiraten wie einen anderen.«

Sie hatte, trotz ihrer erwachsenen Weiblichkeit, noch etwas so Kindliches an sich, daß man sich leicht veranlaßt fühlte, sie zu necken, wenn man sie sah. In ihren kleinen Kräuselschürzen und Häubchen wirkte sie immer wie eine Kammerzofe auf der Bühne.

»Na, ob das der richtige Weg ist, einen Mann loszuwerden, indem man ihn heiratet?« fragte er mit mehr Ernst, als er empfand.

»Nun, wenigstens wird er jetzt aufhören, mich um mein Jawort zu quälen«, erwiderte sie. Sie sprach das gute Englisch, das sie im Kloster gelernt hatte, während man Bertha noch immer die ehemalige Deutsche anhörte und Heinrich die englische Sprache überhaupt niemals völlig zu beherrschen gelernt hatte. Dieses Kind aber sprach mit einer süßen, silbernen Stimme und einer wahrhaft gemeißelten Schönheit der Worte. Er erinnerte sich, einmal zu Elinor gesagt zu haben, Jessica sei aus dem Kloster mit einem Englisch zurückgekommen, wie es vermutlich die Engel sprächen, und sie hatte darauf geantwortet: »Sprechen die Engel denn Englisch?«

»Alle Sprachen«, hatte er gesagt, »und Englisch ist zweifellos die schönste darunter.« Er liebte ein gutes Englisch. Wenn es sich um Literatur handelte, war er geradezu ein wenig preziös, und oft meinte er, wenn er sich die Zeit genommen hätte, wäre er vielleicht Schriftsteller geworden.

»Nun, Sie müssen ja selbst wissen, was Sie tun«, sagte er. »Wenigstens glauben das alle jungen Menschen zu wissen.«

In seinem Zimmer war, wie gewöhnlich, alles vorbereitet, damit er baden und sich umziehen konnte. Das erledigte Jessica für ihn und für Elinor, und sie würden sie wohl vermissen, wenn sie, wie zu erwarten stand, nicht weiter im Dienst blieb. Herbert Morris würde wohl nicht wollen, daß seine Frau ihre Stellung behielt, und statt dessen auf Grund seiner Heirat eine Aufbesserung seines Lohnes verlangen.

Er wandte seine Gedanken gewaltsam von der Vorstellung dieser Ehe ab. Es war etwas Abstoßendes an dem Bild, sich den stämmigen, groben Körper Herberts mit der Zartheit Jessicas vereint vorzustellen. Ihm schauderte vor seiner eigenen Fantasie. Er hatte durchaus nicht den geringsten Wunsch, sich Herbert Morris überhaupt irgendwie vorzustellen. Es genügte ihm, ihn korrekt und tadellos in seiner Chauffeuruniform oder im Rock des Dieners zu sehen. Soweit die Sache ihn, William, anging, war das der einzige Herbert Morris, der für ihn überhaupt vorhanden sein konnte. Auch für die blasse Zartheit des Zimmermädchens Jessica hatte er nicht das geringste Interesse. Er war – so meinte er – ein Mann von sauberer Denkart. Und doch ging auch mit ihm ab und zu die Fantasie durch. Wenn aber schon seine Seele imstande war, ihre innere Triebhaftigkeit so zu offenbaren, wie er es sehr widerwillig zugeben mußte, wie war es dann um andere Seelen bestellt, die weniger im Zaum gehalten wurden als seine?

»Schluß damit«, sagte er vor sich hin und wendete seine Gedanken energisch den klaren, körperlosen Aspekten einer Rechtsfrage zu, mit der er gerade zu tun hatte. Es ging dabei um die Ansprüche zweier Erfinder, die unglücklicherweise fast haargenau die gleichen Verbesserungen an einer Maschine gefunden hatten. Unabhängig voneinander und einander unbekannt, waren ihre Gedanken so ziemlich dem gleichen Pfade gefolgt. Wer hatte nun zuerst mit dem Denkprozeß begonnen? War es der, dem es gelungen war, das Ziel der Patentierung als erster zu erreichen? Bei so kühlen Überlegungen zog er sich um und ging heiter und beruhigt zum Abendessen hinunter. Jessica und Herbert waren für ihn wieder nichts als Hausangestellte.

Als er auf dem dicken Teppich geräuschlos die Treppe hinunterging, erlebte er eine seltsame Überraschung. In dem östlichen Wohnzimmer sah er durch die halbgeöffnete Tür Jessica. Sie saß auf einem der rosasamtenen Sessel. Doch das war nicht alles. Schürze und Häubchen hatte sie abgelegt und den Sessel so gerückt, daß sie sich in dem langen französischen Spiegel zwischen den Fenstern sehen konnte. Sogar ihre Frisur hatte sie geändert, das Haar schmiegte sich jetzt wie eine lockere, blonde Wolke um ihr Gesicht. Mit ihrer leisen und melodischen Stimme sprach sie ziemlich deutlich vor sich hin...

Er blieb auf der Treppe stehen, und schlagartig erinnerte er sich daran, daß er diese Szene vor vielen Jahren schon einmal erlebt hatte. Damals hatte Bertha ihre Tochter wegen dieser Szene ins Kloster geschickt.

Diesmal aber war es schlimmer.

Jessica sprach Worte der Liebe zu einem unsichtbaren Menschen.

»Aber, Liebster«, flüsterte sie, »merkst du denn nicht, daß ich dich liebe? Alles, was ich tue, tue ich doch nur für dich. Dieses Haus, der Garten, ich selbst – alles ist mir doch nur etwas wert deinetwegen. Ich könnte in England, Frankreich oder Italien sein, wenn du nicht wärst!«

Sie lachte leise, als lache sie jemandem zu, warf das Haar zurück und streckte die Arme aus.

›Das ist ja gespenstisch‹, dachte William bestürzt. Er war froh, daß Elinor das nicht gesehen hatte. Sie wäre außer sich gewesen. Entschlossen trat er näher. Als Jessica seinen Schritt hörte, wandte sie sich mit einer Geste tiefen Entsetzens um.

»Oh – Sie sind's«, hauchte sie.

Ihr Gesicht war vor Schreck so weiß, daß er dachte, sie würde ohnmächtig werden. Dann aber griff sie nach Schürze und Häubchen und legte sie mit vor Aufregung zitternden Händen an.

»Haben Sie sich vorgestellt, daß Sie eine Rolle spielen?« fragte er besänftigend.

Sie sah ihn an, als verstünde sie ihn nicht. »Bitte, bitte, sagen Sie es keinem Menschen!« flüsterte sie.

»Sie finden also selbst, daß Sie etwas ziemlich Kindisches getan haben?«

»Bitte«, flehte sie, statt einer Antwort.

»Sie sind ein großes Kind«, sagte William nicht allzu streng.

Wieder warf sie ihm einen angstvollen, verständnislosen Blick zu und floh in die Küche. Er stand sekundenlang da, die Stirn in Falten, dann schüttelte er den Kopf und beschloß, die Sache zu vergessen. Was Jessica vor dem Spiegel gesagt hatte, war die alberne Kinderei eines jungen Mädchens, die er Elinor gegenüber nicht zu erwähnen brauchte.

In der Küche starrten Herbert und Bertha das Mädchen verständnislos an, als sie atemlos mit schiefem Häubchen und zerknitterter Schürze hereinstürzte.

»Du siehst ja aus, als ob ein Gespenst hinter dir her wäre«, sagte Herbert, zärtlich bemüht, sie zu erheitern.

»Ich bin zu schnell die Treppe heruntergelaufen«, sagte sie und bemühte sich, ihren raschen Atem zu bezwingen.

»Immer rennst du!« klagte Bertha. »Wozu das? Das hat doch keinen Sinn! Du wirst dir noch einmal die Beine brechen.«

Dennoch war die ganze Atmosphäre freundlich. Niemand wollte sie schelten, das konnte Jessica merken; heute nicht! Und sie wandte den anderen den Rücken und begann, die Tassen für die Bouillon auf das Tablett zu stellen.

Ihr Leben in der Küche hob sich deutlich vom sonstigen Leben des Hauses ab. Es war ein Leben innerhalb eines anderen. Und die beiden Welten trafen sich nur dort, wo Jessica Magd war, sie hatten sonst keine geistige Gemeinschaft. Bertha, stämmig, vernünftig, mit ruhigem, festem Gesicht, saß in einem grauen Baumwollkleid am Küchentisch und schnitt Fleisch für Herbert. Jessica hatte sich noch nicht gesetzt. Auf anderen Tischen in der Küche stand Geschirr umher. Sie benutzten den rechteckigen Mitteltisch als ihren Eßtisch, und auf ihm lagen Strohmatten und darauf Messer und Gabeln mit roten Griffen.

Herbert setzte sich an das Ende des Tisches, an den Platz, den einst Heinrich, Berthas verstorbener Mann, eingenommen hatte. Sechs Jahre waren es jetzt auf den Tag her, daß Bertha Herbert aufgefordert hatte, sich auf diesen Platz zu setzen. Da hatte er gewußt, daß sie seine Verbündete war. Sechs lange Jahre hatte er gebraucht, um Jessica mit dem Gedanken vertraut zu machen, ihn zu heiraten. Sieben Jahre hatte er um sie geworben. Jetzt, da er zurückblickte, wußte er, daß er noch immer um sie werben müßte, wenn Heinrich nicht gestorben wäre, und daß sie dann noch lange nicht nachgegeben hätte. Ihr Vater hatte immer auf Jessicas Seite gestanden.

»Setz dich, Mädchen«, sagte er.

Jessica setzte sich und begann, verdrießlich auf dem Teller herumzustochern, den ihre Mutter hoch beladen hatte. Ihre Mutter würde wohl nie begreifen, daß der bloße Anblick eines so vollen Tellers ihr jeden Appetit nahm. Seit langem hatte Jessica aufgehört, sich darüber zu beklagen.

»Mrs. Elinor hat mir gesagt, ich solle eine Flasche Champagner nehmen, um eure Verlobung zu feiern«, sagte Bertha jetzt.

Schwerfällig stand sie auf und ging zum Eisschrank.

»Ach«, machte Herbert und wischte sich den Mund mit dem Handrücken, »das ist aber nett von ihr. Ich wüßte nicht, was mir – nach Bier – so gut schmeckte wie Champagner. Ein kaltes Glas Bier ist mir allerdings am liebsten, aber das will nicht heißen, daß ich gegen Champagner etwas einzuwenden hätte.«

»Jessica, Liebling, iß doch!« sagte Bertha. »Das ist ein großer Tag für deine alte Mutter!«

Jessica sah ungewiß und rasch auf die beiden Gesichter, die sich ihr zuwandten. Jedes zeigte seine besonderen, seine eigenen Wünsche. Sie kam sich vor, als ob sie eine Maus wäre und die beiden anderen große, zärtliche Katzen! Sie verbarg diese Gedanken hinter einem behenden, hellen Lächeln; es war die Rüstung, hinter der sie sich sicher fühlte.

»Ich esse ja, Mutter«, rief sie mit ihrer hohen, süßen Stimme und lächelte noch immer, während ihre Mutter den funkelnden Sekt in die zweitbesten Gläser schenkte.

Sie hoben die Gläser, Herbert etwas verlegen und unsicher, da er nicht imstande war, Berthas sentimentale Stimmung zu teilen.

»Auf euer Wohl, meine Kinder«, sagte Bertha. »Werdet glücklich miteinander und schenkt mir Enkelchen. Herbert, sei gut zu meinem Herzblatt, und Jessica, sei deinem Mann immer eine gute Frau.«

Sie tranken, Bertha feierlich und langsam, Herbert in gierigen Schlucken, Jessica mit raschem Nippen.

»Ah...«, sagte Bertha und setzte das leere Glas hin. »Ich muß an deinen lieben Vater denken. Wie glücklich wäre er heute, Jessica!«

»Bitte, sprich nicht von ihm!« sagte Jessica.

»Nein, nein«, gab Bertha zu. »Heute nichts Trauriges! Das ist schon recht. Iß nur jetzt, mein Herzblättchen!«

Sie griff wieder nach Messer und Gabel, schnitt das Fleisch auf ihrem Teller in große viereckige Stücke und begann, eifrig zu kauen.

Herbert sagte kein Wort während des Essens. Er war auf einem Bauernhof aufgewachsen, wo kein Mensch daran gedacht hätte, sich zu unterhalten. Er hatte die Gabel mit der linken Hand gepackt und hielt sie senkrecht, nachdem er das Fleisch mit dem Messer zersägt hatte, das seine rechte Faust umklammerte. Jessica blickte zur Seite. Wenn sie verheiratet waren, wollte sie ihm sagen, daß man die Gabel nicht so halten durfte. Nun, er hatte ja bisher nie Gelegenheit gehabt, solche Dinge so zu lernen, wie man es ihr geboten hatte. Sie bediente oft genug bei Tisch und beobachtete dann, wie die Leute sich benahmen, und das waren Leute, die sich gewiß auskannten.

Mr. Ascher benützte Messer und Gabel immer auf eine sehr gefällige Art und aß so, daß es niemals widerwärtig aussah. Sie hatte Mr. Ascher immer gemocht, schon als sie noch ein Kind war. Als er Miß Elinor heiratete, war das richtig romantisch gewesen, wie in Märchenbüchern. Er war so ein schöner, dunkelhaariger junger Mann, mit guten Manieren und einer wohlklingenden Stimme, daß man ihn gern haben mußte. Sie sah unentwegt auf ihren Teller, während sie aß, nahm ganz kleine Bissen und vermied es, nach Herbert oder nach ihrer Mutter zu blicken, die ihr widerwärtig waren, wenn sie aßen. Nun war sie schon vierundzwanzig. Kein anderer Mann hatte sie je gebeten, seine Frau zu werden, schon weil sie es nie soweit kommen ließ. Wer wäre denn auch vorhanden gewesen? Metzgerburschen oder die Angestellten aus den Spezereiläden?

Damals, vor sechs Jahren, hatte sie versucht, auch Herbert abzuschrecken. Aber er hatte sich nicht abschrecken lassen. Immer war er da, war immer freundlich zu ihr und sagte einfach immer dasselbe und sagte es immer wieder. Ihre Mutter gab ihr immer wieder zu verstehen, daß sie eines Tages doch jemanden heiraten müsse. Warum also nicht Herbert, der ein braver, anständiger Mensch war? Sie könnten zusammen auf der Hühnerfarm leben, und abends würde Herbert sich um alles kümmern. Das wäre dann ein Heim für sie alle, auch für ihre Mutter, wenn sie einmal zu alt sein würde, um noch zu arbeiten.

»Pick dir nichts heraus«, unterbrach ihre Mutter in diesem Moment ihre Gedanken. »Iß anständig, wie ich es dir schon als Kind gezeigt habe.«

Ihr war aller Appetit vergangen. Als sie noch ein kleines, bläßliches und immer zu mageres Mädchen gewesen war, hatte ihre Mutter ihr das Essen einfach in den Mund geschoben und ihre breite flache Hand fest über den Mund des Kindes gelegt, um zu verhindern, daß Jessica wieder ausspuckte. Einmal hatte sie dabei ihre Mutter in die Hand gebissen, und da hatte ihre Mutter sie auf den Mund geschlagen, daß er blutete und die Vorderzähne einige Zeit lang gewackelt hatten. Und doch wußte sie, daß ihre Mutter sie liebte, über alles liebte. Deshalb kam sie sich auch so schlecht vor, weil sie diese Liebe nicht erwiderte.

Herbert hielt eine Gabel mit einem großen Bissen aufrecht in die Höhe. »Du mußt ein bißchen mehr Fleisch auf die Knochen kriegen«, sagte er. »Dann wird's dir besser gehen!«

»Ach, es geht mir ganz gut«, erwiderte sie lachend.

In diesem Augenblick ertönte aus dem Eßzimmer die Glocke. Jessica sprang auf und eilte zur Tür. »Sie warten schon!« rief sie.

»Sie wird ruhiger werden, wenn sie erst einmal verheiratet ist«, meinte Bertha.

»Das wird sie wohl auch müssen«, sagte Herbert.

»Ihr Vater war auch so fahrig«, sagte Bertha. »Immer launisch und dabei heikel, als wäre er etwas Besonderes. Ich hab' ihn gedämpft, nachdem wir geheiratet hatten, so wie ich auch Jessie dämpfe, wenn sie hierherkommt. Auf mich hört sie, und auf dich wird sie auch hören! Das wirst du sehen!«

»Na ja«, meinte Herbert, »ich werde trotzdem immer gut zu ihr sein.«

»Natürlich«, gab Bertha zu. »Ich bin ja auch gut zu ihr. Warum nicht? Sie ist doch alles, was ich habe.«

Zweites Kapitel

Der Herbst war jene Zeit des Jahres, die Rechtsanwalt William Ascher heute am meisten liebte. Für den Frühling hatte er sich nie entzücken können, obgleich es ein Frühling gewesen war, als er sich in Elinor verliebt hatte. Gerade weil es Frühling war, hatte er damals dem heftigen Drang mißtraut, der ihn zu ihr hintrieb, als er zweiundzwanzig war, zumal er sie doch seit Jahren jeden Sommer gesehen hatte, ohne an Liebe zu denken.

Er hatte sich sogar einen Sommer zuvor gerade in ein anderes Mädchen verliebt. Es war Marion Heyworth, ein reizendes Mädchen aus der Nachbarschaft. Wenigstens dachte er das heute, wenn er sich gelegentlich noch ihrer entsann – zwar ohne jedes Interesse, sondern nur mit gelassener Verwunderung über die Wendung, die sein Leben inzwischen genommen hatte.

Die Heyworths hatten in Manchester eine Sommervilla neben der Villa von Williams Eltern bewohnt. Auch als er sich von Marion wieder abwandte, hatte sie sich nach der ersten Erschütterung sehr nett zu Elinor benommen. Es war eigentlich Marion gewesen, die ihm vorwarf, er vernachlässige sie, und ihm damit seine neue Leidenschaft für Elinor enthüllt hatte. Er war aber immer ein aufrechter Mensch und gab es sofort zu, als er sich über seine Liebe zu Elinor klar wurde.

»Du hast recht, Marion«, hatte er gesagt. »Es tut mir aufrichtig leid, aber nun ist es einmal so gekommen.«

Er hatte diese Wendung nie bedauert. Elinor war nicht

nur seine Frau, sondern auch nach den vielen Jahren ihrer Ehe noch immer seine Geliebte, und das war, wie er erkannte, ein recht seltenes Glück. Damals, als er seine Liebe zu ihr entdeckte, hatte er trotzdem bis zum Sommer gewartet, bevor er zu ihr darüber sprach.

An einem der heißen, feuchten Hundstage, als sie gemeinsam in dem Bach unweit des Hauses paddelten, hatte er ihr dann einen Antrag gemacht, den sie sogleich angenommen hatte. Elinor war offensichtlich nicht überrascht gewesen. Als er sie einmal danach fragte, hatte sie ihm ganz sachlich erwidert: »Ich hatte es erwartet, William. Marion hatte mir erzählt, daß du es ihr vorher gesagt hast.«

Diese Offenheit zwischen den Mädchen, die er ja beide gut kannte, war ihm peinlich gewesen, er hatte aber nichts dazu gesagt. Männer hätten über solche Dinge nie gesprochen, jetzt aber wußte er, daß Frauen keine Geheimnisse kannten. Heute noch konnte er sich nicht daran gewöhnen. Er war oft entsetzt darüber, wenn er hören mußte, wie die Frauen auf Elinors Bridgepartien über ihre Männer sprachen. Ganz gegen seinen Willen hatte er so manche Bemerkung der sieben Frauen hören müssen, die Elinors beste Freundinnen waren und mit deren Männern wiederum ihn Freundschaft verband. Er entrüstete sich jedesmal von neuem. Zwar glaubte er nicht, daß auch Elinor so verrucht offenherzig war wie ihre Freundinnen, aber er wagte nicht, danach zu fragen. Er bestärkte sich gewaltsam in dem Glauben, daß sie anders sei, weil er sie nun einmal für einen Sonderfall unter den Frauen hielt und an ihre Vollkommenheit glaubte.

Der anmutige Kopf auf dem langen, schlanken Hals, der weiche, silbergoldene Knoten im Nacken ließ sein

Blut noch immer entzückt aufwallen. Er konnte sich nicht enthalten, sie zu streicheln, wenn er an ihr vorüberging, seine Hand strich liebkosend über das Haar, das sich an ihren Kopf schmiegte, oder tastete nach den festen, kleinen Brüsten.

William Ascher liebte den Herbst, der hier in Vermont schon zeitig irgendwann gegen Ende August begann und erst mit dem ersten Schneefall endete. Er war weder Schütze noch Jäger und doch ein Freiluftmensch, der sich an den sanften Schwingungen der lieblichen Hügel erfreute und an dem Wechsel der Farbe an Bäumen und Sträuchern.

An diesem Morgen, als er die Treppe herunterkam, hatte er auf dem rostbraunen Teppich im Wohnzimmer eine kleine graue Feder gefunden, sich gebückt und sie aufgehoben. Es war die Feder eines wilden Vogels, die der Wind hereingeweht haben mochte, als vielleicht Jessica beim Aufräumen die Tür geöffnet hatte. Wie reizend aber war es, in einem großen Haus zu wohnen, wo man auf dem Teppich noch die Feder eines Vogels finden konnte! Er legte sie zwischen die Seiten des Buches, das auf seinem Lesetisch lag, des Buches, das er jetzt gerade las, wenn er darauf wartete, daß Elinor zum Frühstück kam. Es war ein Band Proust, aus dem er mit Bedauern erkannt hatte, wie zeitentrückt die Erzählung war, wie fern vom Frankreich von heute und überhaupt vom gegenwärtigen Leben auf der Welt. Er empfand beim Lesen das geheimnisvolle, verborgene Heimweh, das vermutlich alle Männer seiner Jahre fühlten, das Heimweh nach jener Zeit, die sie als junge Leute erlebt hatten, nach den sorglosen, glücklichen Jahren, die so plötzlich und so restlos abhanden gekommen waren. Er war damals ein junger Radikaler gewesen und hatte seinen Eltern deshalb oft Sorge bereitet, so wie ihm selbst nun seine Söhne Winsten und Edwin oft Sorge bereiteten. – Nicht weil sie radikal gewesen wären, sondern weil sie zu konservativ waren, in jeder Weise vorsichtig und sorgsam darauf bedacht, sich auch nicht mit der geringsten Widersetzlichkeit oder dem Anschein von Aufruhr zu belasten.

Zwei selbstsicherere junge Menschen als seine Söhne hatte er nie gesehen. Vor ihnen hielt er die eigenen Zweifel und Probleme geheim, die ihn, als Liberalen, oft quälten. Er hielt sich noch immer für einen Liberalen, einen Konservativ-Liberalen natürlich, aber ganz gewiß einen Liberalen. Das war ein Standpunkt, der seinen Söhnen zuwider war.

Susan hatte bisher noch kein besonderes Interesse an Politik gezeigt oder an irgend etwas auf der Welt überhaupt, von sich selbst und ihren Heiratsaussichten abgesehen. Manchmal reizte es ihn, wenn er merkte, wie unverfroren sie die Suche nach dem Partner betrieb. So unverhohlen, so entschlossen hatte Elinor das gewiß nie getan. Vor allem verabscheute – ›haßte‹ war ihr Ausdruck – Susan jene Frauen, die früher oder heute ihr Leben der Frauenemanzipation oder, wie er es lieber nannte, der Gleichberechtigung der Geschlechter gewidmet hatten. Seine eigene Großmutter war Freundin und Helferin Elizabeth Cady Stantons, der großen Frauenrechtlerin, gewesen, aber Susan bat ihn, sie nicht daran zu erinnern. Unter den Familienfotografien war ein gemeinsames Bild der beiden Damen, in Reifröcken und mit Löckchen. Susan, die man einmal auf ihre Ähnlichkeit mit der Großmutter hingewiesen hatte, war wütend herausgeplatzt:

»Solche Frauen haben uns den Männern gegenüber

derart geschadet, daß wir es gar nicht wieder gutmachen können.«

»Erklär mir das einmal«, hatte er gemeint.

»Siehst du das denn nicht ein, Dad?« hatte Susan gerufen. »Sie haben die Männer dazu gebracht, uns zu hassen oder zu verachten!«

»Unsinn!« hatte er erwidert. »Ich hasse keine Frau.«

»Wäre es dir aber recht, wenn ich Advokatin werden wollte?« hatte sie scheinheilig gefragt, um ihn aufs Glatteis zu führen.

»Ich glaube nicht, daß du dazu taugen würdest«, entgegnete er. »Du hast keinen logischen Geist.«

»Aha!« triumphierte sie. »Ich habe es dir doch gesagt. Wenn es nicht wegen dieses Frauenzimmers, dieser Stanton und ihrer Bande gewesen wäre, würdest du dir über meinen Geist keine Sorgen machen, und ich könnte werden, was ich wollte.«

»Willst du denn Advokatin werden?« hatte er nach einer Pause gefragt, in der er ihre Antwort verdaute.

»Nein, natürlich nicht«, hatte sie mit aufreizender Ruhe erklärt. »Das war nur eine Falle.«

Er gab es auf. Er konnte mit dieser Generation nichts anfangen. Ein ernsthaftes Gespräch mit ihnen war unmöglich. Sie verschacherten ihre Seelen für ein Scherzwort, für eine Redensart, die ihm verhaßt war, weil er sie als tödlich empfand, nicht nur für eine vernünftige Unterhaltung, sondern für die Zivilisation selbst.

In diesem Augenblick kam Elinor herunter. Er legte das Buch nieder und zeigte ihr die kleine graue Feder.

»Sieh, was ich hier auf dem Boden gefunden habe; der Herbstwind hat sie hereingeweht.«

Sie warf einen Blick auf die Feder und lächelte zerstreut. »Das ist doch nur eine Spatzenfeder, fürchte ich. Wahrscheinlich hatten zwei Spatzen einen Krach miteinander – sie zanken sich immer in den Rinnen unter dem Dach.«

Er legte die Feder, ohne zu antworten, wieder zwischen die Blätter. Es gab Zeiten, da wußte sie seine Stimmung geradezu vollendet zu erfassen, und ihre Antworten stimmten so köstlich damit überein, daß er seine Frau in die Arme nahm. Ein andermal, wie jetzt, blieb sie ablehnend. Er verstand sehr gut, was sie meinte. An diesem Morgen war sie distanziert von ihm, wollte in Ruhe gelassen werden. Er durfte sie nicht an sich ziehen, sie war fern, irgendwo im kommenden Tag, lebte ohne ihn in der Zukunft. Er mochte das zur Kenntnis nehmen oder nicht. Viele Jahre hatte er gebraucht, um zu begreifen, daß die Harmonie jeder Ehe weitgehend auf der gegenseitigen Achtung vor den – manchmal vielleicht sogar selbstsüchtig erscheinenden - Launen des anderen beruhte, wenn man gemeinsam im gleichen Kreis weiterleben wollte.

In den ersten Jahren ihrer Ehe hatte es manche Zusammenstöße gegeben, weil er es für selbstverständlich gehalten hatte, daß eine Frau zunächst auf die Stimmungen ihres Mannes Rücksicht zu nehmen hatte, bevor sie auf sich selbst Rücksicht nahm. Jetzt wußte er, daß Elinor, bei all ihrer Zartheit, aus zäherem Stoff geschaffen war als er, daß sie sich ohne ihn besser zurechtfinden konnte als er ohne sie, und daß sie es mit grausamer Verstocktheit fertigbringen konnte, ihn wegen seiner Sehnsucht nach Zärtlichkeit leiden zu lassen.

Was für Elinor galt, mochte wohl auch für alle anderen Frauen gelten. Sie führten ihr eigenes Leben, entweder offen und ehrlich wie Elinor oder insgeheim. Und doch war er mit ihr vollkommen glücklich, manchmal zu seiner eigenen Überraschung, und er war noch immer verliebt in sie, obgleich es Stunden gab, da sie ihn gründlich ärgerte.

Sie saßen miteinander am Frühstückstisch, eine Gewohnheit, die sie seit Beginn ihrer Ehe beibehalten hatten und die ihn stets so sehr erfreut hatte, daß ihm andere Männer leid taten, deren Frauen nicht rechtzeitig aufstanden, um die Frühstücksstunde mit ihren Männern zu teilen. Elinor hatte die gleiche Freude daran und zeigte das, trotz aller Zurückhaltung, an diesem Morgen, indem sie ihm einen zärtlichen Kuß auf das Haar gab, als sie an ihm vorüberging. Er hatte sich daran gewöhnt, sie in Ruhe zu lassen, wenn sie so distanziert war wie heute, und wußte, daß sie ihm mit irgendeiner kleinen Zärtlichkeit dafür danken würde, sei es auch nur mit etwas kaum Gefühltem, so beinahe Geringfügigem und dennoch so Geschätztem wie einem Kuß auf den Scheitel. Er dankte ihr mit einem zärtlichen Lächeln, als sie sich ihm gegenüber setzte.

»Den grauen Anzug mit der braunen Krawatte habe ich gern!« rief sie.

»Das freut mich«, erwiderte er. »Mir gefällt das auch.«

Das Frühstück nahm seinen gewohnten Gang. Sie saßen einander gegenüber, hatten den Wärmegrad des Tages gemessen, hatten die gegenseitige Billigung, das gegenseitige Einverständnis erneuert. Kurze Zeit später verließ er das Haus, um in sein Büro in Manchester zu fahren, und trotz ihres recht wärmenden Abschiedskusses war er nun imstande, sein ganzes Denken seiner Arbeit zu widmen. Seine Ehe war ein voller Erfolg und darum gesichert.

Das Haus, das er am Morgen in so friedlichem Zustand zurückgelassen hatte, war in größter Verwirrung, als er abends heimkehrte. Elinor kam ihm, den Finger an der Lippe und mit einem warnenden Blick nach der Küche, bis an die Tür entgegen.

»Was ist denn los?« fragte er ein wenig gedämpft.

»Bertha ist wütend über Jessica.« Elinor seufzte. »Keine von beiden will darüber sprechen. Jessica ist oben in ihrem Zimmer und hat die Tür zugesperrt, und Bertha schmollt an ihrem Ofen.«

Er hatte mit dem Personal nicht so viel Geduld wie Elinor, obgleich er erkannte, daß diese von der Familie Winsten übererbte Geduld in Berthas unwandelbarer Treue ihren Lohn fand. Vierzig Jahre hatten Bertha fest mit der Familie verbunden, wie eine Perle mit ihrer Muschel, und sie war eben so schätzbar, aber auch so aufreizend, meinte er manchmal, wie Perlen zweifellos sein mußten.

»Herbert hat kein Wort darüber gesagt«, meinte er nachdenklich. Auf dem ganzen Heimweg war Herbert wie üblich die massige, schweigsame Gestalt auf dem Chauffeursitz gewesen.

»Vielleicht weiß er es noch nicht.«

»Nun, nun«, sagte er und legte den Arm um sie, »du brauchst dich nicht von den Dienstleuten aus der Fassung bringen zu lassen!« Dabei war er froh, daß er ihr nichts von der Szene mit Jessica vor dem Spiegel erzählt hatte.

»Von Bertha und Jessica denke ich nicht auf diese Art«, erwiderte sie.

»Sobald du den Hausangestellten zu große Bedeutung schenkst«, erklärte er, »hast du Schwierigkeiten. Es gibt schließlich noch andere Köchinnen, die ebenso gut sind wie Bertha.«

»Arme Bertha!« meinte Elinor, aber, als sie jetzt in das Wohnzimmer gingen, überließ sie sich heiter seinem Arm. Dort stand schon das Tablett mit den Cocktails bereit. Das war sonst eigentlich Jessicas Amt, doch da Jessica sich eingeschlossen hatte, war Elinor selbst darum besorgt gewesen.

»Schüttle ihn gut durch, Liebste«, sagte er, als sie den eisgekühlten Cocktailshaker aufnahm. »Unterdessen werde ich mich schnell etwas in Ordnung bringen. Es ist leider heute spät geworden.«

Als er wieder herunterkam, erwartete ihn Herbert bereits in seinem weißen Servierrock, und es hatte den Anschein, als sei das Haus nicht anders als sonst an einem schönen Herbstabend. Die Tür zum Eßzimmer stand offen, der Tisch war für zwei Personen gedeckt.

Als die Kinder die Hochschule bezogen, hatte er geglaubt, daß er und Elinor in dem großen und bisher stets mit Kindern gefüllten Haus sehr einsam sein würden. Doch schon nach wenigen Tagen hatte er entdeckt, daß seine Besorgnis überflüssig gewesen war. Das Haus war köstlich still, die lauten jungen Stimmen, das Stapfen auf den Treppen, das Geschrei aus den Fenstern des Oberstocks, das alles fehlte ihm gar nicht. Es war beruhigend, durch die immer wohlgeordneten Zimmer zu wandern, ein Buch da zu finden, wo man es hingelegt hatte, nicht aber zwischen einem Haufen von Witzblättern. Nur an manchen Abenden, wenn er noch nicht schlafen konnte und durch das Haus schlenderte, dann sah er oft die Kinder wieder vor sich, wie sie einst gewesen waren. Winsten mit zehn Jahren, ein blonder Strick von einem Jungen, stets durch die Hallen springend, laufend, schießend; Edwin, sein etwas ruhigerer Bruder, saß gern tief in einem Sessel in der Bibliothek, einem ganz besonderen Sessel, den Kopf über ein Buch gebeugt, die Züge verklärt. Oft, wenn er sich dann selbst in den Sessel setzte, waren die Kissen noch warm von dem Körper seines Sohnes. Und Susan, Blut von seinem Blut und doch weiblich und ihm daher in alle Ewigkeit fremd. Sie alle kamen dann in einer solchen Nacht zurück, als Kinder, die sie einst gewesen waren. Dann sehnte er sich nach ihnen und spürte, wie das Alter sich neben ihm reckte, wie er ungeduldig wurde, weil sie von ihm geschieden waren.

Wenn sie auch Weihnachten und im Sommer heimkamen, war es doch keine wirkliche Heimkehr mehr. Dann war das Haus nur noch der Ort für einen Besuch, für eine kurze Rast auf dem Weg zum endgültigen Geschick. Sie waren ihm irgendwie verloren, obwohl er sie besessen hatte, als sie noch neugeboren und hilflos waren, als kleine Kinder, die gehen und sprechen lernten, als ungebärdige Schulkinder mit dem Ungestüm der Flegeljahre. Das waren auch die Kinderjahre, die er im Gedächtnis bewahrte. Dann die hochaufgeschossenen, tapsigen jungen Erwachsenen, die für wenige Tage zu Besuch kamen und sein Haus eigentlich nur benutzten, um zu baden und sich umzuziehen, bevor sie zu Tanzereien oder Abendessen gingen. Das Haus war der Ort, wo sie aßen und schliefen, ohne dafür zu bezahlen. Manchmal, während sie heranwuchsen, hatte er sich gefragt, wie sie wohl über ihn und ihre Mutter dächten und ob ihnen die enge Gemeinschaft von früher jetzt fehlte. Wenn er sie dann beobachtete, kam er allerdings zu dem Ergebnis, daß ihnen nichts fehlte und daß sie sich wohl kaum darüber Gedanken machten. Sie waren unterwegs nach unbekannten Zielen, und die Winde ihrer eigenen Wünsche wehten sie weiter.

Doch das war nur seine Stimmung in manchen Nächten. Am Morgen, wenn er dann aufwachte, hatte die Ruhe ihn erfrischt. Und wenn er gebadet und sich angezogen hatte, war sein Blick im Spiegel durchaus nicht das eines alternden Mannes. Ganz im Gegenteil. Er sah aus wie das, was er war, ein Mann auf der Höhe seines Lebens. Sein Haar war an den Schläfen kaum ergraut, und nirgends zeigte sich eine Lichtung. Dieses buschige Haar hatte er geerbt, ein wahres Gestrüpp, mit dem er sich oft herumgeärgert hatte, bis er endlich einen Friseur in der Stadt gefunden hatte, der es durch einen geschickten Schnitt zu bändigen wußte... Nein, die Kinder fehlten ihm doch nicht. Mit Elinor allein zu sein, das bedeutete für sie beide eine Erneuerung ihrer alten Liebe.

»Du denkst an die Kinder?« unterbrach Elinor sein Sinnen.

»Woher weißt du das?« fragte er. Er war an dieses zweite Gesicht gewöhnt, diese Eingebung, diese Fernwirkung oder was es auch sein mochte, das sie besaß. Aber er fürchtete sich nicht mehr davor, noch machte er ihr daraus den Vorwurf der Einmischung, wie er das getan hatte, als sie noch jung gewesen waren. Seit Jahren schon war er völlig in seiner Ehe aufgegangen, und es war nichts mehr in ihm, was er verbarg oder allein zu besitzen wünschte. Nicht einmal der einst so zähe Wunsch, wenigstens die eigene Individualität zu bewahren.

»Ich kenne deinen Vater-Blick.« Ihre Stimme hatte dabei jene besondere Zärtlichkeit in sich, auf die er früher so eifersüchtig gewesen war, weil er in den ersten Jahren ihrer Ehe, als er sie gar nicht vollständig genug besitzen konnte, Bedenken gehabt hatte, sie könnte die Kinder mehr lieben als ihn.

»Ich habe mich gefragt, ob wir ihnen überhaupt fehlen«, sagte er.

»Natürlich nicht«, erwiderte sie. »Wenn wir ihnen fehlen würden, dann hieße das nur, daß sie rückständig sind, daß sie nach rückwärts sehen, statt vorwärts.«

Er setzte sein Schuldbekenntnis fort. »Dann ist es wohl nicht weiter unrecht, daß sie mir oft auch nicht fehlen. Es ist so schön, mit dir wieder so allein im Haus zu sein, wie wir es vor ihrer Geburt waren.«

Dieses Haus, das ihm damals viel zu groß vorgekommen war, das er so gern mit Kindern gefüllt sehen wollte! Jetzt wirkte es gar nicht zu groß, vielleicht der lebendigen kleinen Geister wegen, die er mit seiner Erinnerung heraufbeschwören konnte. Das Leben war hier gelebt worden und war darum noch immer lebendig. Und doch waren er und Elinor heute sehr verschieden von jenen jungen Geschöpfen, die sie waren, als sie als Jungverheiratete hierhergekommen waren.

Wieder standen sie dem Leben gegenüber; doch welchem Leben? Als die Kinder das Haus verließen, war er nicht ganz sicher, welchen Anpassungen alternde Liebende sich unterwerfen mußten und ob seine noch immer nicht erloschene Leidenschaft ihr erträglich sein werde. Doch er hatte Vertrauen zu ihr. Das war sein Trost. Er kannte Männer, die sich davor fürchteten, mit ihren Frauen alt zu werden. Wie glücklich war er, daß er unter allen Gefährtinnen seiner Jugend gerade Elinor als die beste befunden hatte, und das nicht nur, weil er sie liebte, sondern weil auch ihre Seelen im Einklang waren. Sie hatte sich keine höhere Bildung angeeignet, und sie heuchelte auch kein Interesse an der Juristerei, wofür er ihr dankbar war. Aber dafür war ihr Urteil stets unvoreingenommen, ihre Beziehung zu Menschen war ursprünglich und unmittelbar, und sie belog ihn nie.

»Und dir fehlen die Kinder nicht?« fragte er forschend. Bisher hatte er diese Frage vermieden.

Sie sah sekundenlang in das klare, bernsteinfarbene Getränk, das sie in die Höhe hielt, als freue sie sich an seiner Farbe. Ein sinnenfrohes Geschöpf, dachte er, das an Form und Farbe Genuß finden kann und sich auch des Genusses physischer Freuden nicht schämte; auch der Freude am Essen nicht. Diese Unverfälschtheit und Natürlichkeit in ihren Sinnesäußerungen war es vielleicht, die sie jünger erhielt, als sie es den Jahren nach war. Nichts dörrt das Blut so sehr aus wie falsche Ehrbarkeit, wie ein Hang zur Prüderie, gegen den er selbst oft ankämpfte, weil er sich davor fürchtete, sich lächerlich zu machen.

Niemals, zum Beispiel, hätte er einer jener mystischen Organisationen angehören können, die ihre Mitglieder zwangen, sich in pseudoorientalische Gewänder zu hüllen. Als kürzlich in New York eine derartige Gemeinschaft ihre Jahrestagung abhielt, war er genötigt, die albernen Possen so herausgeputzter ältlicher Männer mit dicken Bäuchen und dürren Beinen mitanzusehen. Einer wirkte ebenso läppisch wie der andere. Später hatte er einen großen Umweg gemacht, um ihnen auszuweichen.

»Ja, mir fehlen die Kinder«, sagte Elinor, »aber auch nicht so sehr, wie es doch sein sollte. Warum eigentlich nicht?«

»Wir haben sie in den letzten Jahren nicht viel zu sehen bekommen«, meinte er. »Heute leben sie bereits ihr eigenes Leben.«

Nachdenklich sagte sie: »Eine wirkliche Absonderung von uns hat begonnen, als wir den Fernsehapparat kauften und sie sich daran gewöhnten, ihre Abende ohne uns vor ihm zu verbringen.«

»Unlängst«, sagte er leichthin, doch so unwichtig war es gar nicht, denn die Leute von der Television hatten diese neo-orientalische Bande auf der Straße fotografiert, »war so ein Treffen in New York, und es war mir irgendwie peinlich, daß Michael Cotman gerade mit mir fuhr. Ich spürte, daß ich ihm meine Ansicht darüber nicht klarmachen konnte.«

»So einer von diesen tierischen Orden?« Sie hob die Braue.

»Etwas dergleichen«, erwiderte er. Cotman war ein englischer Anwalt, der Williams Firma in London vertrat, ein gutmütiger Mann in mittleren Jahren, der über die Dinge, die er in den Vereinigten Staaten sah, weder eine Frage stellte noch eine Ansicht aussprach. Auf jeden konservativen Amerikaner – und als solchen sah William Ascher sich an – wirkte diese scheinbar widerspruchslose Hinnahme von allem, was ein Fremder sah, beunruhigend, denn das konnte sehr viele Deutungen zulassen.

Herbert kam an die Tür. In seinem breiten weißen Rock wirkte er überlebensgroß.

»Das Abendessen ist bereit«, meldete er.

Elinor stand auf und streckte die Hand nach Williams Arm aus.

»Komm, Lieber«, sagte sie. Mit heiterer Förmlichkeit gingen sie hinter Herberts schützendem Rücken in das Eßzimmer.

»Ich bin immer so dankbar dafür gewesen«, sagte Elinor, während William ihr dienstbereit den Sessel rückte, »daß du genau so bist, wie du bist und wie du warst. Verstehst du mich?«

Er setzte sich, lächelte ihr über die Suppe hinüber zu, die Herbert vor ihn gestellt hatte, und in ihren Augen sah er ihre Liebe wie eine sanfte, stetige Flamme schimmern.

Ein sehr beglückter Mann, dachte er; in den mittleren Jahren, in denen er jetzt war, noch so glücklich miteinander zu leben und noch immer in den Augen des anderen dieses Licht zu erblicken, das bis zum Ende dauern würde. Dessen war er gewiß. Er neigte den Kopf, und dann, in dem längeren Schweigen, hörte er ganz deutlich aus einiger Entfernung ein Geräusch wie Schluchzen.

William legte den Löffel nieder.

»Kann das Jessica sein?« fragte er. Herbert hatte das Zimmer verlassen.

»Ja, das ist sie wahrscheinlich«, sagte Elinor; und dann setzte sie mit ungewohnter Heftigkeit hinzu: »Sie sollte sich schämen, so laut zu heulen!«

»Ja, aber, Liebste...«, wandte er ein.

»Nein, wirklich, William«, unterbrach sie ihn. »Wenn eine Frau laut weint, kann ich kein Mitleid mit ihr haben. Es ist unanständig. Wenn wir alle das täten! Die Welt wäre ja ein Narrenhaus!«

Sie stand auf, schloß das Fenster, und damit erstarb das Geräusch. Er gab keine Antwort. Was meinte sie damit? Daß alle Frauen weinten? Er hatte sie noch niemals eine Träne vergießen sehen. Er nahm an, daß sie zu glücklich dazu gewesen war. Das war eine jener Bemerkungen, die sie – wie bedeutungslos – hinwarf, die für sie damit erledigt schienen, nur daß er, wenn er darüber nachdachte, den Reiz ärgerlicher Ungewißheit verspürte. Er aß seine Suppe in erkünsteltem Schweigen zu Ende. Dann kam Herbert und räumte die Schalen ab.

Drittes Kapitel

Das schöne Herbstwetter hielt an. Es blieb viel zu trokken in diesem Jahr, und selbst die abgehärteten Chrysanthemen, an denen er sonst immer seine Freude hatte, waren klein und stumpf geblieben. Eine wahre Enttäuschung, doch dagegen ließ sich nichts tun.

Er war sehr beschäftigt, denn in der Stadtverwaltung hatte es einen Skandal gegeben. Die Betroffenen hatten sich an ihn gewandt, und er mußte zu einer Entscheidung darüber kommen, ob er sie verteidigen wollte. Es war für ihn immer schwierig, eine solche Entscheidung zu treffen, wenn es auf der Hand lag, daß die Angeklagten schuldig waren. Und das war auch in diesem Fall seine Ansicht. Die Schuldigen hatten dennoch ihnen zustehende gesetzliche Rechte, und es handelte sich für ihn darum abzugrenzen, wieweit ihren Rechten Genüge getan werden konnte und wo ihre Schuld begann.

Diesen Männern saß er nun eines Morgens in seinem New Yorker Büro gegenüber. Er wollte hören, was sie zu sagen hatten und die Geschichte von ihrem Standpunkt aus kennenlernen. Was sie zu sagen hatten, war ziemlich primitiv. Viele hatten vor ihnen das gleiche getan, ohne in Schwierigkeiten zu geraten. Warum also sollte das, so meinten sie, nun gerade ihnen zustoßen?

Er musterte die drei dicken, glatten Gesichter, in denen sich Jahre guten Lebens, das gute Essen und die reichlichen Getränke abzeichneten, und gedachte der Kreise, aus denen sie offenkundig kamen: Elendsviertel, kleine Gangsterbanden, ein Stadtteil, der unter den rassischen Vorurteilen des übrigen Amerika litt. Wie weit oder besser wie nahe war da schließlich der Weg bis zum Verbrechen? Er fühlte sich fast unangenehm sauber und distanziert, ein nüchterner Mann aus Vermont, der da hinter seinem Schreibtisch saß und die drei Männer prüfend ansah.

»Ob ich Ihre Verteidigung übernehmen kann, hängt davon ab, was Sie von mir verlangen«, sagte er. »Wenn Sie wollen, daß ich für Ihr Recht kämpfe, für Ihren Anspruch, gehört zu werden und Ihre Sache zu verteidigen, wenn Sie wollen, daß jeder mildernde Umstand ins Treffen geführt wird, so kann und will ich Ihre Vertretung übernehmen. Wenn Sie aber erwarten, daß ich Ihre Unschuld beweise, dann müssen Sie mich vorher selbst davon überzeugen.«

Die drei fetten Gesichter zeigten weder Verständnis noch sonst einen Ausdruck. Der Große hüstelte und begann: »Wir wissen, daß Verteidiger wie Sie viel Geld kosten, und wir wollen auch entsprechend bezahlen.« Er hat eine erstaunlich gute Sprache und ist sichtlich kein ungebildeter Mensch, dachte William, während er ihn mit seinem gewohnt überlegenen, kühlen Blick betrachtete.

»Ganz gewiß erwarte ich, für meine Tätigkeit bezahlt zu werden«, sagte er. »Aber ich wiederhole meine Frage – was erwarten Sie von mir?«

Der kleine Dicke, der zwischen den beiden anderen saß, lehnte sich vor und bat mit heiser-süßlicher Stimme: »Haben Sie doch ein Herz!« Es war die Stimme eines verzogenen Kindes aus einem schmollenden, hübschen Kindermund. Man sah ihm an, daß seine Mutter diesem hübschen Mund alles und damit viel zuviel nachgegeben hatte. William war froh darüber, daß Elinor zu klug gewesen war, um eine nachgiebige Mutter zu sein. Manchmal hatte er gefunden, sie sei zu rauh mit den Kindern, doch sie hatte sie eben auf ihre saubere Art und ohne Nachgiebigkeit geliebt und erzogen. Ihre Redlichkeit war unerbittlich geblieben.

»Sie können mich vorläufig nicht überzeugen«, sagte William am Ende der Unterredung kalt.

Sie hatten sich schließlich doch geeinigt, nachdem er den Morgen damit verbracht hatte, den drei Männern klarzumachen, was sie nicht begreifen wollten, daß Unschuld etwas ganz anderes war als Bürgerrecht. So schuldig sie auch sein mochten, und er legte gar keinen Wert darauf zu erfahren, ob sie es waren oder nicht, so standen ihnen dennoch ihre Rechte als freie Bürger zu. Über ihre Schuld zu entscheiden, war die Sache von Richtern und Geschworenen. Da hatten sie keine Rechte.

Der dickste der drei, ein schwärzlicher, fetter, schweigsamer Bursche, seufzte geräuschvoll. »Es wird wohl das beste sein, was wir tun können.«

Es fiel ihnen schwer zu glauben, daß er, in seiner unnahbaren Haltung, weder zu kaufen noch zu beschwatzen, weder zu ködern noch irgendwie zu beeinflussen war. Sie gaben sich mit dem zufrieden, was er sagte, weil sie Vertrauen zu ihm hatten und wußten, daß er ein tüchtiger Anwalt war. Aber verstehen konnten sie ihn nicht. Daß er sich nicht weigerte, ihre Rechte, daß er sich aber weigerte, ihre Taten zu verteidigen, das verwirrte sie, und das sah er ihren verwunderten Gesichtern an.

Sie standen gleichzeitig auf, zwischen Erniedrigung und Großtuerei schwankend, und verließen ihn, nachdem sie ihn als Verteidiger akzeptiert hatten. Monate des Sichtens von Beweismaterial lagen vor ihm, Faser um Faser mußte er aussondern, in gewissem Sinn Männer beschützen, die er verachtete. Und doch war dies die Ehre des Gesetzes, vor dem niemand schuldig war, solange man ihm die Schuld nicht bewies. Er hatte Mörder verbissen bis zum elektrischen Stuhl verteidigt, und erst dort hatte er sich abgewendet, im Bewußtsein, daß er seine Pflicht erfüllt hatte.

Zum Wochenende fuhr er heim; er spürte, daß er erschöpft gewesen wäre, wenn nicht die Schwere seiner Aufgabe vor ihm gelegen hätte. Er konnte sich jetzt auf Monate hinaus keine Müdigkeit leisten, während er sich mit der Durchforschung der Unterwelt dieser gewaltigen Stadt befaßte. Denn das war es, was er jetzt unternehmen mußte. Gott sei für das ferne, friedliche Haus gedankt, für die ruhige, liebende Gattin, für die sichere Geborgenheit seines Herzens!

Als er heimkam, öffnete ihm Jessica die Tür. Sie trug ein frisches blaues Kleid, dazu die weiße Kräuselschürze, und bei seinem Anblick erschienen Grübchen in ihren Wangen. Kein Schluchzen war seither mehr von oben zu hören gewesen, und die Hochzeit sollte, soviel er wußte, bald stattfinden. Sie nahm ihm Hut und Mantel ab, und, wie von einem Kind zu einer scherzhaften Bemerkung veranlaßt, fragte er:

»Nun, Jessica, wann ist denn der große Tag?«

Nichts an der Heiterkeit ihres Ausdrucks veränderte sich. »Samstag in acht Tagen, Sir. Es ist Herberts Geburtstag.«

»Eine doppelte Gelegenheit zum Feiern also, was?« Sein Fuß stand schon auf der untersten Stufe. Oben hörte er Elinor singen, die mit irgend etwas beschäftigt war.

»Das sagt er auch.« Jessica stand vor dem Schrank, in dem die Mäntel untergebracht wurden.

Er ging die Treppe hinauf, und auf dem Absatz, der auf weniger als halber Höhe eine scharfe Wendung einleitete, sah er zufällig noch einmal über das Geländer nach unten.

Und da erblickte er zu seinem Erstaunen Jessica abermals, wie sie, auf dem Rückweg in die Küche, im Wohnzimmer haltmachte. Es war das dritte Mal, daß er dasselbe beobachtete. Abermals setzte sie sich in den rosa Samtstuhl vor den langen ovalen Spiegel, und im Spiegel sah er ihr Gesicht, lächelnd. Es war aber nicht jenes helle Kinderlächeln, das er so gut an ihr kannte, sondern eine gezierte Grimasse, so, als ob sie eine Fremde im Spiegel betrachtete. Ihre rechte Hand faßte das kurzgeschnittene blonde Haar und hielt es, wie zu einer neuen Frisur, über den Kopf. Die linke Hand bewegte sich, als schwenkte sie einen Fächer. Sie sprach tonlos Worte, verzog den hübschen Mund, und die großen blauen Augen hefteten sich in eigentümlicher Verzauberung auf sie selbst. Was war das für ein Benehmen?

Jetzt war er tatsächlich betroffen. Er blieb lange stehen und beobachtete sie. Dann beschloß er, seine Beobachtung nicht einmal Jessica selbst zu verraten und ging auf Fußspitzen in sein Zimmer. Er überließ sie ihrem eigenen Ich, einem merkwürdigen Ich und ihm völlig fremd. Benahm sie sich immer so, wenn sie sich für unbeobachtet hielt? Wenn er und Elinor fort waren, wenn das Haus leer war, ging sie dann hemmungslos in jedes beliebige Zimmer, gab sich verschiedenen Vorstellungen hin, vergaß, daß sie in diesem Haus eine Angestellte war? Diese Möglichkeit ärgerte ihn, er schloß die Tür und überlegte, ob es seine Pflicht wäre, Elinor zu verständigen oder nicht.

Der ferne Klang ihrer Stimme war auch hier noch zu hören. Es war eine schöne Altstimme, die sich, wie er oft dachte, durch Ausbildung wunderbar entwickelt hätte. Abermals entschied er, nichts von der Sache zu sagen. Elinor könnte es zu ernst nehmen, und Jessica verließ ja ohnehin bald das Haus für immer. Das hatte Bertha so beschlossen. Jessica sollte im nahe liegenden Bauernhaus wohnen, eine richtige Hausfrau werden, und Bertha wüßte, wo sie ihre Ferien verbringen, wo sie leben könnte, wenn sie zu alt für die Arbeit wurde. Es hatte also keinen Sinn, gerade in diesen letzten Tagen viel Wesens von der Geschichte zu machen.

Er zog dunkle Hosen und einen weinfarbenen Samtrock an, dann ging er auf die Suche nach Elinor; er gab sich Mühe, keine Erregung merken zu lassen. Das Singen war verstummt, und er fand sie in der kleinen Wäschekammer, wo sie, wie sie sagte, nach einer Spitzendecke Ausschau hielt, die sie für die kleine Mahagonikommode in ihrem Schlafzimmer haben wollte. Er blieb wartend stehen, genoß ihren Anblick und war froh darüber, daß er sie nicht aus ihrer Ruhe aufgescheucht hatte. Was sie auch tagsüber getan haben mochte, es war bestimmt etwas Angenehmes gewesen, denn ihr ausdrucksvolles, bewegliches Gesicht war frisch und schön. Sie hatte ein silbergraues Nachmittagskleid angezogen, das er sehr liebte, und an der Brust trug sie eine perlrosafarbene Samtrose.

Sie umarmten einander, und er wünschte in diesem Moment, sein Heim wäre nicht so weit von New York entfernt. Die Hoffnung, Elinor würde sich bereit zeigen, ihn jetzt, da die Kinder erwachsen waren, zu begleiten, wenn er in seinem Stadtbüro zu tun hatte, erfüllte sich nicht. Ihr war die Stadt verhaßt, und so mußte er dabei bleiben, seine Zeit zu teilen, und sein Leben nach einem bestimmten Plan einzurichten. Die Stunden, die er zum Studium seiner Fälle benötigte, verbrachte er in seinem Büro in Manchester oder hier im Hause. Ruhige Stunden, deren Frucht, wie er hoffte, die Gründlichkeit war, mit der er sich später für seine Klienten einsetzen konnte.

»Wie nett war es, dich schon singen zu hören, als ich ins Haus trat«, sagte er.

»Den ganzen Tag habe ich die Melodie nicht loswerden können«, erwiderte sie. »Es ist der Refrain des Liedes, das wir vor einem Monat im Theater gehört haben. Ich weiß nicht, wie es kommt, daß es sich in meinem Gedächtnis festgesetzt hat.«

Sie erwartete keine Antwort darauf, und er gab auch keine. Sie fand die Decke, legte sie beiseite, und dann gingen sie gemeinsam nach unten. Das Wohnzimmer war leer, der rosafarbene Samtstuhl stand an seinem Platz, und der Spiegel zeigte nur ihre Gestalten, Arm in Arm.

Am nächsten Morgen lauerte Jessica ihm bei der Tür der Bibliothek auf. Er hatte die schwarze lederne Aktentasche am Griff und darin eine Menge Dokumente, Briefe, Zeitungsausschnitte und Material, das seine Mitarbeiter während der letzten Woche für ihn gesammelt hatten, und jetzt sollte er es verdauen, bis es ihm ebenso vertraut sein würde wie die Geschichte seines eigenen Lebens. Er war früh aufgestanden; wie ein Alpdruck hatten die Gesichter der drei Männer auf ihm gelastet, die er zu verteidigen beschlossen hatte.

»Bitte, Sir«, sagte Jessica.

William blieb stehen und musterte sie wenig freundlich; noch hatte er den gestrigen Vorfall in unangenehmer Erinnerung. »Ja?«

Mit einer Hand drehte Jessica an ihrer Schürze, die andere hob sich zu der rosigen Wange. »Bitte, Mr. Ascher, glauben Sie nicht, daß Sie zu meiner Hochzeit kommen müssen. Ich weiß, daß Mrs. Ascher es für richtig halten wird – meiner Mutter wegen – aber ... ich werde es Ihnen nicht übelnehmen ... nein, wirklich, Sir, mir ... wäre es lieber, Sie kämen nicht.«

Er wurde ungeduldig. »So? Na, ich werde mit Mrs. Ascher darüber reden. Ich werde tatsächlich gerade in diesen Tagen sehr viel zu tun haben.«

»Und dann, Sir«, bat sie, und er merkte, daß es ihr schwer fiel, weiterzusprechen, »könnten Sie nicht noch etwas für mich tun? Sie sind hier im Hause der gütigste Mensch – ja, Sir, damit will ich nicht sagen, daß die gnädige Frau nicht auch gütig wäre, aber sie steht auf der Seite meiner Mutter, wenn Sie mich recht verstehen wollen, und daraus kann ich ihr natürlich keinen Vorwurf machen, weil Mutter doch schon lange vor meiner Geburt im Haus gewesen ist. Könnte ich nicht nachher auch wieder herkommen und meine Arbeit weitermachen, als ob ich nicht verheiratet wäre?«

Das lag allerdings vollkommen außerhalb seines Bereichs. Er mischte sich auch sonst nie in die Angelegenheiten des Haushalts, zumal wenn es sich um die alten Angestellten handelte, die schon zur Familie Winsten gehörten. Herbert war durch Bertha ins Haus gekommen, und Jessica war schließlich Berthas Kind. Dazu kam dann noch die Geschichte von gestern. Solche Dinge konnten nicht länger andauern!

Jessica bemerkte seine Überraschung, sein Zögern. Ihre Augen flehten. Gegen seinen Willen sah William, wie schön sie eigentlich war mit den langen, seidigen Wimpern, die dunkler waren als ihr Haar. Armes Kind – so viel Schönheit sinnlos vergeudet, dachte er.

Bevor er deshalb antworten konnte, sprach sie weiter. »Wenn es nicht anmaßend wäre, so etwas zu sagen, Sir – aber dieses Haus ist wirklich mein Heim.« Ihre blauen Augen ließen den Blick durch die schönen alten Räume schweifen. »Ich kann mich noch entsinnen, als ich noch ein kleines Kind war, nicht mehr als drei oder vier Jahre alt, da machte ich manchmal diese Tür auf –«, sie wies auf die Tür, die von der Anrichte in die Halle führte, » – und dann blieb ich stehen und tat, als ob alles mir gehörte. Das war sicher ungezogen, aber ich tat es nun einmal. Und als ich ein wenig größer war und auch mutiger, da kam ich hierher – wenn die Familie fort war, mein Vater draußen im Garten arbeitete und Mutter in der Küche wirtschaftete, und dann setzte ich mich in diesen Stuhl dort« – es war der rosa Sessel –, »ich zog ihn vor den Spiegel und sah mich dann mitten in dem schönen Zimmer. Dann tat ich so, als ob alles mir gehöre. Ja, gewiß, ich weiß, das war sicher nicht recht, und darum hat Mutter mich ja auch damals ins Kloster geschickt, als ich kaum sieben war, und sie mich einmal dabei erwischte. Sie sagte, ich hätte große Rosinen im Kopf. Aber es lag wirklich nur daran, daß ich das Haus so sehr liebte und die Familie auch. Manchmal tue ich das noch immer, denn meine Liebe zu dem Haus hat sich nicht geändert, weil es doch auch mein Heim gewesen ist.«

William war verblüfft und fühlte sich unbehaglich. So zu tun, als ob alles ihr gehöre! Vergaß sie denn, daß sie von ihm dabei überrascht worden war? »Nun, Jessica, ich kann mit Mrs. Ascher darüber reden –«

»Ach, bitte, sagen Sie ihr aber nicht, was ich Ihnen erzählt habe! Das klingt vielleicht zu anmaßend, das weiß ich, und sie würde es sicher auch nicht begreifen, weil sie doch selbst aus der Familie ist, aber Sie, Sir –«

Nur sehr widerwillig gestand er sich ein Verständnis zu, das Elinor nicht teilte, sogar ein Verständnis für dieses Mädchen, das sich so wenig zum Hausmädchen eignete, denn er ahnte, daß es in ihr Stimmungen und Träume gab, die ihr in ihrem Stand keineswegs nützlich sein würden. Er machte gewiß nicht den Fehler, in einem Stand etwas ewig Dauerndes zu sehen, er wußte jedoch, daß es einer unheimlichen Energie bedurfte, sich aus der Umwelt zu erheben, in der man geboren war – einer Energie, die sie, seiner Ansicht nach, keinesfalls besaß.

»Ja, Jessica«, sagte er mit kühler Entschiedenheit, dieses Thema fallenzulassen, »ich will mein Bestes tun; sollte aber Mrs. Ascher finden, daß das eine zu große Kränkung für Ihre Mutter sein würde, wenn wir nicht zur Hochzeit kämen, so müssen Sie uns schon verzeihen, daß wir dann kommen. Und wegen der anderen Angelegenheit sollten Sie besser bis nach der Hochzeit warten. Es könnte sich ganz natürlich ergeben – in den Ferien, zum Beispiel, wenn die Kinder daheim sind –, daß wir eine Hilfe brauchen, und dann würden wir Sie rufen.«

Die Hoffnung war allerdings zu schwach, um Jessicas erglühende Wangen zu rechtfertigen. »Oh, vielen Dank, Mr. Ascher!« Ihre Hände falteten sich.

»Das ist aber noch kein Versprechen!« warnte er.

»Ja, ja, ich verstehe, es macht mich aber schon glücklich«, hauchte sie.

Er ging in die Bibliothek, und über seinen Akten vergaß er Jessica.

Gegen Ende des Tages, als er sich wieder daran erinnerte, schien ihm der Zwischenfall viel zu geringfügig, um ihn Elinor gegenüber zu erwähnen. Seit langem hatte er die Erfahrung gemacht, daß der Friede in einem Heim ebensosehr durch Vergessen wie durch Erinnern aufrechterhalten wird, und Elinor könnte darüber verstimmt sein, daß Jessica zu ihm statt zu ihr mit der seltsamen Bitte gekommen war, ihre Arbeit wieder aufnehmen zu dürfen, statt in ihrem Heim zu bleiben, denn das war ein Ansinnen, das leicht geeignet war, der viel gewichtigeren Bertha Ärger zu bereiten. Als Elinor ihn Tage später an die Hochzeit erinnerte, erwiderte er, daß er wahrscheinlich wegen des schwebenden Prozesses daran nicht teilnehmen könne. Das traf auch ein. Auch wenn Jessica kein Wort gesagt hätte, war er gerade an diesem Tag mit Arbeit viel zu stark überhäuft, um frühzeitig nach Hause fahren zu können.

»Liebes Kind«, sagte er, »ich muß die ganze nächste Woche in New York bleiben. Ich muß Montag sehr früh dort sein, und du bekommst mich keinesfalls vor Freitag oder vielleicht auch erst Samstag wieder zu sehen. Wir müssen die Klageerwiderung vorbereiten, und das können meine Kollegen unmöglich ohne mich. Nicht einmal zu Susans Hochzeit würde ich kommen können.«

»Bertha wird gekränkt sein«, bemerkte Elinor. »Besonders, weil auch die Kinder nicht hier sind, und meine übrige Familie ist doch in alle Winde zerstreut. Meine Brüder und Schwestern sind Nomaden – warum, weiß ich nicht. Hoffentlich werden die Kinder ihnen nicht nachschlagen. Aber Tante Emma wird vermutlich kommen.«

»Mir tut's leid, daß auch dein Mann ein Nomade zu sein scheint«, sagte er scherzend. Jetzt wäre es nicht sehr glücklich gewesen, ihr zu erzählen, was Jessica gesagt hatte. Aber es lohnte sich wohl auch nicht. Es war die Stimmung eines Hausmädchens! Es war ihm nur peinlich, daß er diese Stimmung minutenlang geteilt hatte. Er war froh, daß Jessica ging, und er würde bestimmt nichts dafür tun, daß sie wieder ins Haus kam. Unbegreifliche und geradezu lächerliche Eifersucht quälte ihn bei dem Gedanken, daß Jessica dieses Haus, das jetzt sein Haus war, auch als ihr Heim betrachtete, sogar als ihr geistiges Heim – sozusagen.

So fand also die Hochzeit ohne ihn statt, und als er am Samstag darauf spät heimkam, müde und doch mit der wachsenden Tatkraft geladen, die er immer verspürte, wenn ein größerer Fall seinen Höhepunkt erreichte, da vergaß er vollkommen, daß Jessica gegangen war. Erst als Bertha an Jessicas Stelle das Abendessen auftrug, erinnerte er sich daran. Er fühlte, daß sie ein freundliches Wort von ihm erwartete.

»Na, Bertha, keine Tochter verloren – einen Sohn gewonnen, wie? Tut mir leid, daß ich nicht zur Hochzeit da sein konnte.«

»Herbert ist nächste Woche wieder da, Sir«, erwiderte sie. »Ich hab' ihm gesagt, daß acht Tage Flitterwochen reichlich genug sind. Heinrich und ich, wir haben uns nur zwei Tage gegönnt. Aber Herbert meinte, daß das Hühnerhaus ein neues Dach brauche, und das will er während der Zeit noch richten.«

»Gut«, sagte er herzlich, aber irgendwie hatte er das Gefühl, daß durchaus nicht alles gut war.

»Die Trauung«, erzählte Elinor, nachdem Bertha das

Zimmer verlassen hatte, »war wirklich kläglich. Niemand war da bis auf Herberts Brüder und Schwestern und Tante Emma. Ihr Chauffeur hat sie von New York hergebracht. Es war sehr nett von ihr, zu kommen, aber nachher hörte sie gar nicht auf, sehr laut zu erklären, Herbert gefalle ihr gar nicht.«

»Ist sie gleich wieder fortgefahren?« fragte er, um wenigstens etwas dazu zu sagen

»Nein, sie ist über Nacht geblieben, und ich mußte ihr wiederholt versichern, daß gerade Herbert der Mann ist, wie ihn Jessica braucht. Jessica ist manchmal recht geistesabwesend, William. Du bemerkst das nicht so, weil du so viel weg bist, aber manchmal wirkt sie doch recht ermüdend. Gut erzogene Hausangestellte sollten einem nie ihre Launen mit Gewalt aufdrängen, pflegte meine Mutter immer zu sagen. Heinrich und Bertha haben das auch nie getan. Bei Heinrich wäre das sogar verständlich gewesen, weil er ein typisch sentimentaler Mensch war, aber Bertha hatte ihn fest in der Hand. Ich weiß, daß mein Vater Heinrich nur streng anzusehen brauchte, wenn er sich vergaß, für alles übrige sorgte dann schon Bertha.«

»Wie geht's Emma?« fragte er, noch immer nicht so ganz bei der Sache. Er hätte eigentlich auch an diesem Sonntag in New York sein müssen. Denn der einzige Zeuge, von dem viel abhing, war zwar in Haft; aber, konnte man sich auf die Verwaltung wirklich verlassen?

»So in Gedanken?« sagte Elinor gutmütig, dann fuhr sie fort: »Oft frage ich mich, was Emma von ihrem Leben gehabt hat. Sie hat beständig nur von der Zeit gesprochen, als Jessica noch ein kleines Mädchen war. Anscheinend ist sie ihr bei ihren Besuchen aufgefallen. Aber Emma lebt gern in New York, der ›Stadt der einsamen Frauen‹, wie sie sagt, wo sie Musik, Vorträge und Museen hat. Sie ist ein wenig komisch geworden, glaube ich, wenn sie auch noch immer sehr nett ist. Wir sollten uns doch mehr um sie kümmern.«

»Komisch?« wiederholte er.

Bertha servierte gerade einen köstlich gebackenen Fisch.

»Sie hat sich immer zu mir gebeugt«, fuhr Elinor fort, »hat mir aufgeregt auf die Hand geklopft. ›Ich habe einen wunderschönen Corinth‹, hat sie mir zugeflüstert. Woher hätte sie zu einem Louis Corinth kommen sollen, William? So etwas kostet doch ein Vermögen? Und so sagte ich: ›Wirklich?‹ Und da kicherte sie ganz geräuschlos und sagte: ›Ja, in der Frick-Galerie. Jeden Tag sitze ich stundenlang davor und betrachte ihn. Kein Mensch weiß, daß er mir gehört, aber es ist doch so. Ich habe ihn – hier drin!‹ Und dabei schlug sie sich an die eingefallene Brust.«

Elinors Vater hatte William zu einem der Verwalter von Emmas kleinem Erbteil bestellt. »Da muß ich doch wirklich einmal nach dem Rechten sehen«, sagte er beunruhigt. »Vielleicht ist sie nicht mehr ganz zurechnungsfähig. Sie lebt doch allein, nicht wahr?«

»In einem alten Hotel«, sagte Elinor. »Ich würde sie ja häufiger besuchen, aber es ist so weit entfernt.«

Er sah sie halb erheitert an. »Eine Entfernung, die ich jede Woche zurücklege, um bei dir sein zu können.«

Das nahm sie zärtlich zur Kenntnis. »Ja, ja, ich weiß, ich sollte eigentlich das Haus in der Stadt mieten, das du dir immer gewünscht hast; zumal jetzt, da ich mich nicht mehr auf die Kinder ausreden kann. Aber die Stadt ist mir nach wie vor zuwider.«

Schon vor Jahren hatte er sich damit abgefunden, als

sie erklärte, sie könne nirgendwo anders leben als in Vermont. »Macht nichts, Kind«, hatte er gesagt. »Die Straßen sind ausgezeichnet, die Autostraße reicht beinahe bis an unsere Tür, und für mich ist es viel bequemer als damals, da die Kinder noch klein waren. Und dann muß ich auch zugeben, daß meine Gehirnzellen gerade in dieser heimatlichen Luft besonders gut funktionieren.«

Nichtsdestoweniger entriß er sich einige Tage später, als in der Jagd nach neuen Beweisen eine Pause eingetreten war, für eine Stunde seinem Büro in der Stadt und fuhr zu Tante Emma, mit der seine Sekretärin rechtzeitig für ihn die Verabredung getroffen hatte.

Er fand sie in einer kleinen, mit Möbeln vollgestopften Wohnung. Eine schmächtige, aufgeregte alte Dame, in ein Kleid von verschossenem Blau gehüllt, das die Farbe ihrer Augen hatte. Ein ältliches Hotelzimmermädchen betreute sie, öffnete die Tür und brachte auch später auf einem alten Silbertablett den Tee.

»Sehr nett, daß du mich besuchst, William«, krächzte Emma. »Hoffentlich ist mit meinen Angelegenheiten alles in Ordnung!«

»Alles«, versicherte William und setzte sich dem mit gelbem Brokat bespannten Stuhl gegenüber. Der künstliche Kamin brannte, und in der Luft war leichter Gasgeruch. Er mußte unbedingt mit dem Hausverwalter reden. Die gute alte Dame, an diese Atmosphäre scheinbar zwar gewöhnt, konnte sehr wohl eines Nachts darin ersticken. Alle Fenster waren fest geschlossen! Die falschen Scheite im Kamin sahen alt genug aus, um jeden Augenblick zu zerfallen. Er redete weiter.

»Elinor hat mir erzählt, daß du zu Jessicas Hochzeit

draußen warst, und da meinte ich, es sei doch sehr lange her, seit ich dich zum letztenmal gesehen habe – viel zu lange. Nicht wahr?«

Sie schenkte ihm ein süßes, verwittertes Lächeln. »Mir geht's ganz gut, William. Es war ein richtiges Abenteuer, nach Manchester zur Hochzeit zu fahren, aber Bertha hatte mir davon geschrieben, und so meinte ich, irgendwer von der Familie sollte doch da sein. Am Ende waren nur Elinor und ich dabei. Ich erinnere mich so gut an Jessica, an die Zeit, bevor sie ins Kloster ging – sie war so ein hübsches kleines Ding und so begabt! Wirklich, William, es ist ein Jammer! Eines Tages, vor vielen Jahren, da habe ich sie in dem großen östlichen Wohnzimmer überrascht. Sie saß am Klavier, sang ganz leise, schlug die Tasten durchaus harmonisch an und hatte die himmlischste, helle kleine Stimme. Ich hätte sie gleich mitnehmen und ihr Musikunterricht geben lassen sollen. Aber«, Emma lehnte sich in ihrer Begeisterung vor, »sie malt ebensogut, oder hätte es doch gekonnt, wenn sie Unterricht gehabt hätte. Einmal, entsinne ich mich, als sie zu Weihnachten daheim war, gab sie mir ein Aquarell, das sie mir als Weihnachtsgeschenk gemalt hatte. Sie machte mir immer kleine Geschenke, weil sie wußte, daß ich sie gut leiden konnte, aber sie gab sie mir immer insgeheim. Ich fand das Aquarell, zusammengerollt und mit einem Steineichenzweig umwunden, in meiner Schreibtischschublade versteckt. Ich muß es noch immer irgendwo haben –«

Ihre grauen Augen blickten verloren drein; sie dachte sichtlich darüber nach, wo das Aquarell wohl sein mochte.

»Und dieser Mensch« grollte sie plötzlich. »Er ist so dick!«

Er wußte, daß sie Herbert meinte. »Nichtsdestoweniger sehr dauerhaft und solide«, meinte er lächelnd.

»Ach, ich weiß nicht«, sagte Emma plötzlich ganz unglücklich. Sie hob die langen, mageren Hände. »Willst du noch eine Tasse Tee, mein Junge?«

»Gern«, erwiderte er, um ihr Freude zu bereiten. »Er ist köstlich, dein Tee!«

Das freute sie tatsächlich sehr. »Ja? Schmeckt er dir? Es ist ein ganz besonderer Tee, aber nur wenige Leute kennen ihn. Ich bekomme ihn in einem chinesischen Geschäft! Was ist das für ein reizender Laden! Weißt du, William, ich stelle mir vor, daß ich rund um die Welt reise, während ich hier in New York lebe. Unlängst kam ich zu einem richtigen italienischen Fest, zwei Straßen weiter stadtabwärts, vom Verkehr abgelegen, und da brannten Hunderte von Lichtern in Girlanden, und es gab einen fantastischen Basar. Ich bin gegangen, diesen Tee zu kaufen, als deine Sekretärin mich davon verständigte, daß du kommen würdest. Oft wünsche ich, ich hätte doch Jessica hierher mitgenommen. Weißt du, Bertha war immer zu streng gegen das kleine Ding. Ich sah, wie sie sie beim Arm packte. Für so ein Kind war es doch nicht weiter schlimm, sich in die großen, leeren Räume zu schleichen! Kein Mensch außer mir hat etwas davon gewußt. Die anderen waren alle viel zu sehr beschäftigt –«

»Aber Bertha liebt Jessica doch sehr«, meinte er, ohne ihr zu sagen, was er selbst von Jessicas Benehmen hielt.

Emma schnitt eine Grimasse des Ekels. »Sprich mir nicht von Liebe, William! Das ist so eine faule Ausrede. So hat auch meine eigene Schwester Jessica immer angefangen zu reden: ›Du weißt, wie lieb ich dich habe, Emma, aber –‹«

Sie lachte schrill. Elinors Mutter war eine freundliche und, nach Williams Meinung, allgemein beliebte Frau gewesen – nur nicht bei ihrer Schwester Emma.

Er vermochte an der alten Dame keinerlei Zeichen von Unzurechnungsfähigkeit zu erkennen. Sie war immer eigenwillig und schwierig gewesen, sie hatte wohl auch stets das Gefühl der Benachteiligung gehabt, weil sie nie geheiratet hatte. Wie es hieß, hatten sich genug Gelegenheiten geboten, und er wußte nicht, warum sie sie ausgeschlagen hatte. Eine Tragödie hatte es, seines Wissens nie gegeben. Nach einer dritten Tasse Tee stand er auf und empfand eine Erleichterung darüber, daß er sich nicht gerade jetzt einem neuen Problem gegenüber sah.

»Du wirst bald eine reiche Frau sein«, sagte er beim Abschied heiter. »Deine Papiere steigen. Es läßt sich nicht vermeiden, daß du Dividenden einstecken kannst.«

Aber das machte ihr gar keine Freude. »Rede nicht davon!« rief sie. »Das kommt nur von dem entsetzlichen Geschwätz über einen neuen Krieg! Ich möchte lieber ins Armenhaus gehen, als daran reich werden.« Sie stöberte in dem schwarzsamtenen Beutel, der an ihrem Handgelenk hing, zog ein zerknittertes Zeitungsblatt hervor und setzte den Kneifer wieder ab und sah William vorwurfsvoll an: »Und du sprichst von Dividenden?«

»Verzeih«, sagte er zerknirscht. »Ich hatte vergessen, wie genau du die Nachrichten verfolgst.«

»Wenn ich nicht so alt wäre«, erklärte sie dramatisch, »würde ich mein Blut hergeben! Aber das wird man nicht haben wollen. Es ist zu alt. Warum eigentlich? Verändert sich Blut denn?« Sie hielt den welken Arm hoch, von dem der Spitzenärmel zurückfiel.

»Wahrscheinlich«, sagte er. »Die Ärze werden es wissen.«

Sie ließ den Arm auf das Knie sinken. »Ich bin nur froh, daß ich nie geheiratet habe. Ich danke Gott dafür, daß ich nie einen Sohn hatte. Ich könnte dieses Leiden nicht ertragen.« Sie beugte sich vor. »Und was wirst du mit deinen Söhnen anfangen?«

»Sie werden das tun müssen, was auch andere junge Leute tun«, erwiderte William.

»Da hast du's!« rief sie. »Sie werden furchtbar zu leiden haben und du auch. Das ist es, was die Ehe mit sich bringt. Ich wollte, ich hätte Jessica gesagt, sie solle hierherkommen! Ich hatte nicht daran gedacht; nicht bevor ich sie neben diesem dicken Kerl stehen sah. Bertha ist auch dick. Ich weiß nicht, warum ich Jessica nicht befohlen habe, hierherzukommen und bei mir zu leben. Sie hätte mit mir in die Galerien gehen können. Ich habe dort einen wundervollen Corinth – völlig mein Eigentum, obgleich kein Mensch es weiß.«

War das schon ein Hauch von Wahnsinn? Nein, er sah nichts darin als die alte Absonderlichkeit. Emma war vollkommen normal, nur ließ sie ihre Fantasie ein wenig schweifen, wie sie das immer getan hatte, und liebte es, die Umwelt zu verblüffen.

»Das ist nett«, sagte er. »Aber jetzt muß ich gehen, Tante Emma. Dank für den Tee, er war hervorragend – davon will ich Elinor berichten.«

Er drückte ihre lange knochige alte Hand und ging. Da war nichts zu bemerken als die Wunderlichkeit des Alters, meinte er. Der immer in ihr wach gewesene Wille, nicht zu sein wie andere Leute, besonders aber anders zu sein, als die anderen von ihr erwarteten.

Es wäre sehr schwer für Jessica gewesen, mit Tante

Emma zusammenzuleben; viel besser war es, daß sie den normalen Pfad der Frau beschritten, geheiratet, ein eigenes Heim gegründet hatte und nach entsprechender Zeit auch Kinder haben würde. Auf diesem Weg war Gesundheit, klarer Verstand und Gemeinschaft. Denn ein Zusammenleben unter ein und demselben Dach bedeutet Gemeinschaft; davon war er überzeugt. Die Liebe war gewiß der Glanz der Ehe, der Becher, der überschäumte. Doch die Ehe selbst war eine Notwendigkeit.

Er hielt nicht viel von Emmas Begeisterung, er zweifelte an dem Vorhandensein der Talente, die sie in Jessica erblickte. An Heinrich und Bertha war nichts zu bemerken gewesen, was vererbte Talente gerechtfertigt hätte. Vielleicht hatten die Nonnen ihren Geschmack gebildet, doch das konnte längst vergessen sein, wenn es überhaupt je vorhanden gewesen war. Das hätte das Alltagsleben schon mit sich gebracht. Er verdrängte Jessica aus seinem Denken; es ärgerte ihn irgendwie, daß sie, ganz ohne seinen Willen, ohne sein Interesse, so häufig, wenn auch belanglos, in seinem Leben auftauchte.

Viertes Kapitel

In den Weihnachtsferien kamen die Kinder nach Hause. Sie waren schon da, als William wie üblich zum Wochenende aus New York eintraf. Herbert hatte ihn mit dem Wagen von der Bahn abgeholt.

Er war vor Übermüdung halb eingedämmert und saß mit geschlossenen Augen hinter Herberts breitem Rükken.

Am Tor bremste Herbert plötzlich, und William öffnete erstaunt die Augen. Er sah draußen in der kalten Dämmerung seine Tochter Susan. Er sah ihre kräftige kleine Gestalt in einer weißen Pelzjacke, und dann sah er einen mächtigen schwarzen Hund unbekannter Rasse, der ungestüm an einer schwarzen Lederleine zog, die sie um die rechte Hand geschlungen hatte. Er ließ den Wagen anhalten und öffnete das Fenster.

»Was ist denn das für ein Vieh?« rief er.

»Das ist kein Vieh, das ist ein Hund. Pirat heißt er.«

»Ich habe keine Lust auszusteigen«, murrte er. »Und ich kann dich auch nicht in den Wagen lassen. Er sieht ja aus, als ob er einen auffressen wollte!«

»Er ist nur jung«, erwiderte sie und kämpfte gegen das widerstrebende Tier, das jetzt wütend den Wagen, die Nacht, und, wie William meinte, vor allem ihn selbst anbellte.

»Was ist in dich gefahren, daß du ihn mitgebracht hast?« Er mußte schreien, denn der Hund brüllte in einem tiefen Baß, der von den Wäldern widerhallte.

»Er ist ein Mordskerl!« schrie auch sie. »Er frißt zwei Pfund Fleisch zu einer Mahlzeit.«

»Zwei Pfund! Er sieht aus, als ob auch fünfzig eine Kleinigkeit für ihn wären!« meinte William.

Er konnte ihr nicht in die Nähe kommen, und so rief er mißgestimmt durch die Dämmerung: »Ich sehe dich später wieder, wenn ich im Hause in Sicherheit bin. Dorthin wirst du ihn hoffentlich nicht mitbringen!«

»Er besteht darauf«, schrie Susan und klammerte sich an einen Baum, um nicht umgerissen zu werden.

»Scheußlich!« brummte William und schloß das Fenster. »Los, Herbert! Die Nachtluft ist kalt.«

Zu all dem hatte Herbert kein Wort gesagt. Er sagte überhaupt nur selten etwas, wenn man ihn nicht anredete. Das hielt William für seine größte Tugend. Allerdings hatte William mit Erstaunen feststellen müssen, daß sich Herbert in den Wochen, die seit seiner Verheiratung vergangen waren, recht verändert hatte. Sonst immer ein vorsichtiger und sogar langsamer Fahrer, hatte Herbert begonnen, kaum merkbar die Geschwindigkeit zu steigern. Heute abend war er vernünftig aus der Stadt hinausgefahren, doch als er ins Freie kam, beschleunigte er das Tempo. William war aus halbem Dösen plötzlich erwacht, weil er eine Art von Schwindel verspürte. Als er einen Blick auf den Geschwindigkeitsmesser warf, merkte er, daß der Wagen 120 Kilometer machte.

»Zum Donnerwetter!« rief er. »Herbert!«

Dieser fuhr auf, und der Wagen kam gefährlich ins Schleudern.

»Geben Sie doch acht auf die Straße! Was soll denn diese Raserei? Drehen Sie sich gefälligst um«, hatte William gerufen. Das war auch eine neue Albernheit. Wenn man ihn anrief, wandte Herbert den Kopf und überließ es dem Wagen, sich allein zurechtzufinden. »Wollen Sie durchaus eingesperrt werden?«

Herbert senkte die Geschwindigkeit so jäh auf achtzig, daß William mit einem Ruck nach vorn fiel. »Verzeihung, Sir. Ich war mit meinen Gedanken anderswo.«

»Ihre Gedanken haben auf der Straße vor Ihnen zu bleiben«, sagte William streng und wagte es nun nicht mehr, wieder einzuschlummern.

Als er jetzt ins Haus trat, küßte er Elinor, die ihn an der Tür erwartete, und begann, sich gleich zu beklagen: »Heute hat Herbert beinahe etwas angerichtet. Er ist mit hundertzwanzig Kilometern gefahren!«

Elinor erwiderte besorgt: »Das kann ich mir ja bei ihm gar nicht vorstellen!«

»Doch, doch!« wiederholte William. »Ich habe ihn angerufen, und da erklärte er mir, er sei mit seinen Gedanken anderswo gewesen.«

Er verstummte.

Die Tür zur Anrichte hatte sich geöffnet, und zu seinem Erstaunen sah er dort Jessica in einem blauen Baumwollkleid mit weißer Schürze. Sie lächelte über seine Überraschung, als sie ihm Mantel und Hut abnahm. »Guten Abend, Sir. Ich bin während der Ferien hier, aber für mich ist das doch eine kleine Abwechslung.«

Jetzt erinnerte er sich daran, daß er irgend etwas zu Elinor gesagt hatte, und sein anspruchsvolles Gewissen regte sich. »So! Damit habe ich aber nichts zu tun. Tatsächlich hatte ich die Sache vollkommen vergessen. Sie können sich nur bei Mrs. Ascher dafür bedanken.«

Elinor stand wartend da und sah, wie er fand, ein wenig distanziert drein.

»Es ist so angenehm, wieder hier zu sein, Madam«, sagte Jessica mit seltsam flehendem Drängen. »Ja, ich bin Ihnen wirklich sehr dankbar dafür!«

»Es wird uns eine Hilfe sein, wenn du da bist, solange wir die Kinder im Haus haben«, sagte Elinor. Ihre Stimme war freundlich, aber kühl.

William wandte sich zu der Treppe und spürte Elinors Hand auf seinem Arm. Miteinander stiegen sie die Treppe hinauf, ohne ein Wort zu sprechen. Als sie das Wohnzimmer im oberen Stockwerk erreicht hatten, von dem Türen in die beiden Schlafzimmer führten, setzten sie sich. Es war ein freundliches Zimmer, in dem behaglich üppigen, aber nicht überladenen Stil eingerichtet, den er liebte und der der Familie anscheinend eingeboren war. Hier gab es keinerlei Krimskrams, keine Nippsachen und Staubfänger irgendwelcher Art. Die Vorhänge waren aus einfachem, hellblauem Satin und fielen in schweren Falten, der alte Perserteppich zeigte in seinen bizarren, jedoch wohlgeordneten Mustern das gleiche Blau. Blau kleidete Elinor, auch ihre Augen unter dem silberblonden Haar waren von starkem Blau. Er setzte sich, um eine Pfeife zu stopfen, bevor er daran ging, sich zu waschen und umzuziehen. Das Haus war still, nur von draußen her konnte er den rauhen Baß des Hundegebells hören.

»Ist Winstens Familie schon da?« fragte er.

»Madge hat angerufen, daß sie erst morgen kommen können«, erwiderte Elinor. »Edwin ist schon da, aber er ist gleich wieder ausgegangen, um Vera zu besuchen. Susan ist fahrplanmäßig mit einem jungen Mann und einem riesigen Hund angekommen.«

»Den Hund habe ich gesehen. Eine greuliche Bestie!«

»Das darfst du nicht in der Öffentlichkeit sagen!« riet Elinor. »Der junge Mann hat ihn ihr geschenkt.«

»Wo ist er denn?«

»Er schläft, glaube ich. Er hat eine Menge Kuchen und eine Schüssel Sandwiches aufgegessen, hat Tee abgelehnt, aber zwei Glas Whisky getrunken, und dann hat er gesagt, er sei schläfrig.«

»Haben wir ihn schon früher einmal zu sehen bekommen?« erkundigte sich William.

»Nein; der ist ganz neu.«

»Und wie sieht er denn aus?«

Elinor dachte nach. »So ziemlich wie der Hund – groß, rauh, ein häßlicher Schlag, meine ich – oh, bestimmt sehr häßlich –, aber die Mädchen finden ihn ganz wunderbar.«

Das brachte ihn auf einen Gedanken. »Wie kommt's, daß diese Generation von jungen Frauenzimmern die Männer gern im Rohzustand hat? Wenn ich mich recht erinnere, hast du immer großen Wert auf tadelloses Benehmen gelegt. Je mehr jetzt die meisten jungen Leute gerade nur noch aus den Mundwinkeln heraus reden, fluchen, sich räkeln, sich wie Gangster benehmen, um so sympathischer sind sie den Mädchen. Eine komische Generation.«

Elinor dachte lächelnd nach. Sie saß in anmutiger Haltung da, eine Gestalt, so aristokratisch, wie man sie vielleicht nur in einer so jungen Demokratie wie Amerika sehen konnte, die schmalen Füße in silbernen Schuhen unter dem langen Abendkleid aus zarten schwarzen Spitzen gekreuzt, das einen kirschfarbenen Stoff bedeckte. Satin wahrscheinlich, dachte William, weil kein Rascheln zu hören war. Raschelnde Kleider waren ihr zuwider.

»Ich weiß nicht«, sagte sie nachdenklich. »Ich könnte nicht sagen, daß Susans junge Leute mir gerade unsympathisch wären. Ich bete aber zu Gott, daß sie keinen von denen heiraten möge, die wir kennengelernt haben.«

»Vera andererseits –«, begann er, mit seinen Gedanken bei seinem Sohn Edwin.

»Ach, Vera natürlich wäre wunderbar«, sagte Elinor sogleich. Dann fuhr sie zaudernd, widerstrebend fort: »Ich habe eine vollkommen verrückte Vorstellung, die ich eigentlich gar nicht in Worte kleiden sollte.«

»Los, los«, drängte er. »Wir haben uns schon eine ganze Anzahl verrückter Dinge gesagt.«

»Ich frage mich, ob Jessica sich nicht irgendwelche lächerlichen Dinge über Edwin eingeredet hat.«

Er beugte sich erstaunt vor und war tatsächlich betroffen. »Nun, das wäre wirklich verrückt!« sagte er. »Jessica, von Bertha so streng erzogen, könnte sich kaum so weit vergessen. Überdies ist Edwin doch noch ein Junge – wie alt ist Jessica jetzt?«

»Vierundzwanzig.«

»Nun, zweiundzwanzig und vierundzwanzig –«

»Edwin ist ein schöner und etwas romantischer Junge, und es wäre mir wohler, wenn Jessica nicht so hübsch wäre – so – nun, was die Leute verfeinert nennen, du verstehst – zart vielleicht und ganz gewiß viel zu empfindsam für ein Dienstmädchen.«

»Was hast du bemerkt?« fragte er, wider Willen beunruhigt.

»Ich sah Jessica, die Hände auf Edwins Schultern, lachend – und er ist rot geworden und hat zu Boden gesehen.«

Das regte ihn so auf, daß er meinte, nun müsse er ihr doch einiges sagen, was bisher noch nicht genügend Form gehabt hatte, um in Worte gebracht zu werden.

Nicht ihr Posieren vor dem Spiegel, aber etwas, für das er nicht einmal sich selbst gegenüber bisher einen Ausdruck gefunden hatte.

»Weißt du«, sagte er unbehaglich und unwillig, »Jessica hat eine sehr seltsame Art, sich jedem Mann gegenüber zu benehmen.«

Sie sah ihn plötzlich sehr gerade an. »Was meinst du damit, William?«

Er wußte nicht, wie er ihr antworten sollte. In Worte gebracht, schien es allzu sehr über die Tatsachen hinauszureichen. Er lachte, aber mit einer gewissen Gezwungenheit. »Nun, ich weiß nicht recht, wie ich es ausdrükken soll. Wenn ich versuche, es richtig zu erklären, entgleitet es mir. Vielleicht liegt es an ihrer Art, schmeichelnd oder schwermütig auszusehen. Mir war das immer unbehaglich, und ich habe mich immer sofort gedrückt. Sie ist bestimmt viel zu unschuldig, um zu wissen, wie sie dreinschaut.«

»So unschuldig ist keine Frau«, sagte Elinor, wie er mit einem Blick feststellte, ganz ohne Groll.

»Wir Frauen sind alle klug geboren«, sagte sie jetzt, und er hatte den Eindruck, daß ein leicht neckender Ton in ihrer Stimme lag. »Das ist unsere einzige Möglichkeit, uns in die Freiheit zu retten. Je mehr wir Frauen versklavt wurden, desto klüger wurden wir.«

»Ihr seid doch nicht versklavt!« widersprach er.

»Dann bin ich also nicht klug?« fragte sie lächelnd.

Sie hatte sich in jene Distanz geflüchtet, in der sie manchmal tagelang lebte. Er kannte diese Stimmung zu gut und hatte längst gelernt, sich dann lächelnd abzufinden und sie, wenn möglich, noch mehr zu lieben, während er abwartete.

»Obwohl ich als Anwalt einigen Ruf besitze«, erwiderte er, »weiß ich doch Besseres, als mich von dir in eine Diskussion verwickeln zu lassen; jetzt will ich die Stadt von mir abwaschen und mir irgendwas Bequemes anziehen. Und was Jessica und Edwin angeht, so möchte ich es nicht glauben, aber ich will trotzdem die Augen offenhalten.«

»Es beruhigt mich«, sagte Elinor, »von dir zu hören, daß auch du Jessicas spezifische Art, sich Männern zu nähern, spürst. Solange es sich um *alle* Männer handelt, mein Lieber...«

»Leg es aus, wie du willst«, entgegnete er gelassen. Er war zu müde, um die Sache ernst zu nehmen.

Der Prozeß in der Stadt entwickelte sich nicht günstig. Der Hauptzeuge, diese Schatzkammer, mit allerlei peinlichen Kenntnissen gefüllt, war lange genug in Freiheit gelassen worden, um sich, der Teufel mochte wissen, von wem, bestechen zu lassen, und jetzt weigerte er sich zu sagen, was er zu sagen versprochen hatte. Jetzt saß er hinter Gittern, wo er wohl vollkommen in Sicherheit, aber ebenso vollkommen nutzlos war. Die Stadt würde für eine immer wieder erneute Untersuchung von Tatsachen bezahlen müssen, die in diesem festen Schädel verborgen waren, aber vorläufig weder durch Bitten noch durch Drohungen aus ihm herauszubekommen waren.

Der Rechtsanwalt William Ascher vergaß seine Familie, während er badete und sich abermals rasierte. Sein Bart wuchs anscheinend im Ruß und Staub New Yorks derart stark, daß er sich abends ebenso rasieren mußte wie morgens. Er legte Wert darauf, Elinor zur Zeit des Schlafengehens eine Wange darzubieten, die glatt genug war, um ihre Lippen anzulocken.

Plötzlich hörte er, wie eine Tür geöffnet und zugeschlagen wurde und einen Lärm auf der Treppe, wie ihn seine Söhne nicht einmal in ihrer geräuschvollsten Kinderzeit verursacht hatten. Das war – er wußte es auf der Stelle – Susans junger Mann, der Pirat, von dem sie den Hund hatte, der ihm so ähnlich sah, daß selbst die duldsame, barmherzige und mehr als gütige Elinor die Ähnlichkeit bemerkt hatte.

Auch er sah die Ähnlichkeit deutlich genug, als er später das östliche Wohnzimmer betrat. Der Hund lag auf dem kostbaren Teppich vor dem Kamin, auf dem sich noch nie ein Hund geräkelt hatte. William war kein großer Hundeliebhaber, und als die Kinder damals solche Haustiere erbettelten, hatte er ihnen nur Spaniels erlaubt, aber auch die mußten draußen bleiben. Er war außerdem für den Geruch von Hunden empfindlich, und dieser hier erfüllte wahrhaftig das Zimmer mit seinem Gestank.

»Susan«, begann er leicht empört, als er seine Tochter in einem gelben Kleid erblickte, das auffällig ihre schlanken Hüften betonte.

»Ich weiß, Dad«, unterbrach sie, »aber Pete sagt, Pirat müsse einfach im Zimmer sein, sonst würde er draußen den ganzen Abend heulen.«

Ein riesiger junger Mann erhob sich langsam aus Williams Ledersessel, ein unendlich langes Gebilde aus Fleisch und Knochen, mit hohlen pechschwarzen Augen unter buschigen schwarzen Brauen und mit drahtigem schwarzem Haar, das so aussah, als sei es bisher noch nie gebürstet oder gekämmt worden, und außerdem dringend der Schere bedurfte. Der Bursche hatte zwar einen dunklen Anzug an, aber der Rock war achtlos über einem zerdrückten blauen Hemd zugeknöpft, in dem er vorhin zweifellos geschlafen hatte. Seine hohen Backenknochen waren rot, ebenso wie seine viel zu großen Ohren, und die Hand, die er jetzt energisch vorwärtsstieß, war mächtig und stark behaart.

»Mr. Ascher?« bellte er.

»Vermutlich«, sagte Susan spitz. »Kannst du dich nicht anständig benehmen, Pete? Dad, das ist Peter Dobbs.«

Pete hatte wohl nie die Anekdote von dem Zusammentreffen zwischen Stanley und Livingstone in Afrika gehört, und so entging ihm auch die harmlose Anspielung Susans.

»Freu' mich, Sie kennenzulernen«, sagte er mit lockerer südlicher Sprechweise. »Hab' schon eine Menge von Ihnen gehört. Seit ich Susan kenne, sehe ich ab und zu auch mal in die Zeitungen hinein. Wirklich großartig, wie Sie die Gangster eingekreist haben. Zu blödsinnig, daß Sie Bergmann durchs Garn gehen ließen, wenn man's so nennen will, daß er jetzt im Loch sitzt.«

Der Hund richtete sich auf den Vorderpfoten hoch. Das dichte schwarze Haar auf seinem Rücken sträubte sich bei Williams Anblick. Er knurrte wütend.

»Kusch, Pirat«, sagte Pete gleichmütig. »Leg dich, Hundevieh. Er hat sich noch nicht an Sie gewöhnt.«

»Ich bezweifle, daß ich mich je an ihn gewöhnen werde«, erklärte William scharf.

»Das werden Sie schon«, meinte Pete gemütlich. Er hatte es sich wieder in dem Ledersessel bequem gemacht.

»Steh auf, Pete!« befahl Susan. »Das ist Vaters Sessel.«

»Lassen Sie sich nur nicht stören«, sagte William mit säuerlicher Höflichkeit.

»Steh auf, zum Donnerwetter, sag' ich!« wiederholte Susan scharf.

Pete stand gutmütig auf und setzte sich in einen anderen Sessel. »Mir ist's gleich, wo ich sitze, wenn nur der Stuhl groß genug ist. Kann's nicht vertragen, wenn man so eingezwängt sitzt.«

»Setz dich, Dad«, sagte Susan. »Es ist ihm wirklich gleich. Er ist gutartig, aber man muß ganz offen mit ihm reden. Was anderes versteht er nicht. Dann aber fühlt er sich schrecklich wohl...«

Sie sagte diese aufreizenden Worte mit ihrer ruhigen Altstimme, einer schönen Stimme, die selbst hinter der angenommenen Schroffheit sanft und süß nachhallte.

William setzte sich; er kam sich hilflos vor. Der mächtige Hund breitete sich wieder über den Teppich aus, und William starrte in die wütenden Augen des Tieres; sie waren unter gesenkten Brauen auf ihn gerichtet und schimmerten im Widerschein des Feuers rot.

»Der Hund sieht bösartig aus, er gefällt mir nicht«, sagte er verschnupft. Er hatte stillschweigend den Entschluß gefaßt, mit Susan ein ernstes Wort zu sprechen, sobald er sie später allein erwischen konnte. Dieses wilde Tier mußte hinaus!

»Er ist nicht bösartig«, erklärte Pete. »Er sieht eben nur so aus. Dagegen ist nichts zu machen.«

»Ganz wie du«, sagte Susan, ohne zu lächeln.

Pete brach in bewunderndes Gelächter aus. »Was du für eine giftige kleine Zunge hast! Eines Tages, wenn du sie nach mir ausstreckst, dann nehm' ich mein Messer aus der Tasche –« er zog dabei ein umfangreiches Messer hervor und klappte die große Klinke auf, » – und dann schneid' ich dir die böse Zunge einfach ab und geb' sie Pirat zu fressen.«

William hörte diese Unterhaltung mit Abscheu. Mit so etwas konnte er nichts anfangen. Gangster waren im

Gerichtssaal einer großen, verdorbenen Stadt am rechten Ort, aber ein solches Exemplar hier, in seinem eigenen Haus zu finden, darauf war er nicht gefaßt gewesen.

»Wo ist Mutter?« fragte er Susan. »Sag ihr, daß ich gern zu Abend essen möchte.«

»Wir warten noch auf Edwin«, erwiderte Susan und rührte sich nicht. »Mutter sagt, daß er eben erst telefoniert hat. Er bringt Vera mit.«

In der Halle hörte man Geräusche, anscheinend war Edwin gekommen. Tatsächlich traten sie im nächsten Augenblick ein. Sein hochgewachsener jüngerer Sohn, blond wie alle Winstens, und mit ihm die ebenfalls hochgewachsene Vera Bates, eine echte Vermonterin, die Tochter des Stadtbankiers, eine Silberbirke von einem Mädchen, eine ernste Schönheit, deren schmale, gerade Lippen dennoch einen zärtlichen Ausdruck hatten.

Galant stand William auf. Das war ein Mädchen nach seinem Sinn, ein zuverlässiges, junges Geschöpf, das er mit Begeisterung in Haus und Familie willkommen heißen würde. Abermals erhob sich der Hund und knurrte, doch Vera beugte sich zu ihm, streichelte ihn, und das dumpfe Grollen verstummte. Die Bestie knurrte zwar noch, legte sich aber wieder vor den Kamin.

»Das vermochte Ihr unschätzbarer Charme«, sagte William, streckte ihr die Hand entgegen und spürte die kühle, angenehme Mädchenhand in der seinen.

»Guten Abend, Mr. Ascher«, sagte sie sehr korrekt.

»Guten Abend, mein Kind«, erwiderte er, »und du, Edwin, siehst prächtig aus, mein Junge.«

Jetzt fühlte er sich wieder glücklich. Es gab also auch noch solche junge Menschen, und die Gesundheit eines großen Landes bestand darin, daß, wie unerfreulich, wie ungehobelt manches auch sein mochte, überall wieder diese Art Menschen zu finden war, Menschen, auf die man immer stolz sein durfte.

Er empfand ein leises Mitleid mit Pete, dem unerfreulichen, ungeschliffenen Gegenstück. Als alle ihre Plätze gefunden hatten, beugte er sich zu ihm.

In diesem Augenblick war Elinor ins Zimmer getreten, sie kam aus der Anrichte, denn sie war sehr eifrig darum besorgt, daß bei Tisch immer alles klappte. Sie drückte Vera die Hand, und dann setzte sie sich in den rosa Samtstuhl, den man ihr vorbehalten hatte. William stand auf und schob ihr den besticken kleinen Schemel zurecht.

»Dank dir, Liebster«, sagte sie.

Er setzte sich wieder und beobachtete seine Familie mit sorgender Liebe. Ja, sie war wohlgeraten! Abermals bedauerte er einen Menschen wie Pete, der nie dazugehören würde, und so beugte er sich wieder zu dem ungehobelten Menschen vor, der sich schweigend in seinem Stuhl räkelte.

»Was für eine Rasse ist dieser sogenannte Pirat eigentlich?« fragte er, denn er wußte nicht recht, wie eine Unterhaltung beschaffen sein mußte, in die man einen Mann wie ihn einbeziehen könnte.

»Der ist überhaupt von gar keiner Rasse«, erwiderte Pete ohne jegliche Verlegenheit. »Das ist eine Promenadenmischung. Von solchen Hunden haben wir daheim bei meinem Vater eine ganze Menge. Pirat hab' ich mir genommen, weil er so groß ist. Und gescheit ist er auch. Den kann man dressieren. Der tut alles, was ich ihm sage. He, Pirat –«

Pete schnipste mit den Fingern, und der Hund sprang auf, die spitzen Ohren aufgerichtet, ein Glitzern in den wachsamen Augen.

»Wenn ich's ihm jetzt befehle, dann würde er jeden Menschen hier im Zimmer anspringen«, sagte Pete stolz.

»Oh –«

Der halberstickte Schrei kam von der Tür her, und instinktiv wandten alle die Köpfe, um zu sehen, wer diesen seltsamen, heiseren Schrei ausgestoßen hatte. Es war Jessica. Sie war gekommen, um zu melden, daß das Abendessen bereit sei. Jetzt starrte sie entsetzt auf den Hund, ihre Hände hatten sich an den Hals gehoben. Der Hund richtete sich grollend auf, seine Blicke auf Jessica gerichtet.

»Leg dich!« befahl Pete.

»Jessica!« sagte Elinor mahnend.

»Ja, Madam.« Die Hände sanken herab. »Ich – das Essen ist bereit, Madam.«

Jessica verschwand. Man stand auf, aber der Hund rührte sich nicht.

»Komm, Pirat«, befahl Pete.

Der Hund folgte ihm in das Eßzimmer.

»Hierher, leg dich!« befahl Pete und wies auf den Platz vor der geschlossenen Verandatür.

Der Hund zögerte.

»Leg dich!« brüllte Pete mit einer Lautstärke, daß die anderen erschreckt zusammenfuhren.

Schwer ließ der Hund sich nieder. Pete setzte sich und grinste seine Tischgenossen an. »Ganz wie ich gesagt hab' – er würde alles tun, was ich ihm befehle.«

Jessica hatte sich nicht wieder sehen lassen.

Herbert servierte bei Tisch, besser als gewöhnlich und ohne dem Hund die geringste Aufmerksamkeit zu schenken, der jedesmal zu knurren begann, wenn Herbert ins Zimmer trat. Endlich stellte Pete auch das ab. Es war nicht zu leugnen, der Hund gehorchte ihm.

»Du wirst mir deinen Zauberspruch anvertrauen müssen«, sagte Susan zu Pete. Sie saßen nebeneinander, und der Hund lag auf dem Teppich hinter ihnen.

»Da gibt's keinen Zauber«, erwiderte der junge Mann. Behaglich, aber unmanierlich schob er mit Messer und Gabel das Essen in den Mund und sprach zwischen dem Kauen weiter. »Er gehorcht immer nur einem Menschen. Das ist alles. Wem er gehört, dem gehorcht er.«

»Woher wird er wissen, daß er mir gehört?« fragte Susan.

»Wenn ich fort bin, wird er es schon merken.«

William vernahm das mit Beunruhigung. »Sie wollen den Hund doch nicht etwa hierlassen?«

Pete hob den großen Schädel. »Susans Weihnachtsgeschenk«, erklärte er.

»Nein, nein!« rief Elinor.

Edwin hob die gutgezeichneten Brauen zu Vera, die mit einem kaum merklichen Senken der Lider antwortete. Keiner spreach.

Susan wandte sich stürmisch zu ihrer Mutter. »Er wird dich nicht stören! Ich nehme ihn ins College mit! Die Hausbesorgerin sagt, daß er bei ihr bleiben kann, wenn man nicht erlaubt, daß ich ihn im Schlafraum bei mir habe.«

Elinor gab keine Antwort. Seit langem schon hatten sie und William sich dahin geeinigt, sich mit ihren Kindern nicht am Familientisch auseinanderzusetzen, und ganz gewiß nicht – das war ihren entschlossenen Zügen anzumerken – vor diesem Fremden namens Pete.

Ihre und Williams Blicke trafen sich über die ganze Länge des Tisches, und er reagierte sofort. »Der Wetterfrosch meldet weiße Weihnachten«, lenkte er heiter das

Gespräch ab. »Hoffentlich stimmt's auch. Uns allen würde der Schnee viel Spaß machen.«

»Fein, dann werde ich die alten Schlitten herausholen«, rief Edwin. Er verstand es, sich stets jeder notwendigen Ablenkung eines Gesprächs anzupassen.

»Tu das«, sagte Elinor erfreut. »Wir haben sie seit so langer Zeit nicht mehr benützt. Für Winstens und Madges Kinder wird es etwas Neues sein – weiße Weihnachten. Vor zwei Jahren waren sie noch zu klein, als daß sie sich heute noch daran erinnern könnten. Ich glaube, daß nicht einmal der kleine Billy heute noch eine Ahnung davon hat. Was meinst du, William?«

»Bestimmt nicht«, erwiderte er. Und hinter dieser geläufigen Konversation hatte er den tröstlichen Gedanken, daß dieser unmögliche Pete morgen ja nicht mehr da sein würde.

Wie hieß der Bursche nur mit dem Zunamen?

Das hatte er vergessen – es war ja auch vollkommen gleichgültig. Und sobald dieser Mensch fort war, würde er Susan schon beibringen, daß dieser Hund zum Teufel gejagt würde.

Fünftes Kapitel

Am anderen Morgen warf sich ein offenkundig wieder ungekämmter und ungebürsteter Pete in einen aufquietschenden Wagen eines Jahrgangs, der um die früheste Kindheit des Automobilbaues liegen mußte. William vermutete, daß Pete unter dem zerdrückten Mantel und dem Anzug von gestern wahrscheinlich noch seinen Pyjama trug. All das beobachtete er von seinem Schlafzimmerfenster aus, denn die knallenden Fehlzündungen des rasselnden Motors hatten ihn geweckt. Vorsichtshalber hatte er sich nicht blicken lassen, als die donnernde Stimme Petes im Hause erklungen war. Jetzt sah er Susan aus der Türe stürzen, während Pete seinen Motor zu Gebrüll und Rauchwolken angefacht hatte. Sie war eine reizende Erscheinung in ihrem rotwollenen Morgenrock, das dunkle Haar erstaunlich lang über den Rücken fallend; seit dem letzten Frühjahr ließ sie es wachsen.

William schloß die Augen, um nicht zu sehen, wie seine geliebte Tochter diesen unrasierten und, alles in allem, höchst widerwärtigen jungen Menschen küßte. Doch dann öffnete er die Augen schnell wieder, denn vielleicht konnte er feststellen, daß es nicht so weit kam. Und es kam wirklich nicht so weit. Pete streckte einen langen Arm aus, der Pyjamaärmel war tatsächlich ganz deutlich unter dem Ärmel des Rocks zu sehen; er legte diesen Arm energisch genug um Susan, so daß ihre Schultern verschwanden, doch einen Kuß gab es nicht.

»Gott sei Dank!« seufzte William erleichtert und kletterte für eine weitere Stunde in sein Bett zurück.

Bald merkte er, daß an Schlaf unmöglich mehr zu denken war. Er hatte Herbert gestern abend vorm Zubettgehen befohlen, den Hund aus dem Hause zu schaffen, sobald Pete weg war. Und nun gehorchte Herbert.

Das Vieh hatte die Nacht auf dem Teppich vor dem Kamin verbracht.

Herbert hatte ihn jetzt mit energischem Griff am Halsband. Er war ein Mann von gewaltiger Kraft, und der Hund spürte sich in die Höhe gerissen und halb erstickt. Er konnte kaum ein Knurren hervorbringen. Herbert öffnete die Tür, und im nächsten Augenblick war das Tier in die Kälte hinausbefördert worden. Hinter ihm schloß Herbert ab.

Der Hund warf seinen Körper gegen die Tür und raste vor Wut. Das war der Lärm, den William jetzt hörte, der Aufruhr, das Gebrüll eines wilden Tiers, und dann hörte er das widerliche Geräusch von Pfoten, die die eichene Eingangstür zerkratzten, den Stolz des Hauses, die Tür, die so alt war, daß die Tradition wissen wollte, sie stamme von einer mächtigen Eiche hoch oben auf den Bergen, die schon Hunderte von Jahren alt gewesen war, als die Familie Winsten sich damals in Vermont angesiedelt hatte.

William sprang aus dem Bett, zog seinen dicken Morgenrock an und stieß auf der Treppe auf Elinor und Susan. Aus der Anrichte kamen Herbert und Jessica, und von hinten her aus der Küche keuchte jetzt auch Bertha herbei.

William riß die Tür auf, und der Hund stürzte wieder ins Haus.

»Das kommt überhaupt nicht in Frage!« brüllte William. Er wandte sich zu Susan, seine blassen Augen waren so wütend, daß sie zum erstenmal Angst vor ihm hatte. Diese Mischung von Schreck und Überraschung machte er sich zunutze. »Ich dulde diesen Köter nicht im Hause«, brüllte er so scharf, daß er selbst darüber erstaunt war. »Sieh zu, daß das Vieh hinauskommt und draußen bleibt!«

Susan lief in das östliche Wohnzimmer. Da lag der Hund wieder auf dem Teppich vor dem Kamin, den gewaltigen Leib lang ausgestreckt, den Kopf entschlossen auf die Pfoten gelegt, scheinbar ganz gefügig, doch in seinen Augen funkelte es unheimlich, als er sie alle musterte.

»Pirat!« Susan kniete neben ihm nieder. »Pirat, braves Hündchen!«

Der Hund hob den Kopf nach ihr und fletschte die Zähne.

»Susan, komm!« rief Elinor. »Es ist ein gefährliches Tier! Was sollen wir jetzt anfangen? In einer halben Stunde sind die Kinder hier!«

Das war richtig. Winstens Zug kam vor neun, und jetzt war es beinahe halb neun geworden.

»Ich schaffe ihn fort«, erklärte William fest.

Susan schrie laut auf. »Ich erlaube nicht, daß man ihn umbringt. Er ist nur noch fremd. Er weiß, daß Pete ihn verlassen hat. Er hat nur Angst vor mir, weil ich ihm auch noch fremd bin. Er hat uns bisher immer nur beisammen gesehen.«

»Der Hund kann nicht hier bleiben«, sagte William unbeugsam, doch sein Herz begann bereits zu schmelzen, so zuwider ihm diese Erkenntnis auch war. Jetzt waren ja tatsächlich Tränen in den Augen seines Kindes.

»Ach Gott, ach Gott«, murmelte Elinor.

Jessica war es, die jetzt den ganzen Kreis überraschte, Jessica, die doch sonst so furchtsam war. Sie trat aus der Reihe der Dienstleute vor, wo sie zwischen Herbert und Bertha stand, und sagte mit klarer Stimme:

»Ich nehme den Hund, Miß Susan; ich nehme ihn zu mir heim. Ich habe es mir überlegt. Mutter kann hier die Arbeit allein schaffen.« Sie sah von einem erstaunten Gesicht zum andern, und dann heftete sie ihren Blick auf William. »Verzeihung, Sir, aber ich fühle mich plötzlich doch nicht ganz wohl. Anfangs wollte Herbert mich gar nicht erst kommen lassen – er sagte, es würde mich aufregen, und das hat es auch. Aber einen Wachhund könnten wir brauchen. Das Haus ist so einsam. Oft habe ich richtig Angst. Der Hund wird sich schon an mich gewöhnen, wenn er mit mir allein draußen ist.«

War das nicht eine Lösung? Die Ankunftsstunde der Kinder rückte immer näher. Ungewiß sahen sie einander an. Herbert sagte kein Wort.

Elinor wandte sich zu Bertha.

»Können Sie wirklich hier allein mit der Arbeit fertig werden, Bertha?«

Sie sah, daß es Jessica durchaus ernst damit war, das Haus sofort zu verlassen. Warum aber? Sie hatte doch selbst so dringend gebeten...

»Herbert wird mir schon helfen«, sagte Bertha.

»Natürlich könnt ihr anderen auch heimgehen, sobald das Abendessen morgen serviert ist«, meinte Elinor.

»Ja, gewiß«, meinte Bertha.

Und so wurde der Fall erledigt.

Abermals bemächtigte Herbert sich des Tieres. Er stellte sich rittlings über Pirat, packte ihn mit so würgender Kraft beim Hals, daß der Hund den Kopf nicht wenden, ja, kaum atmen konnte; nur ein heiseres Knurren entrang sich seinem Hals. Dann schleppte ihn Herbert hinaus.

William öffnete die Vordertür, und sie alle standen da und sahen zu, wie der Mann mit dem Hund fertig wurde und ihn bis zu dem alten Packard schleifte, der Herbert gehörte.

Er lockerte die eine Hand, um die Tür zu öffnen, und diese Gelegenheit benützte der Hund, um den Kopf zu wenden und ihn in den Arm zu beißen.

Herbert trat das Vieh in den Bauch, hob es mit Händen und einem Knie, schleuderte es in das Vehikel und warf die Tür zu.

»Ich kann nicht ins Haus kommen«, sagte er. »Mein Arm blutet.«

»Sie müssen gleich zum Doktor«, rief Elinor zurück.

»Wie soll Jessica die Bestie heimfahren?« schrie William.

»Vorn ist sie in Sicherheit – es ist eine dicke Glasscheibe dazwischen. Und ich brauche keinen Doktor. Der Hund ist nicht toll – nur bösartig.«

Sie gingen ins Haus zurück, und durch das Fenster beobachtete William, wie der Hund sich immer wieder gegen die Türen und das Glas warf und ein wütendes Gebell ausstieß, das in ein langgedehntes Jaulen überging.

Wenige Minuten später kam Jessica aus der Hintertür. Sie trug einen langen blauen Mantel, der sich der schlanken Gestalt anschmiegte, und einen kleinen blauen Hut. Sie sah aus wie eine Dame der Gesellschaft und nicht wie eine Hausangestellte.

Ohne einen Blick auf den Hund zu werfen, setzte sie sich ans Steuer und fuhr davon.

Es war vorüber, das Haus war zu seiner soliden Behäbigkeit, zu seinem weihnachtlichen Frieden zurückgekehrt.

William ging hinauf, nahm ein Bad, zog sich an und kam wieder herunter, frisch rasiert und gelassen. Elinor und Susan waren bereits im Eßzimmer und erwarteten ihn.

»Wo ist denn Edwin?« fragte er. Er rückte Elinor den Stuhl zurecht, eine Gewohnheit, die so tief in ihm verwurzelt war, daß er gar nicht mehr merkte, was er tat.

»Würdest du glauben, daß er noch schläft?« erwiderte Elinor.

»Das ist gescheit. Ich wollte, ich tät's auch«, knurrte William. »Das war ein netter Auftakt für Weihnachten!«

Susan war, wie er mit einigem Vergnügen feststellte, völlig sanft geworden. Sie trug eine Art Negligé aus rosafarbener Wolle. Er mochte Negligés nicht beim Frühstückstisch, aber darüber sagte er kein Wort, denn sie wußte es natürlich. Langsam trank sie ihren Orangensaft, als ob das Schlucken ihr schwerfiele, und ihr Gesicht war sehr blaß.

Herbert kam mit dem Kaffee. Bertha hatte ihm den Arm sachkundig verbunden.

»Ich weiß nicht, wie Jessica mit dem Hund fertig werden will, wenn sie allein heimkommt«, sagte William.

»Ich habe ihr gesagt, sie solle ihn nicht anrühren, Mr. Ascher«, erklärte Herbert. »Ich habe ihr aufgetragen, sie möge ihn ruhig hinten im Wagen lassen, bis er gehungert hat. Wenn er dann richtig schwach ist, will ich mich schon der Sache annehmen. Ich werde ihm zeigen, wer der Herr ist.«

Susan hob protestierend den Kopf, doch William begegnete ihrem Blick sogleich und mit unverkennbarer Schärfe. Es war ein Zweikampf der Blicke, aber William gab nicht nach, und ihre Lider senkten sich.

»Eine prächtige Idee, Herbert«, sagte William.

»Hoffentlich, Sir«, erwiderte Herbert und schenkte ihm den Kaffee in die Tasse.

Es ging genug in der Welt außerhalb seiner Familie vor, sagte sich William Ascher mißgestimmt eines Aprilabends, als er in seinem Ankleidezimmer vor dem Spiegel stand und sich die Krawatte band, auch wenn innerhalb der Familie nichts vorging.

Was er empfand, war der gleiche Groll, dessen er sich aus der Zeit entsann, als er noch ein Junge gewesen war oder doch schon mehr als ein Junge. Damals hatte er einen schweigenden Kampf gegen seinen Vater ausgefochten, weil er nicht länger nur Sommergast bleiben, sondern vollberechtigter Bürger von Manchester werden wollte, um Elinor Tag für Tag sehen zu können.

Damals hatte er Klavier spielen gelernt, hatte den Unterricht Jahre hindurch fortgesetzt, und er spielte gut genug, um Elinor beim Singen begleiten zu können, wenn sie nicht gerade ein besonders schwieriges Stück aus einer deutschen Oper singen wollte, das seiner Ansicht nach ihrer Stimme schon damals nicht lag. Mit der Zeit war sie darin zur Vernunft gekommen, und es machte ihm noch immer Freude, sie zu begleiten, obgleich natürlich in den ersten Ehejahren, und als die Kinder kamen, diese Dinge zurücktreten mußten.

Daß die Kinder nun aus dem Haus waren, hatte unter anderem auch das Gute, daß Elinor und er die Musik wieder aufgenommen hatten, und er war sehr angenehm überrascht, als er feststellen konnte, daß seine Finger noch gelenkig genug geblieben waren und auch Elinors Stimme ihren Reiz behalten hatte, wenn sie jetzt auch einen tieferen Klang hatte als früher.

Er erinnerte sich im Zusammenhang damit, daß ihn

im Sommer vor ihrer Heirat eine merkwürdige Entzündung in der Handfläche befallen hatte, eine Schwellung, die von innen heraus kam, ohne daß äußerlich irgend etwas zu sehen war. Er hatte zunächst nur ein Unbehagen verspürt, das sich aber binnen weniger Tage zu einem tiefsitzenden Schmerz steigerte, der sich, von der Hand ausgehend, im ganzen Körper ausbreitete. Das Ärgerliche war, daß er und Elinor damals im Sommerkonzert, einem großen gesellschaftlichen Ereignis der Saison, mitwirken sollten. Jetzt aber konnte er nicht nur nicht spielen, sondern mußte auch noch mit ansehen, daß ein anderer sie begleitete, ein junger Mann, vier oder fünf Jahre älter als William. Noch auf Jahre hinaus, selbst nachdem William und Elinor geheiratet hatten, war dieser junge Mann die Personifikation seiner Eifersucht geblieben. Als er sich jetzt im Spiegel betrachtete, dachte er daran, daß er eigentlich noch immer auf seltsame Art auf Lorenzo Marquis eifersüchtig war.

Marquis war noch gelegentlicher Sommergast in Manchester geblieben. Jahr für Jahr mußte William erleben, wie dieser Mann sich mit seinen beruflichen Erfolgen großtat. Marquis war jetzt bereits mehrfacher Millionär. Als er das letzte Mal zum Abendessen kam, begleitet von seiner dritten Frau, hatte er sich geradezu aufreizend benommen.

»Na ja«, hatte er gesagt, »euer Haus sieht noch immer genauso aus wie früher.« Und Elinor hatte mit gelinder Schärfe erwidert: »Gerade darum haben wir es so gern.« Und das hätte eigentlich genügen sollen. Marquis hatte aber dann noch hinzugefügt: »Sie gefallen mir – Sie haben sich auch nicht verändert. Mit William muß man ein recht bequemes Leben haben.« Und dann hatte er einen Blick unverhohlener Bewunderung auf die junge Blondine geworfen, die er erst vor kurzem geheiratet hatte. »Ich habe anscheinend einen größeren Verbrauch, was, Tootles?« Und Tootles hatte sich damit begnügt zu lächeln. Sie war eine schweigende Schönheit und brauchte kein Wort zu sagen.

In jenem Sommer also war William deshalb so verdrossen gewesen, weil die Schwellung in seiner Hand von innen her kam. Da gab es keine Wunde, er war nicht gestürzt, um sich etwa dabei die Hand zu verletzen, er hatte sich mit keinem Werkzeug, keiner Messerklinge weh getan. Einfach irgendwo aus seinem Innern war diese sinnlose, schmerzhafte Entzündung entstanden, die ihn damals seiner Freuden beraubt hatte.

Gerade jetzt, Jahre später, entsann er sich der damaligen Episode. Er plante, mit Elinor eine Osterreise nach Atlantic City zu machen, wo um diese Jahreszeit die Sonne schien. Aber wie damals, vor langer Zeit, hatte er das Gefühl, als sei irgend etwas in ihm nicht in Ordnung.

In Vermont war es jetzt ausgesprochen unfreundlich. Das zähe Grau des Himmels über seinem Haus hatte ihn nach den Monaten so aufreibender Arbeit nervös gemacht. Er sehnte sich danach, das harte, klare Blau eines Meeres zu sehen, wenn es auch noch kalt war, einen klaren blauen Himmel mit kleinen weißen Wolken und einem sauberen kühlen Wind, Menschen in hellen Kleidern, die auf der Strandpromenade spazierengingen, eine österlich frohe Gesellschaft.

Er brauchte eine Erholung nach diesem harten Winter, in dem es Wochen so voller Arbeit gegeben hatte, daß er nicht einmal zum Wochenende nach Hause gekommen war. Der Skandal bei der Stadtverwaltung hatte immer größere Kreise gezogen, William war genötigt, bis in die

Gossen menschlichen Lebens hinabzusteigen, in denen das Leben in seiner Fruchtbarkeit, in seinem Wachstum, in seiner Kraft, das gesunde Leben der Unschuldigen anzufressen, gerade entsetzlich groß war. Es war wie ein Krebs, der am Körper der Gesellschaft wucherte.

Während all das immer weiterging und ihn bis ins Mark ekelte, ereignete sich fern von der Großstadt etwas von der gleichen Art, und ausgerechnet in der, wie er es gern nannte, einzigartigen sauberen und unschuldigen Atmosphäre von Vermont, also gerade an dem Ort, der ihm und Elinor gehörte, in seinem eigenen Heim.

Die Ursache dieser Störung war, es erschien geradezu lächerlich, der große schwarze Hund, diese riesige Bestie, die Jessica am Tag vor Weihnachten mit nach Hause genommen hatte.

William hatte gar nicht mehr an das Tier gedacht.

Die Feiertage waren sehr vergnüglich gewesen. Es war Schnee gefallen, und zum erstenmal hatte er die Winterfreuden eines Großvaters genossen. Bis jetzt hatte er sich immer etwas über sich selbst geschämt und darüber, daß es ihm in seinen doch noch nicht gar so fortgeschrittenen Jahren peinlich war, eine dritte Generation um sich aufwachsen zu sehen.

Er hatte sehr früh geheiratet, und sein Sohn Winsten ebenfalls, und dessen Frau Madge war durchaus bereit gewesen, sogleich Kinder zu bekommen. Das war in seinen Augen eine gewisse Schamlosigkeit der jungen Frauen von heute. Als er und Elinor geheiratet hatten, bedeutete es schon für die ganze Familie eine Quelle der Verlegenheit, daß zwölf Monate später Winsten das Licht der Welt erblickte. Man hatte das damals, vollkommen ungerechtfertigt, so ausgelegt, als sei William

Ascher, der korrekteste junge Mann, den man sich nur vorstellen konnte, in Wirklichkeit ein roher Kerl mit zügellosen Begierden.

Winsten und Madge waren auf ihre frühe Heirat stolz gewesen und noch stolzer, als nach weniger als einem Jahr ein Knabe geboren wurde. Weihnachten verkündigte Madge, daß sie abermals ein Kind erwartete, und höchst überflüssigerweise mußte das auch jeder erfahren, der das Haus betrat.

»Ja, ja«, hatte sie gerufen, und ihr rundes, rosa-weißes Gesicht war nichts als Fröhlichkeit und Gelächter. »Ist das nicht wundervoll? Im Juli... am zwölften...« Da war es wieder! Sogar den Tag nannte sie schon, deutete damit an, daß nach einem bestimmten Plan vorgegangen worden war. Ein lasterhafter Mensch konnte dadurch geradezu angeregt werden, sich die Nacht vorzustellen – oder vielleicht auch den Tag, denn einmal hatte William etwas hier im Haus bemerkt, das ihm enthüllte, daß die spontane Zuneigung zweier Liebender durchaus nicht des schützenden Mantels der Nacht bedurfte...

Er wandte sich von dem Spiegel ab, vor dem er stand. Jedenfalls waren die Kinder im Weihnachtsschnee ganz reizend gewesen. Der Junge in seinem roten Rock und den roten Gamaschen, und das kleine Mädchen, noch ein Baby und kaum imstande, sich auf den dicken Beinchen zu halten, in dem hellblauen Kostüm mit dem weißen Pelzkragen, auf den sie so stolz war, die Augen blau wie ein Stückchen Himmel, wenn sie auf einem Schneehaufen stand und sich gegen den Horizont abzeichnete.

Da hatte er etwas von dem Wunder der Fortdauer menschlichen Lebens begriffen und dankbar gefühlt, wie schön es hier in seinem Haus mit seiner Atmosphäre von Gesundheit und Sauberkeit war – ein segensvoller

Gegensatz zu dem dumpfen Gewimmel im Schmutz einer Großstadt. Seiner eigenen Familie wenigstens wollte er Gesundheit und Sauberkeit erhalten; und wenn jedermann so handelte, dann würde alle Verderbnis absterben müssen.

Er dachte nicht daran, daß sich die Verderbnis auch einmal hier in sein eigenes Haus einschleichen könnte, wie eine Entzündung aus dem Inneren heraus, mit der man anscheinend nichts zu schaffen hatte und die dennoch den ganzen Körper mit Unbehagen erfüllen konnte.

Er runzelte die Stirn, zog seinen Rock an und ging zum Abendessen hinunter.

In den Räumen war schon etwas wie Frühlingsluft zu verspüren, wenn es auch noch zu kühl war, um die Fenster offenzuhalten, und im Kamin wie gewöhnlich ein Feuer brannte.

Aber Elinor hatte schon die ersten gelben Narzissen in Vasen auf den Tisch gestellt, und sie selbst trug ein frühlingsgrünes Taftkleid, das zwar nicht neu, aber für den Winter zu dünn gewesen war. Und schon darum war es Frühling.

Sie setzte sich, er rückte ihr den Stuhl zurecht und nahm seinen eigenen Platz ein. Zwischen ihnen standen in einer Silbervase die Narzissen, so kurz geschnitten, daß er Elinors Gesicht sehen konnte.

Da war er wieder, der distanzierte Blick, die nachdenkliche Miene, die Wangen ein wenig blaß, der Mund nur darum rot, weil sie ihn geschminkt hatte. Irgend etwas war nicht in Ordnung, aber er wollte diesem Etwas noch nicht ins Gesicht sehen. Zuerst in aller Ruhe das Abendessen. Er hatte vorgehabt, ihr von den Aufregungen seiner eigenen Woche zu berichten, denn er hatte erst Freitag abends heimkommen können, mußte schon am Dienstag früh wieder in der Stadt sein.

»Wenn diese schmutzige Geschichte vorüber ist«, sagte er ein wenig rauh, während Herbert die Suppe in kleinen Schalen servierte, »dann möchte ich einen Monat Urlaub nehmen und der Stadt nicht in die Nähe kommen. Du ahnst nicht, wie froh ich bin, daß wir nächste Woche ein paar Tage am Meer vor uns haben.«

Es war geplant, daß Elinor ihn abholen sollte, und dann würden sie gemeinsam von New York wegfahren, so daß es tatsächlich vierzehn Tage und vielleicht auch etwas mehr sein würden, bevor sie wieder zusammen daheim sein würden. Sie würde ihm natürlich sehr fehlen, doch das wären dann die letzten arbeitsreichen Jahre, bevor er sich zurückzog. Später wollte er nur noch in schwierigen Fällen als Berater fungieren, aber nicht mehr in vorderster Front stehen, wie er das derzeit tat. Jüngere Männer, vielleicht sein Sohn Edwin, der sich plötzlich zur Anwaltskarriere entschlossen hatte, sollten dann seinen Platz einnehmen. Doch in seiner, in Williams Firma, sollte Edwin erst dann mitarbeiten, wenn er sich anderswo bewährt hatte. Nur keinen Nepotismus.

Er liebte seine Familie viel zu sehr, er war viel zu eifersüchtig auf ihre Zukunft bedacht, als daß man seinen Kindern einmal später etwas nachsagen dürfte. Sie sollten zuerst allein einen Gipfel erreichen. Marquis hatte seinen einzigen Sohn durch falsche Erziehung zugrunde gerichtet. Der Bursche war jetzt fünfundzwanzig Jahre alt und lebte ganz von den irrsinnigen Zuwendungen seines Vaters, fünftausend im Monat. Er behauptete dabei immer, ein Stück oder ein Buch zu schreiben. Marquis hatte ihm jahrelang ein Gehalt von seiner eigenen Sendestation ausgesetzt, wovon aber der junge Mensch nichts wußte. Das mußte eines Tages aufhören, als die anderen Angestellten sich empörten.

»Ich weiß nicht, ob ich gerade jetzt von hier fort soll«, sagte Elinor.

»Warum nicht?« fragte er.

»Mir gefällt Susan nicht sehr«, erklärte sie.

Ihre Brauen hoben sich. Herbert war gerade im Zimmer. In den letzten Monaten war er auffallend dick geworden, und sein Rock schnürte ihn derart ein, daß er nur hörbar atmen konnte.

William bemerkte es und lächelte leicht. »Sieht aus, als ob die Ehe Ihnen gut bekommen würde, Herbert«, sagte er und legte ein großes Stück Lammbraten auf seinen Teller.

Wenn man Herbert nicht anredete, sprach er oft tagelang nicht, ein freundliches Wort dagegen konnte alle versperrten Schleusen in ihm öffnen. Er trat zurück, setzte die Bratenschüssel auf den Untersatz, hüstelte erst hinter der vorgehaltenen Hand und sagte dann:

»Jessica geht's nicht besonders gut.«

»Nicht?« Schon bedauerte William, daß er Herbert angeredet hatte, denn er wünschte nicht, sich in fremde Angelegenheiten zu mischen.

»Ich dachte«, fuhr Herbert fort und senkte die Stimme zu einem Flüstern, »daß ich gern heute ein Wort mit Ihnen und Mrs. Ascher sprechen würde, wenn Sie Zeit haben.«

William richtete einen fragenden Blick auf Elinor. Seine gehobenen Brauen verrieten das geheime Unbehagen in ihm.

»Ja, gewiß«, sagte sie. »Sobald wir mit dem Essen fertig sind, Herbert. Beim Kaffee. Auf diese Art werden Sie dann auch nicht so spät heimkommen. Jessica muß ja abends unruhig sein, solange Sie noch nicht da sind.«

»Sie hat ja den Hund«, sagte Herbert.

Weiter wurde kein Wort gesprochen. Man beendete das Abendessen und zog sich in das Wohnzimmer zurück. William machte es sich in seinem Stuhl bequem und seufzte.

»Ich wollte, das bliebe uns erspart! Hast du eine Ahnung, worum es...«

Elinor unterbrach ihn. »Ich weiß, daß es seit Weihnachten nicht recht gehen will. Bertha hat in der Küche ziemlich viel geweint, aber ich bin zu feige gewesen, um sie zu fragen, weshalb. Ich habe sogar getan, als merke ich nichts davon. Aber natürlich habe ich die ganze Zeit über geahnt, daß es eines Tages zur Katastrophe kommen mußte.«

William knurrte, während er seine Pfeife anzündete. Über Angestellte zu reden, war ihm immer unangenehm. Man bezahlte sie doch gerade, um im Hause Ruhe und Frieden zu haben!

»Was ist denn mit Susan los?« fragte er. Auch diese Frage, hatte er während des Abendessens hinausgeschoben, doch jetzt konnte man gut alles miteinander erledigen.

»Es geht um Pete«, sagte Elinor. »Er hat ihr nie verziehen, daß sie Jessica den Hund überlassen hat. Sie zanken sich die ganze Zeit, und das lenkt sie von ihrer Arbeit ab. Sie nimmt sich das anscheinend viel zu sehr zu Herzen. Ihr Aussehen macht mir Sorge. Sie nimmt beständig ab.«

»Wenn sie den Burschen doch endlich fallenließe!«

»Sie möchte vielleicht, aber sie kann nicht. Da ist irgend etwas...«

In diesem Moment trat Herbert mit dem Kaffee ein, und sie brach ab. Sorgsam stellte er die Tassen vor sie auf einen kleinen Tisch, doch seine großen Hände zitterten dabei so, daß auch William es bemerkte.

»Nun, Herbert«, sagte Elinor.

Der Mann stand zwischen ihnen, trat jetzt einen Schritt zurück, so daß sie sein Gesicht sehen konnten. Man sieht ein Gesicht oft – manchmal Jahre hindurch –, ohne es wirklich zu sehen. Man nimmt nur den Gesamteindruck wahr, während die Einzelheiten wie durch einen Schleier hindurch gemildert und wenig auffällig erscheinen. Plötzlich aber – eines Tages – und sogar ohne daß ein besonderer Anlaß vorzuliegen braucht, steht dieses Gesicht vor uns in greller und unbarmherziger Wirklichkeit. Es scheint sich dem Betrachter in resignierter Nacktheit auszuliefern auf Gnade oder Ungnade. Dieses Gefühl hatten William und Elinor, als sie jetzt Herbert vor sich sahen. Das fette, schlaffe, breite Gesicht mit der wie eingekniffenen Nase, die scheinbar wimpernlosen, kleinen, grauen nichtssagenden Augen, den lippenlosen schmalen Mund, das harte schwarze Haar, das keine Bürste, keine Flüssigkeit zu zähmen vermochte. Ein recht gewöhnlicher Bursche, dachte William, aus schmucklosem Lehm gemacht, niedrige Leidenschaften in sich bergend –

Und dann kam das Grauenhafte. Herbert sprach nicht. Statt dessen begann er lautlos zu weinen, ohne daß sein feistes Gesicht sich auch nur im geringsten verzog. Der geschlossene Mund zitterte, aus den kleinen Augen rollten die Tränen über die teigigen Wangen und fielen in grauen, zähen Flecken auf den gestärkten weißen Rock.

»Aber, Herbert, nicht, nicht«, flüsterte Elinor.

Herbert schnupfte, tastete nach seinem Taschentuch, fand es nicht und wischte sich die Nase mit dem Handrücken. William sah zur Seite; ihm kam der Gedanke, Herbert das eigene saubere Taschentuch anzubieten, doch dieser Regung widerstand er. Statt dessen blickte er ins Feuer, während Herbert noch immer schnupfte, bis er endlich zwischen kurzem Schluchzen zu sprechen vermochte.

»Ich... ich gebe ihr alles, Mrs. Ascher.«

»Gewiß tun Sie das«, sagte Elinor tröstend. William saß reglos da und schaute noch immer ins Feuer.

»Zwei Staubsauger, Mrs. Ascher, einen fürs Parterre und einen für den ersten Stock, weil sie sich so abgeschunden hat, das Ding hinauf und hinunter zu schleppen...«

»Sehr nett von Ihnen«, sagte Elinor kurz.

»Ihr gefiel der Teppich im Wohnzimmer nicht, sie hat einen gewollt, genau so wie der da – zweihundert Dollar, Mrs. Ascher...«

»Das wird sie hoffentlich zu schätzen wissen«, meinte Elinor.

Das Schluchzen begann von neuem. William warf einen raschen Blick auf Herbert und sah, wie das massive Gesicht in Leid aufgelöst war.

»Ich darf ihr nicht in die Nähe kommen –«

Nun, da war sie also – die ewige Differenz zwischen Mann und Weib!

»Nacht um Nacht – und ich gehe dabei irgendwann zum Teufel –«

Elinor packte die Sache sehr resolut an. »Das ist sehr seltsam. Und gibt sie einen Grund an?«

»Keinen Grund, Mrs. Ascher. Sie sagt einfach – sie kann nicht.«

»Ja, da weiß ich Ihnen wirklich keinen Rat zu geben, Herbert«, sagte Elinor.

»Nein, Ma'am, und Sie wohl auch nicht, Sir. Ich erwarte das auch gar nicht. Früher bin ich mit ihr allein fertig geworden. Sehr kräftig ist sie ja nicht.«

»Früher?« fragte William und wandte plötzlich den Kopf.

»Ja, früher. Bevor sie den verdammten Hund hatte«, schluchzte Herbert. »Das Vieh liegt zwischen uns auf dem Boden – sie hat zwei Betten haben wollen, als wir geheiratet haben. Und jetzt liegt er da und ist immer bereit, mich anzuspringen – sie braucht ihn nur anzurufen –«

»Eine fürchterliche Geschichte«, flüsterte Elinor.

Herbert stand da, der schwere Kopf sank herab, und er zitterte von Kopf bis Fuß.

»Warum jagen Sie dann aber das Vieh nicht davon?« fragte William. Eine ekelhafte Sache, mit der man da im eigenen Haus nach dem Abendessen fertig werden sollte! Seine rasche Fantasie, die Belastung, die er fürs Leben mitbekommen hatte, ließ ihn die Schlafzimmerszene erblicken, den derben, verlangenden Mann, die verschüchterte Frau und das rotäugige Tier zwischen ihnen, die Nackenhaare gesträubt...

»Sie sagt... wenn ich das tue... dann geht sie von mir fort.« Herberts Stimme klang wie ein Krächzen.

»Das ist ja lächerlich«, sagte Elinor, in der der gesunde Menschenverstand sich wehrte. »Wahrscheinlich wird sie nachher nur um so größeren Respekt vor Ihnen haben.«

»Ich wag's nicht... ich kann's nicht darauf ankommen lassen. Sie ist manchmal so seltsam. Sie würden's mir nicht glauben.«

Elinor richtete sich in ihrem Stuhl auf. »Herbert, bitte, hören Sie vor allen Dingen auf zu weinen. Wir können das sonst nicht vernünftig besprechen, solange Sie so dastehen. Wenn Sie vor Jessica weinen, werden Sie es dahin bringen, daß sie Sie wirklich haßt. Keine Frau könnte das ertragen.«

Sie sprach mitleidlos, ihre Stimme war hart und kristallklar. Es war geradezu eine Erleichterung, sie klar und scharf wie ein Messer die klumpige, breiige Atmosphäre durchschneiden zu hören, die Herbert umgab.

Herbert aber nützte das gar nichts. »Verzeihen Sie«, stammelte er mit erstickter Stimme und stürzte aus dem Zimmer.

Minutenlang sprach keiner ein Wort. Dann schenkte Elinor den Kaffee ein. »Zucker?« fragte sie, denn manchmal nahm William Zucker, manchmal nicht.

»Schwarz und ohne Zucker«, sagte er und griff nach der Tasse.

Damit hatte sie den Bann gebrochen.

»Eine scheußliche Enthüllung«, meinte er trocken. »Widerwärtig und abstoßend; es hätte nie dazu kommen sollen. Wir können da kaum etwas tun.«

Elinor antwortete nicht gleich. Dann sagte sie: »Jessica tut mir leid.«

Er war überrascht, denn bis jetzt hatte er geglaubt, Elinor empfinde Jessica gegenüber eine gewisse Unruhe, eine uneingestandene Eifersucht, da Jessica sehr reizend war und Elinor gesehen hatte, wie diese hübsche junge Frau ihre Hände auf Edwins Schultern gelegt hatte. Es war Elinor auch aufgefallen, wie Jessica in einer so besonderen Art auf jeden Mann wirken wollte, wie es Elinor nie getan hätte noch überhaupt tun könnte. Um ihrer eigenen, ehrlichen Seele willen und nicht etwa, weil sie nicht gewußt hätte, daß ihre Schönheit und ihr Charme auch jetzt noch bei weitem alles übertraf, was Jessica trotz ihrer Jugend besaß. Denn das wußte Elinor natürlich sehr genau.

»Und doch...«, begann er.

»Da gibt es kein, ›und doch‹«, unterbrach sie ihn scharf. »Ich weiß sehr gut, was du meinst, und ich bin aufrichtig erstaunt darüber, William, weil gerade du sonst nur so selten das sagst, was jeder Mann sagen würde.«

»Und was habe ich sagen wollen?« fragte er mit wohlüberlegter Gelassenheit.

»Du wolltest sagen, daß Herbert schließlich doch ihr Mann ist und es durchaus verständlich erscheint, wenn er auf seinem Recht besteht. Wozu sei er letzten Endes denn verheiratet.«

Er war zu ehrlich, um Ausreden zu gebrauchen. Ja, das hatte er tatsächlich sagen wollen, wenn auch nicht mit so unverhohlenen Ausdrücken.

»Du hast eine ziemlich gerade Art, diese Dinge darzustellen«, sagte er würdevoll.

»Ich stelle sie so dar, wie sie sind«, sagte Elinor. »Es ist ja auch eine ziemlich... rohe Angelegenheit.«

»Aber der Hund«, begann er von neuem.

»Ich bin sehr froh, daß Jessica den Hund hat«, sagte Elinor beinahe grob. »Und ich weiß noch einige Frauen, die gern einen solchen Hund hätten.«

Er war entsetzt. Hart setzte er die Kaffeetasse hin und sah Elinor fassungslos an. Dachte Elinor etwa dabei an sich selbst? Das war doch unmöglich! Welch grauenhafte Entwicklung nahm denn dieser Fall? Wo sollte ein Mann noch Sicherheit finden, wenn selbst nicht nach fünfundzwanzig Ehejahren bei seiner eigenen Frau? Daß eine Frau dann noch mit solchen Enthüllungen aufwarten konnte, aus denen kaum etwas anderes zu schließen war, als daß sie den eigenen Mann verabscheute, das war doch ungerecht, war beunruhigend und bedrohte die feste Burg, die ein Heim sein sollte!

»Meine Liebe«, sagte er erschüttert. »Das klingt ja sehr bitter.«

»So ist mir auch zumute«, sagte Elinor energisch. Sie schenkte sich noch eine Tasse Kaffee ein, und dabei fiel ihm auf, daß sie während der ganzen Unterredung den Kopf nicht ein einziges Mal gehoben hatte, um ihn anzusehen.

»Warum, wenn ich dich danach fragen darf?« sagte er und betrachtete Elinors gesenkten Kopf.

»Dieser Herbert!« rief sie. »So ein widerlicher Kerl, so fett und anspruchsvoll! Ich weiß ganz genau, was Jessica empfinden muß. Jede Frau weiß das.«

Nun wurde es beschämend. Sie hatte den Fall ins Persönliche und auf sich bezogen. Sie sprach nicht mehr von Herbert und Jessica – sondern sie meinte ihn und sich. Nein, das ging nicht so weiter – es ekelte ihn an, dieses Gespräch fortzusetzen.

»Wir wollen nicht weiter darüber reden«, sagte er erbittert.

»Nun gut«, sagte sie. »Schweigen wir dann lieber!«

Dann saßen sie stumm da und tranken ihren Kaffee.

Es war nicht verwunderlich, daß dieser Zwischenfall Williams Gedanken von Susan abgelenkt hatte. Erst eine Woche später, als Elinor in Atlantic City wieder von ihrem Kind sprach, erinnerte William sich daran, daß es auch noch Peter Dobbs gab.

Sie saßen in einem warmen Winkel des Sandstrandes, durch die erhöhte Strandpromenade vor einem rücksichtslosen Westwind geschützt. Es war noch zu kalt, um den Gedanken aufkommen zu lassen, ins Wasser zu gehen, wenn es auch verlockend klar und sanft dalag und nur kleine, harmlose Brandungswellen die tiefe Bläue unterbrachen. Er war kein besonders guter Schwimmer und liebte die starke Brandung des Sommers nicht. Er empfand es als eine der kleinen Roheiten der Natur, daß das Meer im Winter, wenn das Wasser für den menschlichen Körper zu kalt war, häufig glatt wie ein blauer Spiegel dalag und sich, wenigstens an so wolkenlosen Tagen wie heute, kaum eine Welle regte, während im Sommer irgendwelche Launen des Mondes die See zu beständiger Unrast aufpeitschten.

Eva, aus Adams Rippe geschaffen, erschien wie die Legende eines verderbten, weiblichen Mondes, der vor Billionen Jahren aus der Flanke der neu geschaffenen Erdkugel gerissen worden war. Und nun klaffte die Wunde des pazifischen Beckens, mit zerklüftetem Basalt in seinem Grunde, ebenso unverheilt wie die im Manne selbst. Nun wirbelte dieser weibliche Mond, wie er ihn gestern abend gesehen hatte, um die sehnende Erde, fern und unerreichbar, der Wiedervereinigung unzugänglich, aber die Fluten an sich ziehend, um sie immer und immer wieder in unaufhörlichem Steigen und Fallen der Rhythmen nimmermüder Schöpfung zurückzuwerfen.

Auf dem Rücken liegend, die Augen vor der Sonne geschlossen, spürte er diese Rhythmen in seinem eigenen Ich, und er streckte die Hand nach Elinors Hand aus. Sie überließ sie ihm willig, und er drückte sie an die Wange, ein Wunder heute, wie in all den Jahren vorher. Und doch nicht das gleiche Wunder, denn diese Hand hatte sich verändert, vielleicht war sie härter geworden, ganz gewiß aber fester. Und doch war es noch immer Elinors Hand.

»Susan möchte herkommen«, sagte Elinor plötzlich.

»Hat sie angerufen?«

»Ja, heute früh. Du hast noch geschlafen. Sie möchte gern morgen kommen. Sie sagte, sie habe dringend mit uns zu sprechen.«

Er seufzte und drückte ihre Hand, die er dann in den Sand sinken ließ. »Ja, da ist wohl nichts zu machen.«

»Das glaube ich auch.«

Doch merkwürdig – dachte er – daß Kinder eigentlich niemals völlig selbständige Wesen wurden, sondern ihren Eltern immer fest verbunden blieben. Das war natürlich, solange sie Kinder waren. Susan würde allerdings nicht daran denken, ihr Erwachsensein zu betonen, wenn er sie noch als Kind behandeln wollte.

Trotzdem war es um den sorglosen Morgen geschehen, auch wenn sie erst in zwei Stunden zum Mittagessen ins Hotel gehen mußten. Das Gefühl, mit Elinor allein zu sein, konnte erst dann wieder aufkommen, wenn Susan da gewesen und wieder gegangen war, nachdem sie sich über ihr neues Problem ausgesprochen hatte. Worum es sich auch immer handeln mochte, das Leben junger Menschen war anscheinend über und über mit den Stacheln unerklärlich aufkommender und unlösbar erscheinender Probleme gespickt. Das ganze Gespinst seiner juristischen Tätigkeit, mit den Verbrechen belastet, die den Bodensatz des Lebens der größten Stadt der Welt ausmachten, war nicht so aufregend wie die drängenden Probleme seiner drei erwachsenen Kinder. Winsten, der junge Vater, Edwin, der liebende junge Mann, und Susan, das Ewig-Weibliche. Oder lag es vielleicht nur daran, daß er in seinem eigenen Leben von seinem

Schreibtisch aufstehen, die Tür seines Stadtbüros schließen und einfach fortgehen konnte, während seine drei Kinder, die stets Teile seines Ichs und dauernd in ihm und seinem Blut für ewig verbunden blieben? Er konnte sich ihnen ebensowenig entziehen wie sich selbst.

Dennoch war er selbst nach einem Tag und einer Nacht des Nachdenkens nicht darauf vorbereitet, was jetzt wieder mit Susan los sein mochte.

Am nächsten Spätvormittag stand er an seinem Hotelfenster und überprüfte mit kritischen Blicken in einem Handspiegel den Sitz seiner Krawatte.

Es war sein zweitbestes Stück, und er trug sie sehr gern – dunkelblau mit schmalen, grauen Zwischenstreifen – trotzdem kam sie ihm schon etwas fadenscheinig vor. Er selbst war nicht so übertrieben eitel, aber Susan – das wußte er – musterte ihn stets sehr kritisch, als ob er ihr ausschließlicher Privatbesitz sei.

In diesem Augenblick, als er gerade an sie dachte, kam sie an.

Am Hotelportal sah er ihr kleines dunkelrotes Kabriolett vorfahren, das sie ihm als vorzeitiges Geschenk zum Abschluß der Studien abgeschmeichelt hatte, und zu seinem Entsetzen sah er Peter Dobbs, ein langes Bein nach dem anderen, über die Tür steigen, die er dann lässig für Susan öffnete.

»Elinor!« rief er durch das anstoßende Badezimmer. »Sie hat diesen Kerl mitgebracht!«

»Nein!« rief Elinor zurück und kam eilends zu ihm. Sie sah ganz reizend aus in ihrem rosaseidenen Unterkleid, und er fragte sich, warum das Gesicht es war, das zuerst altern mußte. Sonst wirkte Elinor in diesem Aufzug noch immer wie ein junges Mädchen.

Sie stand hinter dem Vorhang, den sie schirmend um

sich zog, und er sah auf ihren Halsansatz, auf die silberblonden Locken. Er entsann sich, wie unwiderstehlich sie immer auf ihn wirkten, damals, als sie jung verheiratet waren, und plötzlich beugte er sich vor und küßte sie wie damals.

Sie wandte sich mit hellem Lächeln zu ihm um. »Aber, aber, William! Wir müssen uns beeilen. Gleich wird sie hier oben sein –«

»Natürlich«, brummte er. Sollte er ihr erklären, daß der kleine Kuß soeben nichts weiter war als lediglich eine Erinnerung an ihren Hochzeitsmorgen? Zu anderen Zeiten hätte er ihr das gestanden, doch die Besorgnis, Susan könnte den langen, drahthaarigen Burschen mit heraufbringen, machte jede Auseinandersetzung unmöglich. Überdies hätte Elinor es ja wissen können. Aber sie verdächtigte ihn wohl noch immer, wie vermutlich alle Frauen alle Männer, jener plötzlichen Leidenschaftsausbrüche, wie sie in der ersten Zeit ihrer Ehe wohl häufiger vorgekommen waren, die er aber jetzt leider – oder glücklicherweise – Elinors kaum merklichen Andeutungen unterwarf und anpaßte. Derzeit war in ihrer Liebesbeziehung wirklich keinerlei Gewöhnung. Elinor konnte ihn häufig überraschen und tat es auch. Aber es war ein Katze-und-Maus-Spiel, und er spürte, daß er häufiger, als er es wußte, die Maus war.

Unterdessen war Susan schon am Hoteleingang angekommen, doch Elinor hatte sich bereits fertig angezogen und wirkte durchaus gesammelt, obwohl der oberste Knopf ihrer Bluse wie gewöhnlich offen stand, und es war William peinlich, daß diese schwarze Bestie aus dem Gebirge solche Kleinigkeiten vielleicht bemerken könnte.

Susan gegenüber hätte es keine Rolle gespielt. Aber er bewahrte immer noch die Eifersucht seiner Generation, ohne daß er Elinor gegenüber hätte darüber sprechen können. Vermutlich wußte sie aber genau, was er empfand, wenn sie diesen Empfindungen auch scheinbar keinerlei Beachtung schenkte.

Die Tür öffnete sich, und draußen standen die beiden jungen Leute, fröhlich und laut erfüllt von einer Neuigkeit, die sowieso keinem Beobachter verborgen bleiben konnte.

Sie waren ineinander verliebt, das sah wohl jeder. Irgend etwas wie Liebe war es jedenfalls, und William spürte ein Prickeln in seiner Kopfhaut. Elinor musterte sie mit einem seltsam eindringlichen Blick ihrer blauen Augen.

»Mutter und Dad«, rief Susan dramatisch. »Pete und ich haben uns verlobt. Wir meinten, wir sollten euch das doch mitteilen.«

»Ja, das halte ich auch für richtig«, sagte William. »Kommt nur herein. Wann hat sich das denn ereignet?«

Susan brach in ein schallendes Gelächter aus. »Ach, Dad, als ob es sich gerade jetzt ereignet haben müßte!«

Sie traten ins Zimmer, und William bemerkte, daß Elinor bisher überhaupt kein Wort sagte. Sie nahm auf einem der beiden Polsterstühle Platz, und die beiden jungen Leute setzen sich auf das schmale Sofa. Vollkommen ohne jede Scheu schlang Pete seinen langen rechten Arm um Susan, und sie ergriff seine rechte Hand unter ihrem linken Arm und drückte sie an sich.

»Es ist direkt eine Erleichterung, das überstanden zu haben«, rief sie mit ihrer aufgeregten Stimme. »Ich wußte wirklich selbst nicht, wie ich dazu stand, bevor er mich vorgestern gefragt hat. Ich wußte es und wußte es nicht. Wenn ich dachte, er würde mich nie fragen, dann wußte ich es nicht. Aber in der übrigen Zeit wußte ich es.«

William hörte dieser etwas verworrenen Rede zu, und zum erstenmal, seit er seine Tochter bei ihrer Geburt gesehen hatte, noch rot von den Anstrengungen und offenbar im Widerstand gegen das Geborenwerden, fand er sie irgendwie abstoßend. Die Unverhülltheit des triumphierenden Weibchens von heute war ausgesprochen widerwärtig. Welche verborgenen Eigenschaften Elinors hatten in dieser modernen Ausgabe ihrer Tochter Gestalt gefunden? Elinor war doch wenigstens zurückhaltend.

»Warum sagt ihr denn gar nichts?« fragte Susan.

William gab keine Antwort, aber Elinor war heldenhaft.

»Wie nett!« flüsterte sie mit blassen Lippen.

Susan und Pete brachen in ein Duett von lautem Gelächter aus.

»Ach, Mutter!« seufzte Susan und konnte sich gar nicht von ihrer Heiterkeit erholen. »Ist sie nicht unbezahlbar, Pete? Ist sie nicht wundervoll? Nett! Habe ich es dir nicht gesagt?«

»Ja-a«, grunzte Pete. Seine schwarzen Augen glitzerten hell. Zum erstenmal sah William ihn erwachen.

Er fühlte, wie eine Wut in ihm aufstieg. »Ich frage mich, ob ihr zwei überhaupt irgendwelche Vorstellungskraft habt«, sagte er scharf. »Ich frage mich, ob ihr erst fünfundzwanzig Jahre warten müßt, um euch vorzustellen, was es bedeutet, wenn ein Kind, das Zeit und Geld beansprucht hat – von der Liebe gar nicht zu sprechen –, plötzlich mit einem vollkommen Fremden auftaucht und erklärt, daß sie sich mit ihm verlobt hat. Ist es dir nicht in den Sinn gekommen«, fuhr er lehrhaft, zu seiner Tochter gewendet, fort, »daß wir vielleicht als Äquivalent für die Vergangenheit wenigstens verlangen könnten, diesen Fremden zuerst etwas näher kennenzulernen, bevor wir gezwungen sind, ihn als Schwiegersohn zu begrüßen?«

Der Klang seiner Stimme war eindrucksvoll, selbst in seinen eigenen Ohren. Stärker hatte er das auch nie empfunden, wenn er einen schwierigen Fall halsstarrigen Richtern auseinandersetzen mußte.

Susan sah ihn bestürzt an. Sie riß die dunklen Augen weit auf; das hatte sie schon als Kind getan, wenn er ihr gelegentlich Vorhaltungen machen mußte. Von Petes Arm umkreist, beugte sie sich vor.

»Sprichst du im Ernst, Dad?« fragte sie und war, wie er bemerken konnte, ehrlich erstaunt.

Schon wollte er bestätigen, daß er im vollen Ernst sprach, doch da mischte Elinor sich ein.

»Natürlich meint er das nicht so ernst. Es kommt nur etwas plötzlich und er weiß nicht, was er sagen soll. Es ist ja aber schließlich nicht unsere Sache. Wenn du Pete gewählt hast, dann ist Pete uns willkommen.«

Sie lächelte ihr wärmstes, bezauberndstes Lächeln, und William starrte sie an. Es traf ihn, daß sie ihn so restlos im Stich ließ. Hatte er nicht auch sie beschützen wollen? Was konnte ihm daran liegen, wen die Kinder wählten? Er war jetzt gewöhnt, sein Leben ohne sie einzurichten.

Diese Susan hier war nicht mehr das entzückende, dunkelhaarige Kind, das sich so rundlich, so duftig in seinen Arm geschmiegt hatte, bevor es zu Bett ging. Im Geiste hatte sie sein Haus längst verlassen. Ihr Herz war nicht mehr hier. Er hatte von Ländern gelesen, wo die Tochter nie als ständiges Mitglied der Familie angesehen wurde, weil sie durch ihre Heirat im Herzen der Familie eines fremden Mannes angehörte. Warum also so viel Theater? Warum heute noch die Schätze elterlicher Liebe an sie verschwenden? Mit dumpfem Schuldgefühl erkannte er in diesen Gedanken eine unterirdische Eifersucht, die ihn störte.

»Woran denkst du, Dad?« fragte Susan besorgt.

»Es ist nicht so wichtig«, erwiderte er. Dann sammelte er sich mit einiger Mühe.

»Hat denn dein Adonis ein Einkommen?« fragte er, ohne Pete überhaupt anzusehen.

»Eine Tankstelle«, sagte Pete wohlgelaunt.

»Sie gehört ihm«, setzte Susan stolz hinzu.

Das traf. Eine Tankstelle! Darum hatte er seine Tochter mit aller Zärtlichkeit aufgezogen, hatte ihr sogar Geigenunterricht geben lassen und ohne ein Wort der Klage die ersten Jahre jämmerlicher Disharmonien über sich ergehen lassen, bis es schließlich doch zu einem Ergebnis geführt hatte. »Sie wissen vermutlich«, hatte ihr Musiklehrer ihm erst vor wenigen Monaten gesagt, »daß Ihre Tochter große Fortschritte gemacht hat. Sie ist dem Niveau des berufsmäßigen Künstlers recht nahe.«

Mit großem Aufwand an Selbstbeherrschung stellte er die nächste Frage ganz freundlich. »Wo liegt denn diese Tankstelle?«

»Hauptstraße, neben unserem Haus«, sagte Pete. »Menge Touristen kommen heutzutage nach den Ozark-Bergen.«

Elinor sprach mit fahlen Lippen. »Macht es dir denn nichts aus, so weit fortzugehen, Susan, bis nach Arkansas?«

»Nein«, erklärte Susan robust. »Mir wird es dort großartig gefallen.«

Danach war eigentlich nicht mehr viel zu sagen. Elinor, die den Eltern von Winstens Frau damals deren lange Freude einer liebevoll vorbereiteten Hochzeit geneidet hatte, war verstummt. Sie dachte wahrscheinlich dasselbe wie William. Wozu eine prächtige, kostspielige Hochzeitsfeier, wenn der nächste Schritt zu einer Tankstelle führte?

»Wollen wir nicht zu Mittag essen?« fragte Elinor. Sie warf einen Blick auf die mit Diamanten besetzte Uhr an ihrem Handgelenk, die er ihr zum fünfundzwanzigsten Hochzeitstag geschenkt hatte. »Wenn wir noch lange warten, wird der Speisesaal überfüllt sein.«

»Wir sind ganz verhungert«, erklärte Susan. »Ich wenigstens bin es, und Pete ist ohnehin immer hungrig.«

»Ich kann immer was essen«, grinste Pete und entfaltete sich aus dem Sofa.

So gingen sie denn hinunter, und William war nun froh, daß er nicht allein mit den Fremden war. Denn auch Susan war ihm heute eine Fremde geworden. An diesem Morgen hatte er sie endgültig verloren, und alles, was ihm blieb, war der Geist des Kindes, das sie einst gewesen war.

Das und sonst nichts.

Sie saßen etwas zusammengedrängt an einem kleinen runden Tisch, und er prüfte sorgfältig die Menükarte. Fisch und Steaks lehnte er ab und bestellte gebackene Bohnen mit süßlichem braunen Brot. Nach langer Wartezeit aß er sein Mittagessen in tiefem Schweigen und lauschte nicht dem Stimmengewirr, das ihn umgab, sondern dem Dröhnen der Brandung draußen.

Die Zeit der Flut war angebrochen.

Sechstes Kapitel

Als William am Freitag nach Hause kam, lauerte Herbert ihm in der Halle auf. William war unwillig, die Geschichte mit Susan spukte noch in ihm herum.

»Dürfte ich ein oder zwei Worte mit Ihnen sprechen, Sir, wenn es Ihnen recht ist?«

Nein, das war ihm gar nicht recht. William war müde, die Büro-Woche nach seiner Ferienreise war ungewöhnlich aufreibend gewesen, und auf dem Heimweg hatte er sich gefragt, ob er nicht doch schon zu alt für diese Tretmühle wurde. All die vergangenen Stunden hatte Herbert, ohne eine Silbe zu sprechen, am Steuer gesessen. Jetzt, durch den weißen Dienerrock scheinbar irgendwie von Hemmungen befreit, verlangte er Zeit von seinem Brotgeber. Zeit! William spürte mit tiefem Widerstreben, daß Zeit ziemlich der einzige Schatz war, den er noch besaß. Geld hatte nur wenig Wert für ihn. Die Hälfte seines Einkommens diente sowieso dazu, die Politik einer Regierung zu unterstützen, die er nicht billigte, und seine Kinder hatten ihn verlassen. Die Zeit, und vor allem die Zeit bei Elinor, war es, mit der er sparsam umgehen mußte. Doch die Bitte Herberts konnte nicht abgeschlagen werden, wie er einem Gleichgestellten eine solche Bitte jetzt abgeschlagen hätte. Er hatte im Büro Sekretärinnen zu dem Zweck, um ihn vor überflüssigen Ansprüchen an seine Zeit zu schützen. Doch daheim war er wehrlos.

»Gut, gut, Herbert«, sagte er mit grimmiger Geduld.

»Dann werden wir wohl am besten gleich in die Bibliothek gehen. Vor dem Abendessen hätten wir noch fünfzehn oder zwanzig Minuten übrig.«

Herbert folgte ihm geräuschlos und feierlich, und als William sich setzte, schloß der Diener die Tür und blieb davor stehen. Und dann fing er wieder an, ebenso lautlos zu weinen, wie er das schon einmal getan hatte, sein breites, flaches Gesicht zitterte und bebte, seine schmalen Lippen zuckten. Da konnte es sich wieder nur um Jessica handeln!

»Nun, nun«, sagte William. Es war ihm widerlich, aber er versuchte, seine Ungeduld zu bezwingen.

Herbert schnupfte, tastete nach seinem Taschentuch, fand es und wischte sich das Gesicht.

»Sie wissen ja von dem schwarzen Hund, Sir?«

»Ja, ich erinnere mich an die Bestie«, erwiderte William.

»Na, also, dieser Hund, Sir – an dem liegt ihr anscheinend mehr als an irgendeinem anderen Geschöpf auf der Erde. Mehr als an ihrer Mutter, mehr als an mir, ihrem Mann.«

»Setzen Sie sich.«

Herbert wandte sich um und sperrte die Tür zu. Dann machte er auf Fußspitzen drei Schritte vorwärts und setzte sich auf die Kante eines der gradlehnigen Eichenstühle. Wieder zitterten seine schlaffen Wangen, und William blickte zur Seite.

»Der schwarze Hund«, sagte Herbert und räusperte sich, »hat letzte Woche ein Kind gebissen. Es war ein Kind unseres Nachbarn. Es ist herübergekommen, um bei uns Eier zu holen. Einmal in der Woche kaufen sie Eier bei uns. Es ist ein Mädchen von sieben oder acht Jahren. Der Hund hat sie in den Schenkel gebissen. Es war nicht das erste Mal. Vorher hat er sie schon einmal in die Hand gebissen.«

»Der Hund ist doch hoffentlich nicht toll«, sagte William ernst.

Herbert beachtete diese Unterbrechung nicht. Mit tragischem Flüstern sprach er weiter. »Ich hab' ihr gesagt – Jessica nämlich –, daß wir keinen Hund haben dürften, der Kinder beißt. Wenn erst einmal unser eigenes Kind da ist – habe ich Ihnen gesagt, daß sie in Hoffnung ist?«

»Nein.«

»Ja«, erklärte Herbert. »Für den Juni erwartet sie's. Ich habe ihr gesagt, wir hätten den Hund weggeben müssen, als er zum erstenmal ein Kind gebissen hatte. Aber sie wollte nichts davon hören, und da hab' ich nichts weiter gesagt. Sie war damals schon in anderen Umständen, und ich habe gemeint, das wäre so eine Laune. Jetzt hat der Hund das Kind aber wieder gebissen, und der Vater sagt, daß er klagen will. Es ist ein richtiger, tiefer Biß. Das Kind ist im Krankenhaus, die Wunde mußte ausgebrannt werden. Kann er mich verklagen?«

»Das hängt davon ab«, meinte William vorsichtig.

»Wovon?«

»Ich will mir die Sache ein paar Tage überlegen.«

»Der Vater des Kindes könnte vielleicht tausend Dollar Schadenersatz von mir verlangen«, sagte Herbert.

»Ich werde das einmal feststellen«, erwiderte William. Es war grotesk, daß er seine kostbare Zeit an einen Hundebiß vergeuden sollte. Er spürte, wie sein Zorn gegen Pete anstieg, der diese Bestie ins Haus gebracht hatte, und jetzt konnte man den Hund nicht loswerden!

Herbert knüllte sein Taschentuch zu einer Kugel und wischte sich erst ein Auge und dann das andere. »Sie werden es wahrscheinlich merkwürdig finden, daß ich weine, Sir.« Seine Stimme erhob sich zu einem hysterischen Kreischen. »Aber es geht ja nicht nur um den Hund. Um sie selber geht's. Ich weiß nicht, was ich mit Jessica anfangen soll.«

»Was ist denn mit Jessica los?« fragte William, ohne daß er darauf brannte, es zu erfahren. Er warf einen Blick nach der versperrten Tür. Noch eine Minute länger, und er würde aufstehen und sie öffnen.

»Sie hat sich jetzt gegen ihre Mutter gewendet – ein richtiger Haß ist es«, erklärte Herbert, und seine Stimme hatte sich wieder zu einem Flüstern gesenkt. »Wir kennen uns nicht aus. Ihre Mutter liebt sie wie den eigenen Augapfel, könnte man sagen. Die alte Frau verbringt natürlich ihre freie Zeit bei uns, und wir haben ihr im Oberstock ein Zimmer zurechtgemacht, ein nettes Eckzimmer, wie das ja nur recht und billig ist, weil doch das Haus ihr gehört, und wenn sie es uns vermacht, so gehört es später einmal Jessica und mir. Aber ich hatte doch erwartet, die alte Frau würde bei uns leben, wenn sie einmal zu alt für die Arbeit hier im Hause wird, und dahin kann's jeden Tag kommen. Und da habe ich gemeint, könnten Jessica und ich hier die Arbeit machen, und die alte Frau würde sich um die Kinder kümmern, die wir unterdessen haben würden. Ich will ja nicht gerade eine ganze Schar von Kindern, zwei sind genug, und dann meinte ich, man könnte irgend etwas tun.«

»Irgend etwas tun? Was meinen Sie damit?«

»Damit sie keine Kinder mehr bekommt«, erklärte Herbert. »Man kann einen Doktor dazu kriegen, wenn sie nervös ist, und das ist sie, weiß Gott. Das sagt der Doktor selber.«

»Ja?« Abermals fühlte sich William angewidert.

»Es wär' mir nicht lieb, wenn's schon jetzt gemacht

werden sollte«, fuhr Herbert fort. Stimme und Züge waren feierlich, und die Tränen, die auf seinen Wangen trockneten, hinterließen glitzernde Spuren wie Schnekken.

»Nein, nein«, sagte William unbehaglich. »Um Bertha tut es mir leid«, fügte er hinzu. »Irgendwer sollte mit Jessica sprechen. Vielleicht übernimmt das meine Frau.«

»Würde sie's?« fragte Herbert eifrig. »Das ist's, was ich hoffte. Sie könnte Jessica zur Vernunft bringen. Jessica hängt so sehr an Mrs. Aschers Familie.«

»Schön«, sagte William. Er stand auf, entschlossen, die Tür zu öffnen, doch Herbert kam ihm zuvor. Er drehte den Schlüssel herum, hielt die Tür weit offen und stand respektvoll da, während William mit einem leisen Nicken vorüberging.

Oben fand er Elinor, die den letztjährigen getrockneten Lavendel zwischen die Wäsche in ihrer Kommode legte.

Er umarmte sie und schnupperte den sauberen Duft. Wie viele Frauen mochten heutzutage noch Lavendel zwischen ihre Wäsche legen? Ihm waren alle französischen Parfürms zuwider, obgleich er sie einmal bezaubernd gefunden hatte. Diese Veränderung hatte Vermont mit sich gebracht. Hier waren französische Parfüms fremd.

»Hat sich Bertha dir gegenüber wegen Jessicas Benehmen beklagt?«

»Sie ist sehr mürrisch gewesen«, sagte Elinor, »aber sie hat Jessica nicht weiter erwähnt.«

»Herbert sagt mir, daß Jessica sich in einen Haß gegen Bertha hineingeredet hat. Er hat mich in die Bibliothek gelockt und mir ein ganzes Durcheinander von Klagen anvertraut. Ich möchte mich nicht mit allen befassen, aber irgendwie habe ich zugesagt, daß du mit Jessica sprechen wirst.«

»Ach Gott!«

»Ich bedauere das selbst«, sagte William. »Ich weiß nicht, wie es dazu gekommen ist. Wahrscheinlich habe ich ihn einfach loswerden wollen.«

»Na ja, dann werde ich wohl lieber zuerst Jessicas Standpunkt anhören«, seufzte Elinor. »Bertha regt sich immer gleich auf, und dann legt sie sich ins Bett. Und ich kann sie an diesem Wochenende nicht im Bett brauchen. Morgen kommt Edwin.«

»Morgen?«

Sollten sie denn nie allein sein?!

»Hast du vergessen, daß er Frühlingsferien hat?«

Richtig! Das hatte er vergessen. Jetzt, da Winsten sich mit Weib und Kindern in Boston im eigenen kleinen Haus fest niedergelassen hatte, jetzt, da Susan glückselig zu einem Besuch von Petes Familie nach Ozarks gefahren war – (eine unvorstellbare Ungebundenheit, aber sie hatte nur gelacht, als er ihr irgendeine Begleitung vorgeschlagen hatte) –, jetzt hatte er endlich geglaubt, er und Elinor könnten die nächsten Wochen in einigem Frieden allein verbringen. Er hatte sogar daran gedacht, ihr zuzureden, mit ihm nach New York zu fahren und sich die letzten interessanten Vorstellungen der Saison anzusehen.

»Vera dürfte sich diese Woche entscheiden, ob sie Edwin heiraten will oder nicht«, sagte Elinor.

»Höchste Zeit!«

»Wäre es nicht nett«, sagte Elinor, »wenn wir Roboter im Hause hätten statt Dienstboten?«

Er ließ sich in einen Stuhl sinken.

»Roboter? Wahrscheinlich würden auch die ihr eigenes höllisches Temperament entwickeln und Aufregung verursachen. Was sind denn Herbert oder Jessica anderes als eine Handvoll Chemikalien mit einem Quantum Wasser gemixt. Auf die Proportion kommt es an. Wenn alles in irgendeiner geheimnisvollen Beziehung zu allem anderen steht, dann wird irgendwas Neues daraus, ein Geschöpf, eine Persönlichkeit. Die Spaltung ist es. Selbst das Atom explodiert erst, wenn die Kombination richtig ist –«

Elinor hörte ihm zu. Sie ließ die Arme herabhängen.

»Du bist mißgestimmt, nicht wahr?«

»Frieden, wenigstens im eigenen Haus«, erwiderte William. »Das ist alles, was ich habe möchte.«

Merkwürdig, dachte er, daß die menschlichen Wesen mit aller Gewalt ihren eigenen Frieden zerstören müssen, während sie doch vor allem nach Frieden verlangen. Wie sie ihn auf geheime, unterirdische Art zerstören, indem sie verstockt und zähe an ihrem vorgefaßten Willen festhalten, so wie Jessica jetzt das kleine Bauernhaus nicht zur Ruhe kommen ließ, dessen Probleme nun selbst bis in sein stattliches Haus herüberreichten.

Und warum hatten er und Elinor nicht den Mut, diese Leute abzuweisen, die ihnen so grundlosen Ärger verursachten? Er beobachtete Elinor, als sie jetzt durch das Zimmer ging, und begriff, daß sie beide es nicht fertigbrachten, rücksichtslos zu sein. Sie konnten – und zwar aus einem Gefühl heraus, das durchaus nicht Schwäche war – ein menschliches Wesen nicht abweisen, das sich innerhalb ihres Kreises bewegte und hilflos war. Und das war Jessica bestimmt. Sie war wehrlos und schwach zwischen den beiden robusten Menschen Bertha und Herbert. Man mußte ihr helfen, wenn man es konnte.

»Tante Emma hat mir erzählt, sie hätte Jessica gern vor dieser Heirat nach New York zu sich genommen«, sagte er plötzlich.

Elinor setzte sich und dachte nach. »Das wäre vielleicht sehr gut gewesen, aber jetzt ist Jessica verheiratet.«

»Ich meinte, wir sollten keine Zeit verstreichen lassen, sondern feststellen, was da eigentlich los ist«, sagte er. »Je eher wir die Sache hinter uns bringen, desto besser. Es ist schwierig, mit Herbert zu verhandeln, wenn der vor einem steht und plärrt.«

»Er ist widerlich«, sagte Elinor heftig. »Ein Mann in Tränen – da dreht sich mir der Magen um!«

William fühlte sich veranlaßt, ihn etwas in Schutz zu nehmen. »Vielleicht gibt es Gelegenheiten, die auch einen Mann zum Weinen bringen.«

»Dann sollte man es jedenfalls tun, wenn man allein ist«, war Elinors Ansicht.

Zaghaft und erst nach langer Pause fragte er: »Weinst du, wenn du allein bist, Liebste?«

Sie wich aus, wie immer, wenn es sich um Gefühlsdinge zwischen ihnen handelte. Das war vermutlich das Vermontsche an ihr oder vielleicht auch nur die Art der Winstens, die so lange in Vermont ansässig waren. »Ich habe seit langem gelernt, über nichts mehr zu weinen.«

»Hast du es früher getan?«

»Vielleicht«, sagte sie beinahe gleichgültig, »als ich noch jünger war und das Leben noch nicht begriff.«

Er fragte nicht weiter. Eine natürliche Vorsicht oder Scheu hemmte ihn, vielleicht war es auch nur das Widerstreben des Alternden davor, nicht ganz helle Seiten einer Vergangenheit wiederaufleben zu lassen, die begraben und unverkennbar verloren war wie die Jahrhunderte vor der eigenen Geburt.

Er stand auf. Er fühlte sich gewappnet genug, um mit all dem fertig zu werden. »Gehen wir für alle Fälle einmal zu Jessica.«

»Soll ich Bertha verständigen?« fragte Elinor.

Unsicher sahen sie einander an, und dann lachten sie.

»Wir sind ja beide ganz verrückt! Diese Geschichte ist für uns vollkommen unwesentlich, Dienstbotenzankereien, und wir tun so, als ob das Geschick ganzer Völker von uns abhinge. Sag es ihr meinetwegen, und dann mag sie sich ins Bett legen, wenn sie will. Wir werden schon ohne sie fertig werden.«

Seine Einstellung brachte auch sie zu einem Entschluß. »Du mußt aber mitkommen, vor dir hat sie wenigstens Respekt. Ich habe bei ihr keine zu große Autorität, weil sie mich schon seit dem Tage meiner Geburt kennt.«

Miteinander gingen sie die Stufen hinunter in Berthas Küche. Sie stand vor dem Herd, die dicken Beine breit auf den Boden gesetzt, die das Gebirge ihres Leibes trugen. Sie wandte den Kopf nicht, als die beiden eintraten. William spürte, wie ihnen der Mut schwand, wie Elinor verzagte, und er rief seinen Sinn für Humor zu Hilfe. Was? Hatten es zwei gebildete, weltgewandte Menschen nötig, sich von der massiven Primitivität Berthas einschüchtern zu lassen?

»Bertha«, begann er entschlossen, »Mrs. Ascher und ich haben über Jessica gesprochen. Wir wollen heute zu ihr gehen und einmal selbst sehen, warum sie eigentlich mit Herbert so unglücklich ist.«

Bertha fing wortlos an zu heulen, sie drehte den Kopf nicht um und fuhr fort, in einem Topf zu rühren. Ihr mächtiger Leib erzitterte, Hüften, Schultern, der breite Hals. »Ich habe mein Heim verloren«, jammerte sie. Mit der kräftigen rechten Hand rieb sie sich die Augen. »Gegen mich hat sie sich gewandt! Mein eigen Fleisch und Blut! Sie will nicht, daß ich heimkomme – nicht einmal am Sonntag, nein, und sie sagt, ich solle auch an Geburtstagen nicht mehr kommen und zu Weihnachten nicht. Sie hat Herbert erzählt, sie könne mir nie vergessen, daß ich sie geschlagen habe, wie sie noch ein Kind gewesen ist.«

Langsam drehte sie sich um, ihr wuchtiges Gesicht war von Sorgen durchfurcht. »Hab' ich sie je geschlagen, Mrs. Ascher? Nur wenn sie sich hier zu Hause benommen hat, als ob sie eine von Ihnen wäre. Ich habe sie gesehen, wie sie immer wieder in Ihre Zimmer gegangen ist. Da habe ich sie verprügeln müssen. Das ist doch schließlich nicht ihr Haus! – Das habe ich ihr auch immer wieder gesagt, damals. Du hast in der Küche zu bleiben, wohin wir gehören, oder in deinem Zimmer. Im Haus hast du nichts zu suchen. Aber sie hat nicht hören wollen.

Was hat sie gemacht? Sie ist trotzdem immer wieder in Ihre Zimmer gegangen! Und dann hat sie sich auch noch ein Kleid von Susan angezogen, sich in Mrs. Aschers Samtsessel vor den Spiegel gesetzt und vor sich hingeredet. Genau so getan, als wäre sie eine von der Familie.

Das habe ich schließlich nicht mehr mit ansehen können und ihr ein paar verpaßt!«

William hörte gespannt zu. So war das also. Träumereien eines jungen Mädchens. Schon als Kind hatte sie davon zu träumen begonnen, daß sie nicht in die Küche gehörte – nicht zu Bertha, der dicken Köchin, und nicht zu Heinrich, dem Butler. Sie hatte sich immer wieder eingeredet, ein Mitglied der Familie zu sein, jemand, der in das große Haus gehörte, dem es selbst mitgehörte. Sie hatte das dann auch als junges Mädchen nicht mehr lassen können. Für sie war dieser Traum Wirklichkeit und die Wirklichkeit nur ein lästiger Traum.

Für William waren ihr empfindsamer Geist und ihre lebhafte Fantasie Eigenschaften, die er verstand, weil er selbst sie für seinen Beruf als Anwalt brauchte.

Sie ließen ihn begreifen, warum Verbrechen begangen wurden, sie erleuchteten ihn auch jetzt, und er verspürte warmes Mitleid mit dem kleinen Mädchen, das seiner Träume wegen – unheilbarer Träume wegen, die sie auch jetzt noch spann – verprügelt wurde. Er war froh, daß er Elinor nichts von den Szenen vor dem Spiegel erzählt hatte.

Unter heftigem Schluchzen redete Bertha weiter. »Hätte ich das zulassen sollen? Dann hätten die Herrschaften schließlich mich und Heinrich hinausgeworfen? Und mit Recht! Nur darum hab' ich sie verprügelt, vielleicht ein paarmal, wenn es mir zu viel wurde, aber nicht jeden Tag, wie sie jetzt behauptet. Denn das erzählt sie Herbert, und der ist so blind vor Verliebtheit, daß er ihr alles glaubt. Auch er will mich in meinem eigenen Haus nicht mehr haben!«

»Wer?« fragte Elinor verblüfft. »Herbert?«

»Ja, er!« sagte Bertha, hob die große Schürze vor die Augen und weinte hinein; den Löffel, mit dem sie die Sauce gerührt hatte, hielt sie über den Kopf wie eine Fahnenstange.

»Wir wollen bei den jungen Leuten doch einmal nach dem Rechten sehen«, sagte William streng.

»Weinen Sie nicht, Bertha«, sagte Elinor und klopfte auf die gewölbte Schulter der Köchin. »Bitte, weinen Sie nicht: Hier bei uns werden Sie immer ein Heim haben, Bertha.«

William sah Elinor bestürzt an. Sie hatte damit eine Verpflichtung übernommen! Sie hatte Bertha für alle Zeit ein Heim versprochen. Wußte sie, was das heißen konnte bei einer alternden, eigensinnigen, weichherzigen und vom Schicksal enttäuschten Frau? Das war Sklaverei und Tyrannei zugleich! Sie gingen verlegen aus der Küche. Im Wohnzimmer sahen sie einander an.

»Wir können Bertha doch nicht auf die Straße setzen, William«, sagte Elinor entschuldigend.

»Nein«, gab er zu. Das war das Schwere im Leben. Die Alten, die Armen, die Unwissenden, die Hilflosen, die Jungen, ja, selbst Tiere konnte man nicht einfach auf die Straße setzen, wenn sie eine Belästigung wurden. Sie mußten beschützt werden, sie mußten ein Dach bekommen, selbst das Dach seines eigenen Hauses!

In diesem Augenblick wurden sie abgelenkt und aus ihrer bedrückten Stimmung gerissen, denn Edwin trat ein. Wie immer elegant und gepflegt. Wie immer herzlich. William begann, die Werte seines zweiten Sohnes zu würdigen, die Ruhe seines jungen Gesichts, die Selbstverständlichkeit seines Benehmens, die für seine Jugend schon ungewöhnlich geschlossene Haltung.

»Nehmen wir doch Edwin und Vera mit, wenn wir zu Jessica gehen«, schlug er Elinor vor.

Er gab ihm eine kurze Erklärung, und Edwin nickte. »Es klingt vielleicht komisch, aber ich gehe gern mit. Ich habe Jessica immer in gewissem Sinne gern gehabt. Sie war nie lediglich ein Dienstmädchen für uns. Wenn sie von Herbert weg will, so kann sie zu Vera und mir kommen, sobald wir verheiratet sind.«

Elinor schlug freudig die Hände zusammen. »Hat sich Vera wirklich entschlossen?! Ach, Edwin, das ist schön!«

Er nickte. »Ja; es ist soweit, gestern abend hat sie sich entschieden. Sie sagte, sie wollte das ins reine bringen, bevor sie heute herkommt.«

»Ach, mein Junge«, sagte Elinor zärtlich. Selten nur gab sie ihren erwachsenen Kindern einen Kuß, doch jetzt ging sie auf ihren Sohn zu und küßte ihn auf beide Wangen. »Ich bin ja so glücklich! Ich habe Vera sehr lieb!«

Er errötete, seine blauen Augen glänzten, und er umarmte sie herzlich. »Und sie verehrt euch beide«, sagte er; seine sonst so ruhige junge Stimme war ein wenig heiser. »Ich bringe euch damit wirklich noch eine Tochter ins Haus.«

Jessicas Geschichte verblaßte in der Aufregung allgemeiner Freude, und Edwin ging, um seine Braut abzuholen.

»Jetzt müssen wir mit dem Besuch bei Jessica bis morgen warten«, sagte Elinor beglückt. »Wo soll denn Edwins Hochzeit stattfinden? Wahrscheinlich wird die Familie die Episkopalkirche in Manchester vorziehen.«

»Wenn ihr Vater die Trauung nicht in der Bank haben will«, meinte William mit wiederkehrender guter Laune. Eine glückliche Heirat war ein gutes Vorzeichen für die ganze Familie, die Ehe junger, froher Menschen, wie Elinor und er es gewesen waren, eine Ehe, die glücklich blieb, wenn auch die Jugend verging. Ein ungewöhnlich starkes Gefühl wärmte sein Herz, es drängte ihn, seine Frau in die Arme zu nehmen und ihren Mund zu küssen.

»Ja, aber William!« rief sie.

»Mit einem Male war es mir, als wäre ich selbst wieder jung«, erklärte er.

Der Abend verlief um so erfreulicher, als Edwin in taktvoller Zärtlichkeit seine Eltern keineswegs merken ließ, daß es ihm vielleicht lieber wäre, wenn sie sich rechtzeitig zurückzögen.

Und am nächsten Morgen nach dem Frühstück machten sie sich auf, um den Besuch bei Jessica zu erledigen.

Vera liebte die frühen Morgenstunden, sie blieb nie im Bett liegen, wie Susan, und hatte schon mit Edwin vor dem Frühstück einen Spaziergang unternommen. Frisch wie eine Rose, das schlichte Haar hell und glatt, auf den Wangen ein zartes Rosa, war sie so sehr das vollendete Bild einer erwünschten Schwiegertochter, wie William es sich nur ausmalen konnte. Auch konnte er sich gut vorstellen, was sie Edwin für eine Frau sein würde, treu, zuverlässig, reizend genug, um eine Freude, und doch nicht so schön, um unter Umständen eine Gefahr zu sein.

Ihr gutgeschnittenes blaues Kleid war sehr elegant, zwar entsprechend kostspielig, aber sein Geld wert und würde sich ausgezeichnet tragen. Alles an Vera wirkte solide und haltbar, sie war durchaus kein sportlicher Typus. Obgleich sie doch erst vorgestern Edwin ihr Jawort gegeben hatte, also vor kaum sechsunddreißig Stunden, umgab sie doch bereits die Aureole der guten Gattin; und William war froh im Wissen, daß Edwin eine gute Gattin verdiente. Vera war zu goldrein, um anderen, weniger ehrenwerten Händen anvertraut zu werden als den Händen Edwins.

Sie traten die Fahrt in einem alten grauen Wagen an, dem Landwagen, wie sie ihn nannten. Edwin saß am Steuer, und etwa nach einer halben Stunde verließen sie den Asphalt und bogen in eine tiefgefurchte, schmutzige Landstraße ein, die einige Meilen lang über einen Hügel in ein geweitetes Tal führte. Herbert und Bertha hatten dabeigestanden, als der Wagen abfuhr, Bertha, wie üblich, den Tränen sehr nahe, während Herbert gemessen eingehende Erläuterungen gab, wie man sich bei Clayton Corners zu verhalten hatte, wo fünf Straßen sternförmig zusammenliefen, so daß es für einen Fremden schwer war, die richtige einzuschlagen.

»Sie nehmen die schlechteste Straße, Sir, die Sie sehen – das ist sie. Ich tue zwar alles mögliche, um zu erreichen, daß man die Straße in Ordnung bringt, aber das Dorf hat kein Geld, um sich ernsthaft damit zu befassen.«

Die schlechteste Straße war wirklich nicht zu verfehlen, sie schlugen sie ein und fuhren weitere fünf Meilen, bis sie an das Haus kamen, das sie nach Herberts Schilderung erkannten.

»Wir müssen auf dieses miserable Hundevieh achtgeben«, rief William, der aus dem Fenster spähte.

Doch der Hund lag an der Kette. Sie sahen ihn sogleich. Der mächtige schwarze Kerl kroch aus der breiten Hütte hervor, sprang vor, soweit es die dicke Eisenkette erlaubte, und bellte sie brüllend an, daß es von den Hügeln widerhallte.

Fast unverzüglich trat Jessica aus der Vordertür und kam ihnen entgegen. Sie war gut gekleidet. Ein weiter Rock und eine elegante kleine Jacke, die lose über ihre Hüften fiel, verbargen fast völlig ihren Zustand. Ihr schmales Gesicht mit den großen blauen Augen wirkte etwas ätherisch. Mit einem Lächeln, das Freude ausdrückte, streckte sie ihnen die Hände entgegen.

»Seien Sie herzlich willkommen!« rief sie mit ihrer angenehmen Stimme. »Mir ist es, als wäre es meine eigene Familie, die mich besucht!«

Sie trat rasch näher. In einem plötzlichen Impuls küßte Elinor sie, und William merkte erstaunt, daß er ihre beiden Hände hielt. Vera und Edwin standen abseits und warteten. Jetzt wandte Jessica sich zu ihnen.

»Mr. Edwin«, sagte sie unsicher.

»Sie erinnern sich an Vera«, begann Edwin.

»Ja, natürlich«, unterbrach ihn Jessica. »Gewiß erinnere ich mich. Es ist so lieb, daß Sie gekommen sind.«

»Wir haben uns verlobt«, sagte Edwin ein wenig brüsk.

Jessica sah ihn sekundenlang bestürzt an.

»Verlobt sind Sie?« Sie zauderte und lachte dann leise. »Natürlich sind Sie verlobt. Ich habe ganz vergessen, daß Sie jetzt ein Mann sind. Ich sehe Sie immer noch als Knaben vor mir.«

Jessicas blaue Augen verweilten etwas wehmütig auf Veras ruhigen Zügen.

»Aber kommen Sie doch herein, bitte, kommen Sie herein –« rief sie dann.

Sie wußten nicht recht, was sie aus ihr machen sollten. Sie warf einen leicht erkünstelten Zauber über alles, was sie sagte, ihre schmalen Hände waren ständig in Bewegung, jetzt an ihrem Hals, jetzt auf dem Haar, und sie lächelte unaufhörlich. Es war ein helles, sprödes Glitzern auf ihren Zügen, und die großen blauen Augen schimmerten. Sie wirkte wie eine Fremde, die aus einem Land kam, das sie nicht kannten, dessen Gebräuche nicht ihre Gebräuche waren, dessen Gedanken sie nicht einmal mit Hilfe der gemeinsamen Sprache ergründen konnten.

»Kommen Sie herein – kommen Sie herein«, wiederholte sie mit einer Art flutender Gesteigertheit und führte sie in das Haus. Es war ein Bauernhaus, aber ganz anders, als William es sich vorgestellt hatte. Die Vordertür führte in ein kleines Vorzimmer, aus dem die Treppe geradeaus in das obere Stockwerk führte. Die übrigen Zimmer, Wohnzimmer links, Eßzimmer rechts, stießen an das Vorzimmer an.

Sie betraten das Wohnzimmer, das William, der sich rasch umsah, irgendwie vertraut vorkam. Und plötzlich begriff er, was an dem Raum so seltsam war. Auf ihre Art hatte Jessica versucht, sein eigenes Heim hier nachzugestalten. Zwischen den Fenstern, gegenüber der Tür, hing ein großer Spiegel, zwei Wandleuchter rechts und links davon und darunter eine recht gute Nachahmung seines eigenen Schreibtisches aus Nußbaum. An jedem Ende des Zimmers erhoben sich schmale Bücherschränke, nicht so groß wie die seinen und ganz gewiß nicht antik. Auf dem Kaminsims standen einige Porzellanfiguren, wenn auch keine echten Meißner. Er wechselte einen Blick mit Elinor, mit dem sie ihr Erstaunen und Mitleid austauschten.

»Was für ein reizendes Zimmer«, sagte Vera.

»Der Teppich gefällt mir noch nicht«, erklärte Jessica eifrig. »Er ist zu gewöhnlich. Ich wünsche mir einen besseren, aber Herbert sagt, daß wir uns das jetzt nicht leisten können.« Sie lachte, und ihre Augen wurden plötzlich diamanthart. »Ich werde ihn schon bekommen! Über solche Dinge mache ich mir keine Sorgen. Aber wollen wir nicht hinaufgehen, damit Sie sich auch die anderen Zimmer ansehen können? Das Haus ist viel zu klein, natürlich, aber wir haben vor zu bauen, und dann werden wir dieses Haus für die Dienstleute verwenden. Ich habe mir den Platz oben auf dem Hügel ausgesucht.«

Sie zog die zierlichen Vorhänge auseinander, die zwischen blausamtenen Draperien hingen.

»Ich bin gekommen, um dich zu sehen, nicht das

Haus«, sagte Elinor plötzlich energisch. »Setz dich, Jessica.«

»Vera und ich wollen ein wenig ins Freie gehn«, sagte Edwin. Sie hatten sich noch nicht gesetzt.

»O nein, nur das nicht!« rief Jessica in den höchsten silbrigsten Tönen. »Sie müssen sich auch setzen, Edwin! Vor Ihnen ist nichts zu verbergen. Ich habe doch bisher nie Geheimnisse vor Ihnen gehabt, nicht wahr? Nie!«

Edwin setzte sich verdutzt, ohne zu antworten. Jetzt saßen alle. Sie kamen sich vor wie Akteure in einer Theaterszene und warteten auf das Stichwort.

»Wann erwartest du das Baby?« begann Elinor ruhig.

»Ach, ich weiß nicht genau«, erwiderte Jessica. Ihr seltsam unschuldiges Gesicht strahlte sie alle an. »Ich denke einfach nicht daran, Mrs. Ascher. Es ist doch so sinnlos, Kinder zu haben. Kinder haben, Kinder haben, Kinder haben – ist das alles nicht einfach sinnlos? Immer und immer wieder. Die Kinder haben doch hier nichts! Keine Straßen, auf denen sie spazierengehen können, keine Auslagen schöner Geschäfte, kein Kino, kein Restaurant, nichts, womit man sie unterhalten könnte. Und so denke ich einfach nicht daran.«

Elinor unterbrach sie.

»Deine Mutter sagt, daß du Streit mit ihr hast.«

Jessica hob die Hände. Es waren sehr weiße, schlanke Hände mit muschelrosa gefärbten Nägeln. Wer, so fragte sich William, wusch hier das Geschirr, wer schrubbte den Boden? Herbert vielleicht, in seiner dummen, blinden Verliebtheit, oder Bertha, an den paar Tagen, wenn sie hierherkam. Doch nein, es war ihr ja verboten zu kommen!

»Ich habe keinen Streit mit Mama«, erklärte Jessica verwundert. »Ich habe ihr einfach gesagt, daß ich sie, solange ich lebe, nicht mehr wiedersehen will. Das ist alles.«

»Sie wohnen doch in ihrem Haus«, sagte William brüsk.

»Nur bis wir unser eigenes Haus auf dem Hügel gebaut haben«, erwiderte sie ganz unbeschwert. »Dann wird dieses Haus hier nur für die Dienstleute verwendet.«

»Ihre Mutter etwa?« fragte er grimmig.

»Ach, nein«, sagte Jessica. »Ich will sie nie wiedersehen.« Sie beugte sich vor, ihre Wangen färbten sich plötzlich rot. »Sie haben es wahrscheinlich nie gewußt, Mr. Ascher, aber meine Mutter hat mich immer schrecklich geschlagen. Sie ist eine sehr grausame Frau.«

»Jessica, das glaube ich dir nicht«, sagte Elinor. »In all den Jahren, seit Bertha in unserem Haus ist, habe ich das nie von irgendwem sagen gehört.«

»Weil Sie eben die Herrschaft sind«, sagte Jessica. Ihre Worte sprudelten wie aus einer bisher verschlossenen Quelle hervor. Ihre Augen weiteten sich, die Lider gingen auf und nieder, während sie von einem zum anderen sah. Sie redete weiter, und die ganz klar artikulierten Worte waren wie das harte Geriesel fallender Kristalle. »Sie hat mich geschlagen, sie hat mir ihre große Faust in den Mund gepreßt, so daß ich nicht schreien konnte. Sie hat mich geschlagen, bis ich glaubte, meine Knochen wären zu Splittern zerbrochen. Und mein armer Vater war hilflos. Er stand daneben und rang die Hände, er kniete nieder, brachte kein Wort hervor, denn er wollte nicht, daß die Herrschaft etwas hören sollte. Und gerade auf der anderen Seite der Tür saßen Sie alle in Reichtum und Sicherheit, während ich geprügelt wurde, und das alles in solcher Stille...«

In entsetzlicher Realität verstand es Jessica, mit hypnotischer Intensität vor ihren geistigen Augen das greifbar nahe Bild eines furchtbaren Dramas erstehen zu lassen. Sie flammte, sie bebte, ihre Augen weiteten sich gequält, blickten wild, ihre Stimme tönte wie eine straff gespannte Geigensaite.

»Ich kann das nicht glauben«, sagte Elinor beharrlich.

»Ach, Sie hätten es nie geglaubt«, schrie Jessica. »Keiner von Ihnen hätte es mir je geglaubt, nur Edwin – Edwin, mein Liebling!«

Sie wandte sich und sah Edwin schmelzend an. Ihr ganzes Wesen sänftigte sich, nichts als Sehnsucht war darin. »Du hast es gewußt, nicht wahr, Edwin? Dir habe ich alles gesagt.«

Edwin starrte sie an. »Ich habe keine Ahnung, wovon Sie sprechen«, sagte er mit vollkommen klarer Stimme.

»O doch, doch, du weißt es, mein Liebling«, sagte Jessica schmeichelnd. Die weißen Hände hoben sich ihm zu, die Finger falteten sich. »Hab' keine Angst, du wirst es deiner Braut doch einmal sagen müssen, und jetzt kann ich es auch Herbert sagen. Bis heute habe ich es als ein schönes Geheimnis bei mir bewahrt. Aber am Ende wird Herbert es doch erfahren müssen.«

»Jessica!« rief William streng. Er sah das verständnislose Gesicht seines Sohnes.

Aber sie beachtete ihn gar nicht, die Worte strömten leicht und frei dahin, als würden sie von ihrer Liebe getragen. »Willst du dich nicht erinnern, Edwin? Kannst du das je vergessen? Erinnerst du dich an den langen, süßen, unvergeßlichen Tag, den wir miteinander in dem Hotel in New York verbracht haben? Ich sollte dich dort treffen, weißt du noch? Diesen einen Tag, den einzigen herrlichen Tag in meinem Leben werde ich nie – nie vergessen. Ach, hab doch keine Angst vor dieser wundervollen Erinnerung!«

Edwin sprang auf. Er wandte sich zu Vera, sein Gesicht war weiß, seine Lippen trocken und fahl. »Vera, ich versichere dir, daß ich nicht weiß, wovon sie redet.«

Auch Vera stand auf. »Ich bin davon überzeugt.« Sie legte die Hand in seinen Arm. »Gehen wir hinaus; die Atmosphäre hier ist stickig und ekelhaft. Warten wir draußen.« Aber sie war plötzlich ganz bleich geworden.

Sie gingen, Elinor sah ihnen nach, und William blickte wie betäubt auf seine Frau; dann heftete er seine Blicke wieder auf Jessica. Sie lächelte sanft, schaute auf den Boden, sah nichts.

»Armer Edwin«, sagte sie leise. »Er hat nicht den Mut, es zuzugeben. Aber ich werde es nie vergessen – niemals. Ich war es, die ihn schließlich doch zurückgewiesen hat, Mrs. Ascher. Ich wußte, daß die Familie mich nie aufnehmen würde. Wie hätte ich in einem Hause leben sollen, in dem meine Mutter in der Küche arbeitete? Natürlich hätte ich sie entlassen können. Das wäre gegangen. Aber ich unterdrückte meine Liebe. Jetzt weiß ich, wie unrecht das war. Liebe darf nie unterdrückt werden, möge sie hinführen, wohin sie auch will. Ich habe alles verloren, bis auf den einzigen lieblichen Tag – mit ihm. Und meine Mutter werde ich nie wiedersehen.«

»Jessica, Sie lügen«, sagte William mühsam beherrscht. »Sie wissen, daß es diesen Tag nie gegeben hat.« Er sprach sehr laut, um diesen fürchterlichen Bann zu brechen.

»Doch, doch, es hat ihn gegeben; ganz gewiß hat es ihn gegeben«, sagte Jessica sanft, aber nachdrücklich.

Sie legte die gefalteten Hände auf die Brust. »Hier drin ist es für alle Zeit.«

»William, gehen wir«, sagte Elinor.

Sie stand auf, unterließ es aber, die Hand auszustrekken. »Jessica, ich glaube kein Wort von dem, was du redest. Du solltest dich schämen, so zu lügen. Ich werde Herbert berichten, daß du, meiner Ansicht nach, entweder sehr krank oder gefährlich bösartig bist. Herbert und deine Mutter tun mir sehr leid.«

Sie verließ das Zimmer, gefolgt von William. Noch einmal wandte er den Kopf, um zurückzublicken. Er sah, daß Jessica noch immer mit auf der Brust gefalteten Händen dasaß, lächelnd, als hätte sie gar nicht bemerkt, daß sie fortgingen. Es war etwas sehr Merkwürdiges an ihrer Haltung.

Draußen stiegen die vier in den Wagen und fuhren schweigend heim. Was hätte man auch sagen sollen? Was dachte Vera? Was ging in Edwin vor? Zweifelte Elinor, trotz seiner Worte, an Edwin, wie Frauen stets an Männern zweifeln? Ach, was für unsinnige Sorgen dachte William, und es konnte nie Frieden in einer Welt geben, wo solche Friedensstörer lebten, wie Jessica. Ein wertloses Geschöpf, das konnte man wohl sagen, und dabei eine Quelle von Verwirrung und Kummer für sie alle.

Plötzlich bremste Edwin den Wagen und hielt am Straßenrand. Er drehte sich auf seinem Sitz um und sah sie verstört an. »Ich bin so durcheinander, daß ich nicht weiß, was ich dazu sagen soll. Das alles ist so eine so unbegreifliche Fantasterei. Ich habe keine Ahnung, wie sie dazu kommt, so zu reden.«

Elinor unterbrach ihn. »Als sie dir unlängst in der Halle die Hände auf die Schultern legte, was hat sie da gesagt?«

»Wann?« fragte Edwin verdutzt. »Es war so ihre Art, mir die Hände auf die Schultern zu legen; schon seit wir Kinder waren. Ich versuchte, schon deshalb immer außerhalb ihrer Reichweite zu bleiben.«

»Warum hast du nicht versucht, das abzustellen?« fragte Elinor hart.

»Ich wollte sie nicht kränken – du hast uns selbst immer eingeprägt, man solle Hausangestellte nicht kränken«, entgegnete Edwin.

Vera saß schweigend neben ihm und hatte den Kopf gesenkt.

»Hast du irgendwann einmal bemerkt, daß sie in dich verliebt war?« fragte William langsam.

»An dergleichen hatte ich überhaupt nie gedacht«, sagte Edwin rundheraus. »Es ist so widerwärtig«, fügte er heftig hinzu.

Dann, ganz verzweifelt, sah er seine Familie an. »Wie zur Hölle, soll ich beweisen, daß sie gelogen hat? Wenn ihr mir nicht glaubt, wer soll mir sonst glauben?«

Vera wandte ihm den anmutigen Kopf zu. »Ich glaube an dich«, sagte sie sehr deutlich.

»Ach, Vera«, seine Stimme war rauh.

»Wir alle glauben an dich«, sagte William nüchtern. »Ich habe den Eindruck, daß Jessica von Sinnen ist. Sie spinnt. Vielleicht hält sie ihre Träume für Wirklichkeiten. Wir sollten der ganzen Sache am besten keine zu große Bedeutung beimessen.«

»Bestimmt nicht«, meinte auch Elinor. Sie erholte sich sichtlich beim Sprechen, beugte sich vor und berührte die Schultern ihres Sohnes. »Das hat mit dir überhaupt nichts zu schaffen, Edwin. Ich glaube dagegen, daß Jessica unbedingt ärztliche Behandlung braucht. Ich werde mit Herbert und Bertha darüber reden. Und jetzt wollen wir nach Hause fahren.«

Schweigend setzten sie die Fahrt fort, doch wer konnte wissen, was in den Seelen der beiden Menschen vorging, die vor William saßen? Seit langem schon hatte er gelernt, daß der sicherste Weg im Umgang mit etwas Unerklärlichem der war, es nicht zur Kenntnis zu nehmen und abzuwarten, bis es erklärlich wurde. Das Unterbewußte arbeitete unterhalb des Alltagsgeschehens, der gesegneten Bedürfnisse nach Essen und Trinken, nach frischer Luft und Schlaf und, vor allem, nach Tätigkeit. Als sie das Haus erreichten, nahm er sich vor, Jessicas Fall Elinor auf diese Art begreiflich zu machen.

»Wäre es nicht denkbar, daß es lediglich der Mangel an Arbeit ist, der Jessica so weit gebracht hat? Sie hat zuviel freie Zeit – und vielleicht hat sie immer zuviel freie Zeit gehabt.«

»Sie hätte nicht so viel freie Zeit, wenn sie sich richtig um ihr Haus kümmern würde«, erklärte Elinor hart. »Herbert sagte mir, daß sie nicht einmal ihre Wäsche mehr waschen will. Er muß eigens dazu eine Nachbarin kommen lassen. Du erinnerst dich doch daran, wie er erzählte, daß er zwei Staubsauger gekauft hat. – Das ist mehr, als du je für mich getan hast, William.«

Plötzlich lächelte sie ihm zu.

»Herbert ist ein Narr«, sagte William.

Nichtsdestoweniger könne diese Narrheit großen Umfang annehmen, meinte Elinor. Herbert glaube jedes Wort, das Jessica ihm sage. Er lausche abends der sirenenhaften Stimme, die allerlei greuliche Enthüllungen zum besten gab, und am Morgen starre er dann Bertha derart an, daß sie Angst vor ihm bekam.

»Herbert hat eine so merkwürdige Art, mich anzusehen«, hatte Bertha erst am Vorabend zu Elinor gesagt. »Mir gefällt sein Ausdruck gar nicht.«

»Jessica ist viel zu gerissen für Herbert«, sagte Elinor. »Er glaubt blindlings alles, was sie sagt, sie kommt ihm so gebildet vor, nur weil sie ein gutes Englisch spricht und er nie über die Primarschule hinausgekommen ist. Manchmal meine ich, wir sollten die ganze Gesellschaft in die Luft setzen, bevor noch ein Unheil passiert. Mir ist es heute völlig gleichgültig, wie lange sie bei uns im Haus gewesen sind.«

»Wir müssen warten, bis das Baby da ist«, erwiderte William. Und nach kurzer Überlegung setzte er hinzu: »Sie machen ihre Arbeit genausogut wie immer. Ja, ich wüßte nicht, daß Bertha je besser gekocht hätte als jetzt, und Herbert ist geradezu aufdringlich diensteifrig.«

Sie entschlossen sich also, die Geburt von Jessicas Kind abzuwarten.

Vera blieb bei ihnen. Von Jessica wurde nicht mehr gesprochen. In ihrer ruhigen Art beschäftigte Vera sich mit der bevorstehenden Hochzeit und setzte das Datum auf Anfang Juli fest und nicht erst, wie vorher geplant, auf September.

»Edwin braucht mich«, erklärte sie einfach, und ihre Augen waren ruhig und gelassen.

Und William, eine gewisse Unsicherheit in Edwin ahnend, schlug vor, was bisher nur eine unbestimmte Idee gewesen war: Edwin sollte nach den Flitterwochen in das Büro seines Vaters eintreten und dort ein oder zwei Jahre volontieren, bevor er seine theoretischen Studien fortsetzte.

»Es wird dir nicht schaden, etwas aus der Praxis zu

wissen, bevor du wieder zur Universität gehst«, sagte er zu seinem Sohn. Und innerlich spürte er, daß es Edwin beruhigen würde, nach der Hochzeit seinen Lebensunterhalt selbst zu verdienen. Auf diese Art schlossen sich alle enger aneinander, um den Bruch zu kitten, den Jessica verursacht hatte.

»Wann erwartet Jessica denn das Kind?« fragte Elinor Bertha.

Bertha schüttelte den Kopf. »Ich weiß nichts«, sagte sie mürrisch. »Mir sagt man nichts mehr, gar nichts.« Sie und Herbert redeten kaum noch miteinander. Die Küche, sonst ein Ort der Geselligkeit, war jetzt von Einsamkeit und Feindseligkeit beherrscht. Herbert aß in der Anrichte und nahm sich sein Essen selbst.

Als Elinor Herbert fragte, schüttelte auch er den Kopf. »Der Doktor kann's anscheinend nicht genau sagen«, erwiderte er ausweichend. »Irgendwann diesen Monat vermutlich.«

Die Wochen verstrichen, aber das Kind kam nicht. Eines Morgens aber erschien Herbert nicht zum Frühstück. Bald darauf läutete das Telefon, und sie erfuhren den Grund seines Ausbleibens.

»Jessica ist in der Klinik«, brüllte er ins Telefon. »Ich bin bei ihr. Es ist sehr schwer gewesen; ich hatte schon gefürchtet, es werde böse ausgehen. Es ist ein Mädchen. Der Doktor sagt, sie dürfe kein Kind mehr kriegen.«

»Oh, Herbert, das tut mir aber leid«, rief Elinor.

»Ach, das macht nichts«, sagte Herbert. Sie konnte beinahe hören, wie er sich vor Anstrengung den Schweiß von Gesicht und Hals wischte. Herbert schwitzte leicht, im Sommer wie im Winter; eine rein gefühlsbestimmte Reaktion, die nichts mit Hitze oder Kälte zu tun hatte. »Ich werde wohl zwei Tage nicht kommen können«, setzte er hinzu.

»Schon recht, schon recht«, sagte sie. In Wirklichkeit würde es eine Erleichterung für alle sein. Sie legte das Telefon nieder und ging in die Küche hinaus. Bertha lag auf den Knien und putzte den Herd.

»Bertha«, sagte Elinor freundlich. »Herbert hat gerade angerufen. Sie haben eine kleine Enkelin. Herzlichen Glückwunsch.«

Bertha schluchzte auf. »Mir wird's nichts Gutes bringen.«

»Doch, das wird es!« Elinor empfand Mitleid. »Sobald das Kind groß genug ist, kann Herbert es herbringen, damit ich es sehe, und dann sehen Sie es auch.«

»Herbert wird's nicht erlauben«, murrte Bertha, vom Schluchzen halb erstickt. Ihre Stimme klang hohl: »Herbert haßt mich jetzt auch.«

»Ach, Bertha«, sagte Elinor ungeduldig. Sie verließ die Küche und sprach den ganzen Tag kein weiteres Wort mit Bertha.

»Sie sind anscheinend alle entschlossen, einander zu hassen; die ganze Gesellschaft«, sagte sie, als William heimkam. »Mir tut nur das arme kleine Kind leid.«

»Wieder ein Mädchen«, meinte William nachdenklich.

Edwins Heirat war eine Beruhigung für ihn. Sie nahm das ganze Haus so in Anspruch, daß sogar Bertha und Herbert darüber ihren Streit zu vergessen schienen, denn eine Hochzeit verlangte enge Zusammenarbeit.

Winsten und Madge trafen mit ihren Kindern ein, Susan war aus dem College gekommen, und Ozark-Pete, wie William seinen zukünftigen Schwiegersohn Peter

Dobbs ganz privat zu nennen begonnen hatte, erschien, auf Susans Geheiß, am Tag zuvor.

Das große Haus war voll, es gab keine Zeit für andere Sorgen, und William konnte sich eine gewisse Entspannung gönnen, die er wohl verdient hatte, denn es war ihm gelungen, seinen New Yorker Prozeß zu einem erfolgreichen Abschluß zu bringen. Die drei Halunken, deren Verteidigung er übernommen hatte – nicht weil sie dessen würdig waren, sondern einfach auf Grund ihrer Bürgerrechte – erwiesen sich, bei all ihrer Erbärmlichkeit, doch nur als Schuldige zweiten Ranges im Vergleich mit dem wanren Schuldigen, der mit Hilfe der Geständnisse des Mannes mit dem dicken Gesicht gefaßt werden konnte. Nun saß der Hauptschuldige im Gefängnis und dem elektrischen Stuhl sehr nahe, während die drei kleineren Lumpen gegen Kaution auf freiem Fuß waren.

William hatte ihnen eine eindringliche Warnung mit auf den Weg gegeben und ihnen erklärt, er werde sie in Zukunft nur verteidigen, wenn sie sich anständig benähmen.

Nun war er bereit, all das zu vergessen und sich nur seiner Familie zu widmen. Es war Juli. Die Türen und Fenster des Hauses standen offen, und draußen auf dem saftigen Rasen tollten seine kleinen Enkel. Er freute sich immer wieder über die aufrichtige Zuneigung zwischen Winsten und Madge und nahm es gelassen hin, daß Madge in triumphierender Erwartung eines dritten Kindes zur Hochzeit ihres Schwagers erschienen war.

»Es mag auf die Welt kommen, wo es will«, erklärte sie unverhohlen und mit großer Heiterkeit. »Es wäre direkt lustig, wenn es gerade hier, im Hause seines Großvaters, geboren würde!«

William lächelte, hoffte aber im stillen, daß sich das nicht ereignen möge.

Es war schönstes Sommerwetter. Dazu war Edwin von der Universität mit Prüfungsergebnissen heimgekommen, die seinen Vater aufrichtig freuten.

William sah nicht die kleinste Wolke zwischen seinem Sohn und Vera.

Die Familie fuhr gemeinsam nach Manchester, wo die Trauung um zwei Uhr nachmittags stattfinden sollte.

Nein, zwischen den beiden gab es keine trübende Wolke. Edwin schritt mit seinem Bruder Winsten als Brautführer durch die Kirche – ein paar hübsche Burschen, dachte William. Während der Geistliche in vollem Ornat zum Altar trat, wechselte die Orgel vom getragenen Eingangslied zum feierlichen Hochzeitsmarsch über. Die Gäste erhoben sich von ihren Plätzen, nur die gute Tante Emma, die in der ersten Reihe neben Veras Mutter saß, blieb wegen ihres Rheumas sitzen.

Mit Rührung betrachtete William den Zug, der nun zwischen den Kirchenbänken daherkam. Es war eine zugleich rührende und feierliche Prozession. Seine beiden kleinen Enkel, die vor Susan Rosen streuten, dann kam Susan in goldschimmerndem Tüll, hinter ihr die Brautjungfern in Rosa und Elfenbein, und zuletzt, am Arm ihres Vaters, die schlanke junge Braut.

William hatte es ähnlich ja schon bei Winstens Hochzeit erlebt, und doch war er diesmal irgendwie noch tiefer berührt. Er war innerlich beglückt, daß Vera es abgelehnt hatte, von seinem Sohn etwas Schlechtes zu glauben; sie hatte zu ihm gestanden, hatte seinem Wort vertraut, ein edles, junges Geschöpf mit allen Voraussetzungen, eine edle Frau zu werden.

Wider Willen war er doch ein wenig verwirrt durch

die marmorhafte Blässe von Veras Gesicht. Mit gesenkten Augen ging sie langsam vorwärts und sah auch nicht auf, als sie Edwins Augen auf sich ruhen fühlte. William warf einen Blick auf das Gesicht seines Sohnes – war in dessen seltsam starren, erwartungsvollen Augen nicht etwas wie Beunruhigung zu erkennen? War es denn denkbar, daß Jessicas infame Lügen tatsächlich etwas zwischen den beiden zerstört hatten, obgleich offenkundig keine Spur von Wahrheit in ihren Reden gewesen war? Und selbst wenn daran etwas wahr gewesen wäre, hätte er seinem Sohn keinen Vorwurf machen können. Ein Bursche, der zu rasch heranwächst, verdient darum noch keinen Tadel.

In diesem Augenblick kam ihm ein Vorfall aus seiner eigenen Jugend in den Sinn. Er, William Ascher, verliebt in Elinor, war damals gezwungen gewesen, seiner Braut in der Woche vor der Hochzeit ein Geständnis zu machen. In seinem letzten Jahr auf der Universität in Harvard hatten übermütige Kommilitonen ihn einmal in ein verrufenes Haus am Stadtrand von Cambridge mitgeschleppt. Er hatte das Elinor nicht verschweigen wollen. Was er ihr aber nicht gestehen konnte, war, daß sie theoretisch selbst zum Teil die Schuld daran trug. Die lange Verlobungszeit, auf der sie bestanden hatte... ihre nach und nach gesteigerte und dennoch immer zurückhaltende Wärme... der Hochzeitstag, der nicht heranrücken wollte... Wie hätte er Elinor all das auseinandersetzen sollen? Sein Erlebnis war ihm selbst peinlich genug gewesen. Er war damals schnell und allein aus dem Haus geflohen, und dennoch blieb etwas übrig, was erzählt werden mußte. Elinor hatte ihn angehört, ebenso bleich, wie Vera jetzt war, ebenso hoffnungslos rein. Er entsann sich ihrer Verzeihung, der Stunde seiner Selbsterniedrigung. Jahre hindurch hatte er das alles verdrängt, bis es jetzt plötzlich wieder da war. Er dachte aber auch an seinen Groll, weil er Elinor auch in den Jahren seither nie gesagt hatte, daß damals auch sie Schuld getroffen hatte.

Er empfand tiefes Mitleid mit seinem Sohn; würde es möglich sein, Edwin wenigstens mit einer Andeutung wissen zu lassen, daß er Vera nie um Verzeihung bitten dürfe? Selbst wenn, was Jessica gesagt hatte, wahr sein sollte? Dadurch, daß er sie um Verzeihung bat, würde er sie nur in ihrem Zweifel an ihm bestärken.

Er riß sich zusammen und verwünschte seine Gedanken, die ihn so weit abseits führen konnten, daß er in seinem Vertrauen zu Edwin schwankend wurde, daß er dem Gedanken Raum gab, Jessica könnte die Wahrheit gesprochen haben, während er tatsächlich davon überzeugt war, daß es lauter bösartige Lügen waren, die ihre sonst unerklärliche Ursache in dem Zustand fanden, in dem sie gewesen war.

Winsten holte jetzt gerade den Ring aus der Westentasche, legte ihn in die wartende Hand des Bruders, und Edwin streifte ihn über Veras Finger. Dann knieten die beiden nieder, um den Segen zu empfangen, das Gelübde lebenslanger Treue abzulegen. William hatte volles Vertrauen darauf, daß sein Sohn der Pflicht ebenso treu sein werde wie der Liebe.

Würde aber Vera vielleicht Anforderungen an ihn stellen, die alles für einen Mann Erträgliche überstiegen?

Jessica hatte es also doch fertiggebracht, einen Schatten über sie zu werfen, dachte er düster, einen Schatten sogar über ihn, weil er nie wissen würde, wie Vera sich innerlich seinem prächtigen Jungen gegenüber einstellen mochte. Vielleicht würden Jahre vergehen, bevor er es erfuhr und auch dann nur dadurch, daß er Edwin beobachtete.

Die Orgel stimmte erneut den Hochzeitsmarsch an, die Glocken läuteten, und die beiden gingen auf das offene Portal der Kirche zu. Edwin trug den Kopf hoch. Sein gebräuntes Gesicht hatte einen Ausdruck von Glück und Vertrauen. Doch Veras Gesicht war noch immer weiß und kühl.

Elinor lag schlaflos. William, aus einem, wie er merkte, nur sehr leichten Schlummer erwachend, sah das, obgleich sie die Tür zwischen den beiden Schlafzimmern geschlossen hatte, doch die Tür, deren Holz sich mit den Jahren zusammengezogen hatte, ließ einen Spalt von gut einem halben Zentimeter über dem Boden offen, und durch diesen sah er das gelbliche Licht von Elinors Nachttischlampe. Er lag noch so, wie er aufgewacht war, flach auf dem Rücken, hatte den Kopf erhoben, lauschte und hörte die Schritte ihrer Samtpantoffel.

Das leuchtende Zifferblatt der Uhr auf dem kleinen Nachttisch zeigte die dritte Morgenstunde an, jene gefährliche Stunde, zu der die verdrängten Sorgen des Tages wie Nachttiere hervorkriechen, knurrend und Unheil verkündend.

Er seufzte, stand auf, schob die Füße in seine Hausschuhe und nahm den Bademantel um. Den Gürtel hatte er verknotet, ungeduldig machte er sich daran zu schaffen, dann ließ er es sein und klopfte an Elinors Tür. Es gab Zeiten, wo sie wünschte, mit sich und ihren Gedanken allein zu sein. Er verstand und respektierte das.

Er lauschte, klopfte noch einmal, und dann hörte er ein fragendes »Ja?«

»Kannst du nicht schlafen?« fragte er seinerseits.

»Komm herein«, sagte sie nach sekundenlanger Pause.

Er betrat ihr Zimmer. Sie lag auf ihrer Chaiselongue, eine weiche Seidendecke um sich.

»Kannst du nicht schlafen?« wiederholte er und sah sie an. Ihr langes Haar, so silbrig-blond schimmernd wie in ihrer Jugend, war in zwei Zöpfe geflochten, die ihr über die Schultern hingen. Ihr Gesicht, ohne jede Schminke, kam ihm sehr blaß und sorgenvoll vor.

»Ich muß immer an Vera denken«, sagte sie plötzlich.

»Warum gerade an Vera?« fragte er verständnislos.

»Glaubt sie nun, was Jessica gesagt hat oder nicht?« Elinor stellte die Frage so, als erwarte sie keine Antwort von ihm.

Er setzte sich an das Ende der Chaiselongue. »Können wir irgendwas in der Sache tun, Liebste?«

»Ich frage mich nur immer wieder.«

Er war etwas unwillig, darüber jetzt nutzlos zu diskutieren. Viel lieber wäre er zu Bett gegangen. Auf seinem Schreibtisch lag die Arbeit in Bergen und erwartete ihn ausgeschlafen am nächsten Morgen. Aber er kannte Elinors zähe Art. Sich selbst hatte er daran gewöhnt, seinen Geist abzulenken. Er vermochte einen Gedanken so lange zu verdrängen, bis er bereit war, ihn wieder aufzunehmen. Sie aber verfolgte einen Gedanken ohne Unterbrechung bis ans Ende, obgleich sie, wenn sie eine Schlußfolgerung erreicht hatte, nachher niemals mehr darüber nachdachte, wie sie zu diesem Ende gelangt war; hatte sie einmal eine Antwort gefunden, so war diese endgültig.

»Ich habe Angst vor dem, was Vera denkt«, sagte sie sanft.

Die Worte, so kühl, bei aller Sanftheit so unbedingt,

verursachten in ihm ein heftiges Unbehagen. Sie sprach von ihm – meinte ihn.

»Findest du es richtig, eine solche Jugendeselei nie zu vergessen?« fragte er. »Haben all diese Jahre dir nichts bedeutet? Habe ich dir nicht immer meine Treue bewiesen?«

»Gewiß bedeuten sie mir etwas – gewiß hast du deine Treue bewiesen«, erwiderte sie. Stimme und Augen liebkosten ihn. »Wird es Vera aber wissen?«

Er erkannte, was sie meinte. Vera war heute dort, wo er und Elinor vor mehr als fünfundzwanzig Jahren gestanden hatten. Es war damals ihre Hochzeitsnacht!

»Mein Gott – das alles heute noch einmal ans Tageslicht zu zerren, ich glaubte, es wäre schon seit Jahrzehnten tot und vergessen«, murrte er.

»Darum geht es im Moment nicht«, versicherte sie. »Begreifst du aber, daß es für Edwin und Vera erst heute nacht begonnen hat?«

»Hat das irgend etwas mit uns zu tun?« fragte er.

»Sie sind unsere Kinder, und wir wollen, daß sie glücklich sind.«

»Wir sind glücklich gewesen – können wir nicht darauf vertrauen, daß sie ebenso ihr Glück finden werden, wie wir es gefunden haben?«

Sie erwiderte nichts, überdachte aber offensichtlich seine Worte. Es war trotzdem Zurückhaltung in ihr, das fühlte er und sah es an dem verschlossenen Ausdruck ihres Gesichts.

»Ich glaube nur, daß ich verstehen kann, wie es Vera zumute sein mag«, sagte sie schließlich.

»Ich bitte dich«, fragte er ungeduldig, »gibt es nach all den Jahren immer noch etwas, was du mir nicht gesagt hast?«

Sie sahen einander an, und die vergangenen Jahre glitten ins Unwirkliche.

Es gab ihre eigene Hochzeitsnacht, als er, selbst so verliebt in sie, Tränen in ihren Augen gesehen hatte. Sie kam ihm unwirklich schön vor, dieses wunderbar schlanke Mädchen, das nun endlich sein eigen war. Ihr schimmerndes Blondhaar umgab ihr zartes Gesicht auf dem Kissen wie ein Heiligenschein, er selbst hatte es darüber gebreitet, hatte seine Länge, die Feinheit, das Glänzen darin bewundert. Nie hatte er ihr Haar vorher offen gesehen, nie sie selbst in ihrer schlanken Anmut. Nie hatte er auch nur ihre Knöchel entblößt gesehen. Hingerissen von ihr, voller Liebe und Entzücken, noch nicht fassend, daß das alles nun sein war, hatte er ihre Tränen erst gesehen, als das Licht der Lampe auf ihr Gesicht fiel.

Er war bestürzt. »Was ist denn?« fragte er.

»Nichts...«

»Doch, doch«, hatte er beharrt. Er war besorgt und hatte gefragt und geforscht, bis er ihr schließlich die Wahrheit entrang; sie konnte nicht vergessen, daß dies für ihn nicht das erste Mal war, denn es hatte ja noch jene andere Frau gegeben.

Warum hatte er es ihr überhaupt erzählt? Wenn er nicht so durch und durch aufrichtig gewesen wäre, hätte er die ganze verdammte, bedeutungslose Episode vor ihr verschwiegen, diesen Studentenstreich, den er letzten Endes gerade ihrem unerträglichen Hinausschieben verdankte, der ihm selbst widerwärtig genug gewesen war, eine recht häßliche Erinnerung, die zu vergessen er sich selbst alle Mühe gab! Das alles hatte er ihr in der Hochzeitsnacht abermals erklärt. Sie schien es damals zu begreifen. Doch jetzt, so viele Jahre später, merkte er, daß sie nichts begriffen hatte, gar nichts. Und es vielleicht nie begreifen würde oder wollte! Es war von ihr eine Entweihung, in jene Zauberstunde der ersten Liebe jene Torheit hineinzubringen, die er ihr in seinem kindischen Drang nach Ehrlichkeit gestanden hatte! Er schalt sich heute noch einen Narren.

»Mein Gott!« rief er jetzt, »wenn ich es dir nur nie erzählt hätte!«

»Wünschst du das?« fragte sie. »Wünschst du wirklich, daß du es mir nie erzählt hättest?«

»Ja, wenn ich gewußt hätte, daß du es nie vergessen würdest«, klagte er sie an.

»Ich vergesse nichts, was zwischen dir und mir vorgegangen ist«, erwiderte sie.

»Und nicht zufrieden damit, eine solche Albernheit nie zu vergessen«, rief er, »überträgst du diese Erinnerung auch noch auf deinen eigenen Sohn und seine junge Frau!« Er stand auf und ging durch das Zimmer. Die Schnur, deren Knoten er nicht zu lösen vermocht hatte, störte ihn, der Bademantel hielt nicht zusammen, er mußte unter der Lampe stehenbleiben um festzustellen, woran es lag.

Automatisch stand sie auf, löste den Knoten mit ihren schlanken Fingern und band die Schnur zu einer Schleife. Dann legte sie sich wieder hin und zog die Decke bis zum Hals hinauf. Er hatte sich ihre Hilfe gefallen lassen, ohne weiter darüber nachzudenken.

»Vera ist in einem vernünftigeren Zeitalter aufgewachsen als wir«, fuhr er jetzt fort. »Der Krieg hat die Frauen endlich vernünftiger gemacht.«

»Was verstehst du unter ›vernünftiger‹?« fragte sie.

Es widerstrebte ihm, sich nächtlicherweise auf eine lange Definition einzulassen, und dann tat er es doch, wenn auch widerwillig. »Ich meine einfach, daß Mann und Frau nicht mit den gleichen Maßen gemessen werden können. Das ist so alt wie die Schöpfungsgeschichte, aber die Wahrheit bleibt immer neu.«

»Du glaubst also, daß Edwin schuldig ist?« fragte sie mit verdächtiger Ruhe.

»Schuldig?« wiederholte er. »Ich weiß gar nicht, was du meinst. Wenn du meinst, ob Jessica lügt – ja, sie lügt – das heißt – ich bin überzeugt, daß sie lügt.«

»Du glaubst also, daß sie lügt«, wiederholte Elinor.

»Wie soll irgendwer irgendwas wissen?« erwiderte er gereizt. Auf eine unbegreifliche und rätselhafte Art hatte Jessica es ja verstanden, sogar in ihm, dem so sachlich denkenden Juristen, Zweifel aufkommen zu lassen, in die er nun sogar seinen Sohn einbezog. Wäre er selber damals nicht in Rose Schwenks Haus gegangen, so würde Elinor heute kein Wort von Jessicas Gerede geglaubt haben, es wäre ihr als ganz unmöglich erschienen, daß ihr und sein Sohn sich mit einem Dienstmädchen eingelassen hätte, selbst wenn es Jessica war. Jetzt aber?

Und all das ereignete sich gerade in diesem Jahr, diesem allermodernsten Jahr, in dem alle Zeitungen voll von Scheidungen und Skandalen waren, wo man das Geschlecht nur noch als eine Funktion anzusehen schien, die mit Liebe wenig zu tun hatte. Hier dagegen, in seinem Heim in Vermont, einem Tal, das grüne Berge umsäumten, lebten er und Elinor noch in einem Zeitalter, das von der Welt bereits vergessen war. So groß war die Macht der Liebe.

Er wandte sich zu seiner Frau, die Zähne zusammengebissen, mit bleichen Wangen und starren Zügen.

Dann streckte er die Arme aus.

»Ich will mich für dich umbringen lassen«, flüsterte er.

»Aber ich brauche dein Vertrauen ebensosehr wie deine Liebe. Ich würde durch dein Mißtrauen zugrunde gehen. Denn wenn du mir nicht vertraust, dann ist unser ganzes Zusammenleben – unser ganzes Leben sinnlos geworden.«

Der Blick seiner dunklen, verbitterten Augen bezwang sie; sie war überwältigt von seiner Verzweiflung, sprang auf und sank in seine Arme. Er hielt sie fest umschlungen, die Wange auf ihr Haar gelegt, auf die weiche Krone ihres Haares. Keine Worte – keine Worte – nur dies, und es mochte genügen – zumindest für diese Nacht, zumindest für sie beide in ihrer Generation. Die Jungen mußten es auf ihre eigene Art lernen, denn kein Mensch konnte sie lehren. Liebe muß von jedem Menschenherz von neuem gelernt werden, neugeboren und einsam.

Siebentes Kapitel

»Ich will zu Jessica und ihrem Baby fahren.«

Mit diesem Wunsch überfiel Madge beim Frühstück die Familie. Sie saß da, umgeben von ihren Kindern, eine stolze Madonna, neben ihrem Mann. Elinor hatte sich verspätet, ein höchst ungewöhnliches Geschehnis, für das William ihr jedoch dankbar war, als er pünktlich um halb neun ins Eßzimmer trat. Er war nicht in ihr Zimmer gegangen. Als er lauschte, hatte er noch keinen Laut gehört.

Nach einem leichten Regen kurz vor der Morgendämmerung schien jetzt die Sonne hell, es war etwas drükkend – ein leises Donnerrollen begleitete eine plötzlich heranschwebende Wolke. Herbert war eifrig damit beschäftigt, den Kindern Toast zu buttern, und ihm zeigte Madge gerade ihre Absicht an, als William das Zimmer betrat.

»Guten Morgen«, sagte William. Er setzte sich und ließ die klebrigen Küsse seiner Enkel über sich ergehen, die wohl von ihrer Mutter angewiesen worden waren, die Großeltern unfehlbar morgens und abends zu küssen und überdies auch zwischendurch zu jeder Zeit. Madge legte als Frau und Mutter ihre Gefühle sehr deutlich an den Tag und war der Meinung, daß Küsse und jede Zärtlichkeit den Zement des Familienlebens darstellten.

Es war unmöglich, nicht seine helle Freude an dem Bild zu haben, das sie als junge, blühende Mutter bot.

William wandte höflich den Blick ab, als Winsten ihre rundliche kleine Hand ergriff und an seine Wange legte. Winsten war ein sehr braver Ehemann, das wirkte oft irritierend auf andere, und doch freute sich William darüber, daß sein Sohn glücklich war. Winsten und Madge waren entzückt, als sie sahen, wie ihre Kinder den Großvater küßten.

»So ist's recht, Kinder«, gurrte Madge. »Ihr müßt Großvater immer liebhaben.«

»Ja, natürlich«, meinte William anerkennend, auch wenn er sich dessen bewußt war, daß er in seine Stimme nicht den Überschwang legen konnte, der Madges Rede erfüllte.

Herbert gab auf Madges Ankündigung keine Antwort. Er murmelte etwas von ›Toast holen‹ und verließ das Zimmer. Madge wandte sich behaglich zu William. »Ich finde, daß wir doch verpflichtet sind, ein gewisses Interesse zu zeigen. Schließlich ist Jessica hier im Hause aufgewachsen, und das ist ihr erstes Kind. Vielleicht könnte ich ihr etwas behilflich sein. Es ist doch sehr traurig, daß sie Bertha nicht erlauben will, das Kind zu sehen. Vielleicht kann ich da irgendwie etwas tun.«

»Ich wäre froh, wenn du Berthas Stimmung heben könntest«, sagte William. »Es mag außerdem Jessica gut tun, mit einer Frau zu sprechen, die so normal ist wie du, Madge. Ich muß gestehen, daß ich Jessica nicht mehr begreifen kann.«

Er überlegte, ob er ihnen etwas von Jessicas erstaunlichem Ausbruch erzählen sollte, von dem, was sie über Edwin gesagt hatte. Er unterließ es jedoch. Obgleich das alles ja in der Familie blieb, konnte man doch nicht wissen, wie Madge es aufnehmen würde. Zwischen den beiden Brüdern gab es, seiner Ansicht nach, keine Eifersucht, aber Edwin hatte jetzt auch eine Frau, und wenn Vera auch ganz anders geartet sein mochte als Madge, so war William noch nicht sicher, daß sie jenseits der Möglichkeit von Eifersucht stand – ihrer eigenen oder Madges Eifersucht.

Er war noch nicht daran gewöhnt, zwei Schwiegertöchter zu haben, ebenso wie Madge noch nicht daran gewöhnt war, eine Schwägerin zu besitzen, eine junge und schöne Schwägerin, von so mädchenhafter Art.

Veras Gestalt würde sich wohl nie ändern, wie viele Kinder sie auch haben mochte; und das allein konnte schon eines Tages eine Quelle der Eifersucht werden. Madge war der mütterliche Typus. Kinder mußten, ihrer Auffassung nach, an der Mutterbrust genährt werden; sie würde es als unglaublich ansehen, wenn man die Form der Brust für wichtiger hielt als ihre mütterliche Bestimmung.

Winsten, so meinte William und warf seinem Sohn einen scharfen Blick zu, wirkte vollkommen eins mit ihr, ein schlanker, gefühlsstarker junger Mann, der in seiner Vaterschaft aufging. Was für ein Gatte war er? Nun, Madge hatte ihn zu dem gemacht, was er war. Madge war von einer geradezu unerbittlichen Mütterlichkeit, und ihre weiche, überquellende Liebe sog alles um sich her auf. Nur mit der größten Energie gelang es William, sich nicht gleichfalls einbeziehen zu lassen. Er liebte seine Enkel, auch wenn ihre kleinen Münder von der Frühstücksmarmelade klebrig waren, aber er konnte in ihnen nicht mehr als eine Seitenlinie seines Lebens sehen. Er war entschlossen, etwas mehr zu sein als nur ein Großvater, wie immer auch Madge das ansehen mochte. Es kam ihm in den Sinn, daß Winstens einzige Möglichkeit, der Liebhaber seiner jungen Frau zu sein, vielleicht war, in ihr zuerst die Mutter ihrer Kinder zu umarmen. Eine etwas unverständliche Vorstellung für William, und er lenkte seine Gedanken davon ab. Hastig beendete er sein Frühstück, machte noch ein paar Alltagsbemerkungen und gab Antworten auf ein paar Fragen, die die Kinder ihm stellten. Dann erhob er sich.

»Ich will Mutter nicht wecken«, sagte er an der Tür zu Winsten. »Sag ihr doch, sie möchte mich anrufen, sobald sie auf ist.«

Er gab allen ein freundliches Lächeln, warf den Kindern eine Kußhand zu und ging.

Herbert hatte sich bereits umgezogen, war wieder Chauffeur und saß schweigend am Steuer. William fuhr an diesem Morgen nur in sein Zweigbüro nach Manchester. Das Büro in New York döste in sommerlicher Stille. Es war vielleicht merkwürdig, aber wahr, daß auch das Verbrechen in der Großstadt sich im Sommer gewissermaßen Ferien erlaubte, um erst in der anregenden Herbstluft wieder lebhafter bemerkbar zu werden.

Die grünen Hügel schimmerten freundlich, der Sonnenschein ergoß sich in die Täler, und William hätte gern ein paar gutgelaunte Worte zu Herbert gesagt. Doch unterließ er es. Gerade an diesem Morgen lag um Herberts zusammengepreßten kleinen Mund etwas Drohendes.

So blieb er schweigend sitzen, machte sich keine Gedanken über die Schwierigkeiten in den menschlichen Beziehungen zueinander – mußte jedoch unbewußt an die Klarheit der Gesetze denken, in denen wohlabgewogene Regeln und Präzedenzfälle niedergeschlagen waren, so daß man ganz genau wußte, was recht war. Es war ein Jammer, daß man nach solchen Regeln nicht auch die Seelen und die Handlungsweise von Männern und Frauen ordnen konnte! In froherer Stimmung bemerkte er, daß sie sich der Stadt jetzt näherten, er bemerkte den Andrang der Touristen, der Schullehrer, die an einem Ferientag mit Autobussen gekommen waren, um die Stadt zu besichtigen. Der Wagen verlangsamte seine Fahrt, Herbert bog in eine Seitenstraße ein, und nun hielten sie vor dem alten Backsteinhaus, in dem William vor vielen Jahren sein erstes Büro eröffnet hatte und von dem er sich nie trennen würde, obgleich er kaum noch eine nennenswerte Praxis am Ort hatte. Je älter er wurde, desto weniger Veränderungen in seinem Leben wünschte er.

Schon aus diesem Grunde sah er in Jessica eine Bedrohung. So fern sie war, so verächtlich war sie. Die Unvernunft ihrer hemmungslosen Fantasie schuf eine Kraft, die imstande war, ein vernünftiges, unschuldiges, wenn auch nicht sehr umfangreiches Universum zu gefährden. Es war sein eigenes Universum, um das es ging. Wieder dachte er daran, Bertha und Herbert zu entlassen. Das war eine klare Erledigung, die sein Haus dem verhängnisvollen Einfluß entzog, in den sie alle durch einen reinen Zufall geraten waren. Denn er glaubte keine Sekunde lang, daß sie nun jetzt nichts mehr von Jessica hören würden. Trotzdem konnte er sich noch immer nicht zu einer solch klaren Erledigung entschließen.

Den Vormittag verbrachte er an seinem Schreibtisch, und erst gegen Mittag wurde ihm bewußt, was er schon den ganzen Vormittag über mit leisem inneren Druck verspürt hatte; Elinor hatte ihn nicht angerufen, wie sie es sonst zu tun pflegte, wenn er in Manchester war und sie morgens noch geschlafen hatte. Er ließ sich sein Mittagessen vom nahen Hotel bringen, unterließ es aber, sie anzurufen. Daß sie nicht telefoniert hatte, bedeutete entweder, daß sie noch schlief, was er aber kaum glauben konnte, oder daß sie nicht telefonieren wollte, und in diesem Fall ließ er sie lieber in Ruhe. Er wußte, daß es keinen Erfolg versprach, wenn er ungeduldig versuchen würde, Elinors Beweggründe festzustellen. Sie würde von selbst davon zu sprechen anfangen.

Der Tag verging ihm rasch bei seiner Arbeit. Um fünf Uhr hörte er jedoch auf, schloß seinen Schreibtisch ab und verließ das Büro. Zu seinem Erstaunen sah er, daß am Steuer des vor der Haustür parkenden Wagens nicht Herbert, sondern Winsten saß.

»Das ist sicher eine Überraschung für dich«, sagte Winsten und streckte ihm die Hand entgegen, um die Tür zu öffnen. »Steig ein, Papa – heute fahre ich dich nach Hause. Herbert mußte plötzlich heimfahren, Madge meinte, es sei nötig.«

William stieg ein. »Was ist denn jetzt schon wieder los?«

»Madge meinte, ich solle auf der Rückfahrt gleich mit dir darüber reden.«

Er lenkte den Wagen vorsichtig zwischen Gruppen müder Touristen hindurch, die auf ihre Autobusse warteten. »Madge hat größtes Mitleid mit Jessica und ist der Ansicht, wir müßten auf der Stelle etwas für sie tun.«

»Schön, schön«, sagte William. »Erzähle mir, was los war!«

Die Situation, wie sie aus Winstens vorsichtigen Worten, hin und wieder durch Williams trockene Zwischenfragen ergänzt, hervorging, war klar genug.

Er und Madge waren mit den Kindern zu dem kleinen Bauernhaus gefahren. Dort hatten sie alles in sehr merkwürdigem Zustand gefunden. Auf ihre Rufe und auf ihr

Klopfen hatte niemand geantwortet. Schließlich hörten sie im oberen Stockwerk das Kind schreien. Madge war ungeduldig geworden und zur Vordertür gegangen, die sie unverschlossen fand.

»Winsten, warte hier bei den Kindern, ich gehe einmal hinauf«, sagte sie.

»Und wie war es mit dem Hund?« unterbrach William.

»Von dem Hund hatten wir noch nichts gesehen«, erwiderte Winsten.

Madge war also hinaufgegangen, obgleich die steile Treppe ihr in ihrem Zustand beschwerlich wurde. Sie ging an die Tür, durch die das Kindergeschrei drang, und hörte dahinter Jessica jammern und schluchzen.

Madge versuchte die Tür zu öffnen, doch der Riegel war vorgeschoben. Sie rüttelte am Griff. »Jessica! Lassen Sie mich doch ein. Ich bin's, Madge Ascher. Wir wollten Sie besuchen.«

Dann hörte sie plötzlich das Knurren des Hundes, das sich bis zum dumpfen Gebell steigerte. »Jessica!« rief sie noch einmal.

»Ich kann Sie nicht hereinlassen«, rief Jessica unter Schluchzen. »Ich kann den Hund nicht halten.«

Das Gebell des Hundes klang bösartig genug, um Madge abzuschrecken. Sie kletterte die steile Treppe wieder hinunter, ging in den Hof hinaus, wo Winsten mit den Kindern wartete, und erzählte ihm, was Jessica gesagt hatte.

»Steig in den Wagen und bleib bei den Kindern. Ich gehe hinauf«, sagte er.

Sie gehorchte ihm, denn sie hatte tatsächlich Angst. Es war zu seltsam. Warum hatte Jessica sich mit dem Kind und dem Hund oben im Zimmer eingeriegelt?

Oder hatte sie es gar nicht getan, sondern Herbert hatte sie eingesperrt? Winsten suchte inzwischen im Hof, bis er einen schweren Stock fand.

»Gib acht«, flehte Madge vom Fenster des Wagens her.

»Ich habe keine Angst vor einem Hund!« antwortete er lachend.

Er stieg die Treppe hinauf und rüttelte am Türknauf. »Jessica!« rief er. »Ich bin's, Winsten Ascher! Was ist denn dort drin los?!«

Jetzt hörte das Kind auf zu schreien, und er vermutete, daß sie es in die Arme genommen hatte. Nur der Hund setzte sein wütendes Gebell fort.

»Öffnen Sie die Tür«, befahl er.

»Eine Minute, Mr. Winsten«, sagte sie mit ihrer gewohnten, einschmeichelnden Stimme. »Ich muß nur den Hund anbinden.«

Was sollte das bedeuten? Hätte sie den Hund nicht schon vorher anbinden können, als Madge oben war? Er hörte, wie sie in ihrer leichten, schmeichelnden Art auf ihn einredete.

»Schön ruhig, Pirat! Es ist ein Freund. Du brauchst dich gar nicht aufzuregen. Es ist doch Winsten. Erinnerst du dich nicht an Winsten? Er ist doch immer mein Freund gewesen!«

Im nächsten Augenblick hatte sie die Tür geöffnet, und ihm bot sich ein unglaubliches Schauspiel. Sie stand ganz gelassen da, das Kind an der Brust. Hinter ihr aber war der Hund in einer geräumigen Hütte zwischen den beiden Betten angebunden.

»Treten Sie doch bitte näher, Mr. Winsten«, sagte sie freundlich. »Ich bin noch nicht kräftig genug, um hinunterzugehen, und ich halte Pirat hier oben bei mir, während Herbert fort ist. Es gibt so viele Landstreicher, zumal im Sommer, und sie wissen anscheinend alle, daß ich hier allein bin.«

Ihre demütige Stimme, die leise Sprache, das alles besänftigte seine Verblüfftheit, sogar seinen ersten Schreck, denn der Hund bot ein furchterregendes Bild; er fletschte wütend die Zähne, und man sah das drohende Weiß seiner aufgerissenen Augen. Er konnte nicht begreifen, daß sie Angst vor ihm hatte.

»Soll ich meine Frau rufen?« fragte er sie.

»Ja, ja, bitte tun Sie das«, sagte Jessica beinahe heiter. »Ich bin ja so froh, daß sie gekommen ist; das ist sehr freundlich von der Familie.«

So war er, ziemlich verstört, wieder hinuntergegangen, um Madge zu holen, die ebenfalls erstaunt war, als er ihr erzählte, wie es sich oben verhielt. Sie sperrten die Kinder in den Wagen und gingen miteinander hinauf. Jessica hatte sich in einen Schaukelstuhl gesetzt, und der Hund hatte endlich aufgehört, an der Leine zu zerren, die ihn an seine Hütte band, obgleich er noch immer drohend knurrte.

»Kommen Sie nur herein, Mrs. Winsten«, sagte Jessica herzlich. »Ich habe hier gesessen und geweint; ich fühlte mich so einsam. Leider habe ich Ihre Stimme nicht gleich erkannt, ich konnte Sie nicht deutlich hören, sonst hätte ich Sie sofort eingelassen. Ich muß allen Fremden immer schon an der Tür sagen, daß ich es nicht wagen kann, den Hund loszulassen.«

Das schien leidlich vernünftig – nur daß es unsinnig und unwirklich war.

»Aber die Haustür war offen«, wandte Winsten ein.

Jessica sah verärgert auf. »Das ist so leichtsinnig von Herbert! Ich habe ihn so oft gebeten, das Haus abzuschließen, wenn er am Morgen wegfährt, aber er meint nur, daß ich dumm sei. Er hat keine Fantasie. Er kann sich nicht ausmalen, wie es mit mir bestellt ist, wenn ich den ganzen Tag allein sein muß; und jetzt noch mit dem Kind –«

Sie sah auf das Kind herab, das an ihrer Brust lag, ihre Augen blickten beinahe feindlich. Winsten konnte sich eines unangenehmen Gefühls nicht erwehren. Mit einem haßerfüllten Blick auf das unschuldige Gesicht, dessen Augen jetzt geschlossen waren, fragte Jessica mit einem seltsam weltfernen Staunen: »Wie konnte dieses Kind nur geboren werden? Das werde ich nie begreifen.«

Madge war gerührt in ihrem eigenen Frauentum. »Ach, Liebste«, mahnte sie. »So dürfen Sie doch nicht sprechen. Wenn Männer und Frauen einander lieben, dann sind doch Kinder eine Selbstverständlichkeit.«

Jessica sah zu Madge auf, die vor ihr stand wie die persönliche Verkörperung des Begriffes der Mütterlichkeit.

»Ja, aber ich liebe Herbert nicht«, sagte sie hart und kalt.

Madge wandte sich zu Winsten. »Geh hinunter, Liebster, und sieh nach den Kindern. Ich muß noch mit Jessica sprechen.«

Winsten war also hinuntergegangen, während Madge noch oben blieb. Sie berichtete später auf der Heimfahrt, was gesprochen worden war.

»Es ist sehr unrecht, daß Sie Ihren Mann nicht lieben«, hatte sie gesagt.

»Ja, ja, das weiß ich.« Jessica seufzte. »Ich habe mir ja alle Mühe gegeben.«

»Haben Sie Herbert denn nie geliebt?« fragte Madge.

Sie zog einen kleinen Stuhl heran, setzte sich und nahm das Kind in die Arme. Bedauernswertes kleines Geschöpf, dachten sie; es sah ganz aus wie Herbert und war recht häßlich.

Jessica zog das Kleid über der Brust zusammen, lehnte sich zurück und schloß die Augen. »Es ist alles so – so widerwärtig«, flüsterte sie.

»Was?«

»Hier in diesem Zimmer mit Herbert allein zu sein – Nacht um Nacht – wenn ich ihn doch nicht liebe.«

Madge war entrüstet. »Warum haben Sie ihn dann geheiratet?«

»Mr. Ascher sagte, ich müsse es tun.«

»Mein Schwiegervater?«

Jessica nickte, große Tränen quollen unter ihren Wimpern hervor und rollten über die blassen Wangen hinunter.

»Warum denn?« fragte Madge.

»Das kann ich Ihnen nicht sagen«, weinte Jessica. »Nein, das darf ich nie, niemals sagen!«

Sie sagte es nicht, sie wollte es nicht sagen, sie konnte nur hysterisch, krampfhaft weinen. Mit beiden Händen klammerte sie sich an Madge. »Sie dürfen mich nie, nie danach fragen! Versprechen Sie es mir!« schrie sie. »Auch zu Winsten dürfen Sie nie ein Wort davon erwähnen. Nur Edwin weiß es. Edwin weiß alles. Aber Mr. Ascher weiß nicht, daß Edwin es weiß. Edwin war wie ein Bruder zu mir. Ach, er ist ja wirklich mein Bruder – zwischen uns wird sich nie etwas ändern.«

In Madges Kopf jagten sich entsetzliche Gedanken. Jessica war zu hübsch, sie war immer viel zu hübsch gewesen, und ältere Männer konnten sehr eigenartig darauf reagieren.

»Hat er –« begann sie.

»Ja, ja, ja«, schrie Jessica entfesselt.

»Sagen Sie«, fragte Madge streng, »wie lange hat das angehalten?«

»Ach, Jahre«, weinte Jessica verzweifelt auf. »Als ich aus dem Kloster zurückkam, war ich doch erst siebzehn. Ich konnte nicht anders! Und so ging es immer weiter.«

Plötzlich begann der Hund zu knurren, und Madge fuhr auf.

»Ihnen tut er nichts«, sagte Jessica. »Nur Männer haßt er. Das habe ich ihm beigebracht.«

Das Kind schlief friedlich in ihren Armen. Madge hätte laut aufschluchzen können. Armes kleines Ding, welche Aussichten hatte es in diesem Haus!

»Bitte, weinen Sie nicht, Jessica«, sagte sie sanft. Ihr eigenes Leben war bisher so glücklich gewesen, daß sie keine Ahnung hatte, was sie jetzt tun sollte. Sie spürte, wie ihre Welt, die kleine, warme Welt, die ihr gehörte, zu zerbröckeln begann. Wenn Winstens eigener Vater –

Sie stand auf, legte das Kind auf das Bett Jessicas und zog einen Zipfel der Decke darüber. »Ich muß einmal nachdenken, was da zu tun ist, Jessica«, sagte sie. »Ich möchte Ihnen helfen, aber ich weiß nicht, wie. Zuerst muß ich natürlich an die Familie denken.«

»Ja, ja, gewiß«, gab Jessica demütig zu. »Wir müssen immer zuerst an die Familie denken. Das verstehe ich sehr gut.«

Sie stand auf, blieb wartend stehen und sah so still, so traurig drein, daß Madge, trotz all ihrer Benommenheit, von Mitleid überwältigt wurde. »Arme Jessica«, sagte sie einfach. »Es muß furchtbar für Sie gewesen sein, dort zu leben...«

Jessicas Augen füllten sich wieder mit Tränen. »Ich kann's nicht vergessen«, flüsterte sie.

Madge nickte, zu sprechen vermochte sie nicht, dann ging sie die Treppe hinunter, schloß die Haustür und stieg in den Wagen.

»Ich hielt es für das beste, dir ganz genau zu erzählen, was sich abgespielt hat«, sagte Winsten.

Er hatte dabei den längsten Weg gewählt, damit sie Zeit hätten, sich auszusprechen. Jetzt, seinen Blick auf die Straße gerichtet, die im abendlichen Sonnenschein golden vor ihnen lag, wandte er den Kopf nicht einmal so weit, daß er das Profil seines Vaters gesehen hätte.

William hatte die Erzählung nur durch gelegentliche Zwischenrufe unterbrochen. Jetzt schwieg er erbittert.

»Das genügt«, stieß er schließlich zwischen den Zähnen hervor. »Jessica ist wahnsinnig. Daran ist überhaupt kein Zweifel mehr. Der Gedanke, der bloße Gedanke...«

Er schluckte, er würgte und hustete. Winsten verlangsamte die Fahrt und klopfte ihm auf den Rücken. »Nimm's nicht so schwer!«

»Ich wußte, daß du eine derart lächerliche Fantasterei nicht glauben würdest«, sagte William heiser. »Bei Madge bin ich dessen nicht so sicher. Frauen sind verteufelt leicht bereit, von den Männern das Schlimmste zu glauben, wenn einmal das Geschlecht im Spiel ist. Selbst deine Mutter –« Abermals packte ihn vor Wut ein Hustenanfall.

»Nun, nun!« Winsten fuhr an den Straßenrand.

»Ich... ersticke... an diesem Schmutz... an diesem ekelhaften Dreck«, keuchte William, und sein Gesicht rötete sich.

Winsten wartete, klopfte ihm leicht und rhythmisch auf den Rücken, bis sein Vater endlich wieder zu Atem kam.

»Das war ein furchtbarer Anfall!« sagte William und wischte sich die Augen. »Ich kann mich nicht erinnern, daß ich so etwas schon je gehabt hätte. Aber ich bin auch noch nie so wütend gewesen. Glaubt etwa Madge –«

»Was Madge wirklich glaubt, weiß ich nicht«, unterbrach ihn Winsten abgespannt. »Sie ist ein Instinktmensch, wie das alle guten Mütter sind. Wenn sie in der Hoffnung ist, dann wirkt natürlich alles übersteigert.«

»Du willst doch damit nicht etwa sagen, sie könnte wirklich glauben, daß ich mich mit einem Dienstmädchen abgeben würde?« rief William heftig.

»Sie glaubt nichts mit völliger Bestimmtheit«, erwiderte Winsten beharrlich. »Sie hat nur Mitleid mit Jessica.«

William preßte die Lippen zusammen, kreuzte die Arme und saß steif und schweigend da. Dann knurrte er wütend: »Fahren wir heim! Ich werde mit Herbert sprechen.«

Die Ansteckung, die von Jessica ausging, konnte sich in seinem Haus furchtbar, hemmungslos ausbreiten, wenn es Madge erlaubt wurde, ihre Gefühle zur Schau zu tragen.

Es mußte sofort etwas dagegen getan werden.

Er hatte keine Angst vor einer Frau, ganz gewiß nicht vor seiner Schwiegertochter, und er wollte dem ganzen Unheil an der Quelle Einhalt bieten, und das war Jessica. Er durfte nicht dulden, daß Jessica auf diese Art ständig neue Beunruhigung schuf, und das wollte er Herbert sagen. Herbert war schließlich ein Mann und Jessicas Mann.

Er stieg aus dem Wagen. Auf der Terrasse sah er Susan und Pete; sie spielten ein kindliches Spiel miteinander, ein Ball war an einer langen Gummischnurbefestigt, und sie schlugen nach ihm mit hölzernen Schlägern. Dabei amüsierten sie sich köstlich. Sie sahen ihn nicht, und er ging grußlos an ihnen vorüber. Merkwürdig, daß Pete nicht zu seinem Geschäft zurückfuhr, seiner Garage in den Ozarks oder was es sonst sein mochte! Er wäre froh gewesen, auch Susans Hochzeit schon hinter sich zu haben. Mochten sie nur alle heiraten und ihn und Elinor endlich in Frieden lassen!

Herbert nahm ihm an der Tür Hut und Stock ab.

»Kommen Sie in die Bibliothek, Herbert«, sagte William streng.

»Das Essen ist gerade bereit«, meinte Herbert.

»Macht nichts«, sagte William im gleichen strengen Ton.

»Dann will ich es doch Bertha sagen.«

William ging voraus in die Bibliothek und schloß die Tür. Er setzte sich auf den hochlehnigen Stuhl am Ende des langen Tischs aus englischer Eiche und wartete. Wenige Sekunden später kam Herbert geräuschlos herein, schloß die Tür und blieb stehen. Sein breites Gesicht war fahl.

»Ja, Sir?«

Wie sollte er anfangen, fragte sich William, wie sollte er Herbert die niederträchtigen, wahnsinnigen Fantastereien wiederholen, in die Jessica sich versponnen hatte?

»Herbert, mein älterer Sohn und seine Frau sind heute zu Jessica hinausgefahren.«

»Vielen Dank, Sir«, flüsterte Herbert.

»Bei dieser Gelegenheit«, fuhr William finster fort, »hat Jessica meiner Schwiegertochter unerhörte Lügen aufgetischt, vollkommen aus der Luft gegriffene Angaben über Ereignisse gemacht, die sich abgespielt haben sollten, als Jessica noch hier im Haus war.«

Herbert ließ den Kopf sinken, sein dickes Gesicht begann zu zittern.

»Ich könnte Klage wegen Verleumdung erheben«, fuhr William fort, »und ich würde sie auch sofort vor den Richter bringen, wenn ich nicht sicher wäre, daß Jessica geisteskrank ist. Ich verlange, daß Sie sie sofort von einem Arzt untersuchen lassen.«

Herberts Gesicht verlor allen Halt, die Augen füllten sich mit Tränen, sein Mund bebte zwischen den runden Backen, er bot wieder den jämmerlichen Anblick, den William an ihm kannte.

»Der schwarze Hund ist's, Sir«, schluchzte er.

»Der Hund?«

»Ja, Sir. Sie läßt mich nicht an sich heran – seit Wochen und Monaten geht das so. Der Hund ist zwischen ihr und mir, Tag und Nacht.«

»Wollen Sie damit behaupten, daß sie den Hund die ganze Nacht im Zimmer hat, wenn Sie zu Hause sind?« fragte William verblüfft.

»Gerade meinetwegen hat sie ja den Hund, Sir«, stotterte Herbert. »Sie hat vor keinem Mann Angst – nur vor mir.«

»Was tun Sie ihr denn an?« fragte William.

Herbert zog ein großes, kariertes Taschentuch hervor und wischte sich das Gesicht. »Nichts, Sir – nur daß ich mein Recht will.«

Er faltete das Taschentuch säuberlich und steckte es wieder in die Tasche. Dann sah er demütig zu William hinüber, und jäh brach ihm der Schweiß aus.

»Setzen Sie sich«, befahl William.

Herbert setzte sich auf den Rand einem der schweren

Stühle und sah William noch immer furchtsam an. Es war ein kläglicher Blick, in dem aber auch eine gewisse Verstocktheit saß.

»Reden Sie endlich«, sagte William energisch.

Herbert räusperte sich, und dann beugte er sich ein wenig vor. »Als Mann zu Mann, Sir«, begann er.

Und dann breitete Herbert vor William, der in Herberts fahles, schweißschimmerndes Gesicht blickte, wieder diese alte Geschichte zwischen Mann und Weib aus, die er nun schon kannte.

Der Mann, der hier zufällig Herbert hieß, näherte sich nachts dem Weib, das er sich zu eigen gemacht hatte – mit ihrer Zustimmung, die sie ihm aus unerfindlichen Gründen gegeben hatte; Nacht für Nacht wiederholte sich dann das Drama, daß Jessicas Empfindlichkeit, ihre fantasiereiche Vorstellungskraft, ihre unerfüllten Wünsche und ein düsteres Erbteil sich jetzt zu einem einzigen blinden Entschluß zusammenballten: Sie wollte von diesem Mann plötzlich nichts wissen. Zuerst hatte sie, halb lachend – halb gereizt nachgegeben. Dann hatte sie sich ihm entzogen. »Laß mich in Frieden, du schmutziges Biest!«

Manchmal hatte er sie dann in Frieden gelassen oder hatte versucht, ihr Verlangen anzustacheln –

»Rühr mich nicht an, du Schwein!« hatte sie ihn dann angeschrien. »Was fällt dir ein!«

Er war geduldig und behutsam gewesen; er wußte, daß manche Frauen empfindlich waren. Was aber soll ein Mann machen, wenn eine Frau überhaupt nicht nachgibt? Was soll ein Mann tun, wenn eine Frau biß und kratzte und ihn wie eine Verzweifelte zurückstieß?

»Ich frage Sie, Sir«, sagte Herbert, und die Tränen rollten ihm über die Wangen, »was soll ich da tun?«

»Ich kann mir nicht vorstellen, daß Sie Ihre Frau – gegen ihren Willen zwingen wollen«, sagte William, in tiefster Seele angewidert.

»Ja, wozu heiratet ein Mann denn?« fragte Herbert erstaunt. »Ein Mann zahlt ja dafür, nicht? Er gibt ihr Unterkunft und Verpflegung und alles übrige. Ich hab' Jessica alles gegeben, was sie nur verlangt hat –«

Wieder zählte er an den Fingern auf, was er ihr gekauft hatte, die Patentmatratzen, die Waschmaschine, die beiden Staubsauger, die beinahe antiken Möbel, den goldgerahmten Spiegel, die neuen Decken, den Eisschrank, den elektrischen Ofen, schließlich den Teppich, ja, und sogar einen Teppich für die Treppe.

»Und was verlange ich dafür? Gerade nur mein Recht«, sagte Herbert. Seine Demut war plötzlich gewichen. William sah einen Mann vor sich, der entschlossen war, sein Weib zu besitzen.

»Und ich werde zu meinem Recht kommen«, sagte Herbert wuchtig.

»Wie wollen Sie das anstellen?« fragte William verdrießlich.

Es war unnütz, diesem Männchen auseinanderzusetzen, daß ein Nehmen ohne ein Geben unmöglich war. Das Wechselseitige in den Beziehungen zwischen Mann und Frau überstieg Herberts Begriffe. Die Erfahrungen und Lehren, die er selber erst nach einiger Zeit gesammelt hatte, wie sollte Herbert sie oder auch nur ihr Vorhandensein je verstehen? Vielleicht waren sie für Herbert auch gar nicht wichtig. Für diese winzige Seele, die von einer solchen Masse an Körper umgeben war, mochte es genügen, einfach zu nehmen. Jessica war jedoch aus anderem Stoff. William empfand plötzlich so viel Verständnis, daß Jessica ihm leid tat. Unklar dämmerte es ihm, was es bedeuten konnte, eine Frau zu sein.

»Ich nehme mir mein Recht«, sagte Herbert. Sein verkniffener Mund schob sich dabei vor. »Vor allem – dieser Hund muß weg!«

William seufzte. »Warum wollen Sie die Sache nicht geschickter anfassen, damit sie keinen Verdacht schöpft? Bitten Sie doch Mr. Dobbs, er möge den Hund zurücknehmen. Sagen Sie ihm, das Tier sei zu wild, es sei wegen des Kindes, und Sie wären ihm sehr dankbar, wenn er ihn wieder zu sich nehmen würde. Dann wird Jessica Ihnen keinen Vorwurf machen können.«

Herbert starrte ihn an. »Das ist eine gute Idee, Sir. Man muß ein Rechtsanwalt sein, um darauf zu kommen, wie man die Sache deichseln soll.« Er zauderte. »Ich wollte, ich könnte das noch heute abend erledigen.«

»Warum nicht?« meinte William. »Sie können Mr. Dobbs gleich danach fragen. Vielleicht fährt er schon morgen fort.«

Herbert stand auf. »Vielen Dank, Sir – Bertha wird heute abend schon mit dem Geschirr einmal allein fertig werden.«

»Gehen Sie jetzt«, sagte William. Er war froh, Herbert heute nicht beim Abendessen um sich sehen zu müssen. »Madge meinte, Ihre Frau sei heute am Morgen in schlechter Verfassung gewesen. Gehen Sie heim zu ihr. Ich werde mit Susan reden. Sie können mit Ihnen fahren, den Hund im Wagen anbinden und unterwegs irgendwo auf dem Heimweg zu Abend essen.«

»Vielen Dank, Sir.«

Er wartete, bis Herbert sich verzogen hatte, und dann ging er auf die Terrasse hinaus, wo er Elinor, Susan und

Pete fand. Das Spiel war zu Ende, Susan mischte Cocktails, und Pete räkelte sich in dem bequemsten Stuhl.

»Steh auf, du großes Scheusal«, sagte Susan heiter zu ihrem Verlobten. »Siehst du nicht, daß Vater da ist?«

Pete erhob sich grinsend. »Wußte nicht, daß es Ihr Stuhl ist.«

»Ist auch nicht ausschließlich mein Stuhl«, erwiderte William. Er küßte Elinors Wange und setzte sich auf einen andern Stuhl.

»Ich habe dich und Herbert in der Bibliothek sprechen gehört«, sagte Elinor. »Darum bin ich nicht hineingegangen.«

»Jessica ist in einer schlechten Verfassung«, erwiderte William. »Herbert hat das Gefühl, er müsse sofort heim. Susan, er hat eine seltsame Bitte, die ich aber unterstütze aus Gründen, die ich dir später erklären werde. Er möchte, daß Pete den schwarzen Hund holt.«

»Jetzt?« Susans dunkle Augen öffneten sich weit.

»Sofort«, sagte William fest.

Er warf Elinor einen Blick zu, um zu sehen, ob ihr Gesicht die leiseste Spur eines Wissens verriete. Doch er sah nichts. Madge mochte doch verständig genug gewesen sein, niemandem außer Winsten etwas zu sagen, und seinem ältesten Sohn durfte er vertrauen. Sobald wie möglich wollte er selbst Elinor diese ganze Geschichte erzählen, wenn erst einmal dieser Hund fort war. Zwar störte ihn das Bewußtsein etwas, daß er Jessica dadurch sozusagen ihrem Mann auslieferte, vielleicht aber war es gerade das, was nottat. Sie war ihr ganzes Leben lang verzogen, verwöhnt, gehätschelt worden, und niemand hatte sie je zu richtiger Arbeit angehalten; weder der sanfte alte Heinrich noch Bertha, trotz gelegentlicher Prügel, noch Tante Emma. Sie alle hatten viel zuviel Wesen um dieses Kind gemacht, das zwar hübsch und leidlich begabt sein mochte, dennoch aber dazu bestimmt war, nichts als eine Hausangestellte zu werden.

Mochte Herbert sie verprügeln, wenn es nötig war, und damit Schluß. Er wollte mit Elinor auf jeden Fall erst sprechen, wenn alles vorüber war. Elinor könnte sonst irgendwie noch dazwischentreten.

Herbert fuhr wenige Minuten später mit dem grauen Wagen vor der Terrasse vor.

»Nun, Pete?« fragte Susan.

»Meinetwegen«, sagte der gutmütig, und die beiden fuhren ab. Im gleichen Augenblick kam Winsten herunter, so daß William nicht mit Elinor allein blieb.

»Wo ist Madge?« fragte Elinor. »Ich schäme mich, daß ich den ganzen Tag verschlafen habe. Aber nach der Hochzeit bin ich sehr müde gewesen.«

»Madge fühlt sich nicht ganz wohl«, erwiderte Winsten. »Ich habe sie ins Bett geschickt.«

»Ach Gott«, sagte Elinor, »glaubst du vielleicht –«

»Ich weiß nicht. Es könnte sein; das werden wir ja bald wissen.«

Sein schmales junges Gesicht sah besorgt aus. Der ewige Vater, dachte William und empfand es als eine Erleichterung, daß Madge nicht kommen konnte.

»Die Fahrt heute vormittag ist sicher zuviel für sie gewesen«, meinte Elinor.

»Die Kinder waren nachmittags auch schrecklich anstrengend«, erwiderte Winsten und schenkte sich einen Cocktail ein. »Wohin fahren Susan und Pete?«

»Herbert möchte haben, daß der schwarze Hund noch heute abend verschwindet«, sagte William bedeutungsvoll. »Ich habe mit ihm über Madges Eindruck von Jessica gesprochen. Er glaubt, daß allein der Hund einen so unseligen Einfluß auf Jessica ausübt. Dieser Ansicht ist er schon seit längerer Zeit.«

»Erstaunlich«, sagte Elinor. »Ich hätte so viel Feingefühl bei Herbert gar nicht vermutet.«

»Wahrscheinlich ist das auch nur ein Einfall«, sagte William gelassen.

Winsten gab darauf keine Antwort. Langsam, die Augen gesenkt, rührte er in seinem Glas.

»Mach dir keine Sorgen um Madge«, sagte seine Mutter. »Es wäre doch nett, wenn das Baby hier auf die Welt kommen sollte wie ihr alle.«

»Ich dachte soeben an meine Arbeit«, sagte Winsten. »Gleich morgen früh muß ich anrufen.«

»Schön, aber nicht früher«, meinte Elinor behaglich. »Und jetzt wollen wir zu Tisch gehn.«

Es war ungefähr Mitternacht, als William den Wagen vorfahren hörte. Er hatte sich nicht niedergelegt, sondern schützte Arbeit vor und saß nun allein in der Bibliothek, nachdem Elinor gegangen war.

»Ich werde nur mit einem Auge schlafen«, hatte sie gesagt. »Madges Aussehen gefällt mir nicht. Ich glaube, es wird noch vor dem Morgen etwas geschehen. Winsten hat den Arzt angerufen. Er hat auch endlich ein Zimmer im Krankenhaus reservieren lassen.«

»Das ist besser«, gab William zerstreut zu. »Pflegerinnen im Haus sind mir ein Greuel – sind mir immer zuwider gewesen.«

Sie lachte leise und gab ihm einen Kuß. »Du bist eingetrocknet, alter Advokat«, sagte sie. »Kleine Kinder bedeuten dir wohl gar nichts mehr, was?«

»Ich habe sie gern, wenn sie gewaschen und sauber angezogen sind und wie menschliche Wesen aussehen.«

»Du hast dich immer benommen, als ob du mit unsern Kindern nichts zu tun gehabt hättest«, klagte sie ihn an.

»Mein Anteil war allerdings ein wenig unbestimmt«, gab er zu.

Sie schüttelte ihn an den Schultern. »Was ist das für ein Gerede!« schalt sie ihn, aber das alles sehr liebevoll.

Er lächelte zu ihr auf, und als sie sich bückte, um ihn zu küssen, hielt er sie sekundenlang fest, seine Hand in ihrem Nacken.

»Bist du immer ganz glücklich mit mir gewesen?«

»Alles in allem – ja«, sagte sie klar und deutlich.

»Ich habe dich nie zu etwas gezwungen – gegen deinen Willen –?«

Er glaubte ein leises Flackern der goldenen Wimpern zu bemerken. »Nicht eigentlich –«

»Nun, Elinor?« fragte er.

»Ach, reden wir doch nicht mehr so spät von solchen Dingen –«

»Doch«, sagte er plötzlich eindringlich. »Komm, setz dich. Nun – wann habe ich dich je gegen deinen Willen gezwungen?«

Sie setzte sich, und während ihre großen blauen Augen auf ihm ruhten, begann sie in ihrem Nackenknoten Nadel um Nadel zu lösen, bis ihr silberblondes Haar wie eine Wolke um ihre Schultern hing. Und während sie das tat, wirkte sie immer jünger und jünger.

»Schön, du dummer Mensch«, sagte sie zärtlich belustigt. »Wenn du es durchaus wissen willst – Natürlich hast du mich manchmal gezwungen – nicht mit Gewalt oder dergleichen. Aber manchmal hat die Frau keine Lust – und sie tut es doch, weil sie nicht will, daß der Mann schlecht gelaunt und reizbar wird, das lohnt es nicht –«

Er starrte sie an und spürte, daß etwas in ihm einen Sprung bekam. »Elinor«, stammelte er.

Erstaunt sah sie ihn an. »Du hast mich dazu gebracht, etwas zu sagen, was ich um keinen Preis sagen wollte, und jetzt, da ich es dir gesagt habe, ärgerst du dich über mich. Wie unvernünftig und unlogisch und empfindsam ihr Männer doch seid! Ihr wollt die ganze Zeit in Romantik leben, alles soll immer nur ein Umarmen und Lieben sein, aber... es muß alles nach eurer Melodie geschehen, und dann, wann *ihr* es so haben wollt; auch wenn die Frau zufällig *nicht* zu jeder Stunde bereit ist! Denk doch, bitte, einmal vernünftig darüber nach. Ihr glaubt, beleidigt sein zu müssen, wenn die Frau nun einmal nicht dasselbe und im gleichen Augenblick fühlt wie ihr. In der ganzen Natur wird das nicht verlangt, und nur das Menschenweibchen ist es, das sich verleugnen und so tun muß als ob. Und wenn man es euch wirklich einmal ehrlich sagt, könnt ihr die Wahrheit nicht vertragen. Oh, ihr Männer, euch soll sogar die Natur zu Willen sein, und wehe, wenn sie es nicht tut –«

»Elinor!« rief er. »Ist das nicht alles Wahnsinn?«

Sie warf das Haar über ihre Schulter und schenkte ihm ein helles, verwundertes Lächeln. »Nein«, sagte sie ganz sanft, »und mir ist großartig zumute. Ich glaube, seit Jahren habe ich das einmal aussprechen wollen. Und nun habe ich es dir gesagt.« Sie legte die gefalteten Hände vor die Brust. »Und ich bin dir sogar dankbar dafür, William, daß du mir diese Gelegenheit gegeben hast.«

Sie holte tief Atem, es war kein Seufzer, aber ein Atemzug der Befreiung, und er sah sie verdutzt an. »Warum hast du das nicht schon vor Jahren gesagt, wenn du es doch sagen wolltest?« fragte er.

»Ich habe es nicht gewagt«, sagte sie mit seltsamem

Ton. »Ich hatte Angst davor, wie du es aufnehmen würdest.«

»Und jetzt hast du keine Angst mehr vor mir?« fragte er beinahe bekümmert.

Sie schüttelte lächelnd den Kopf, und die Wellen ihres weichen Haars teilten sich und fielen ihr über die Ohren. »Nein. Vermutlich weil die Kinder jetzt groß sind. Einen andern Grund kann ich mir nicht vorstellen.«

»Ich verstehe dich nicht«, bekannte er. »Obgleich ich all diese Jahre nur dich und dich allein geliebt habe, verstehe ich dich nicht.«

Sie stand auf, legte die Arme um ihn, drückte seinen Kopf zärtlich an ihre Brust.

»Oft ist es richtig und wunderschön gewesen«, flüsterte sie. »Und am allerschönsten ist es jetzt. Besser ist es – weil jetzt nur du und ich da sind. Der liebe Gott hat es doch wirklich gut eingerichtet, daß nur die jungen Frauen die Sorge des Kinderkriegens haben.«

Er drückte sein Gesicht an sie. »Oh, Elinor«, flüsterte er und vergaß alles. »Ich werde nie genug Zeit für dich haben!«

»Alle Zeit, die es gibt«, sagte sie heiter und zärtlich. Dann bückte sie sich und küßte ihn kurz, aber fest auf die Lippen. »Gute Nacht! Bleib nicht mehr zu lange auf!«

An der Tür blieb sie stehen und sagte noch einmal: »Ich danke dir, William.«

»Danke mir nicht«, antwortete er und ging an seine Akten. Er dachte aber immer noch daran, was sie gesagt hatte. Wie sollte man wissen, wieviel davon auf sie beide zutraf und was sonst noch ganz allgemein im Drang des Augenblicks ausgesprochen worden war?

Trotz seiner Gedanken und seiner Arbeit hatte er noch kein Bedürfnis nach Schlaf, und als um Mitternacht der

Wagen vorfuhr, ging William leise zur Vordertür, die offenstand. Madge war noch nicht ins Krankenhaus gefahren, und im oberen Stockwerk war es, bis auf die Nachtlampe in der Halle, dunkel.

»Seid still, ihr zwei«, sagte er leise, als der Wagen hielt.

»Was ist los?« fragte Susan, deren Stimme nicht den gewohnten Klang hatte.

»Madge fühlt sich nicht wohl«, erwiderte er. »Was ist denn das?«

Pete zog einen mächtigen dunklen Körper vom Rücksitz des Wagens.

»Das ist der Hund«, erklärte Susan. »Pete hat ihn töten müssen.«

»Was das für ein Tag ist!« stieß William halblaut hervor. »Und was wollt ihr mit ihm machen?«

»Leg ihn dort hinter den Flieder, Pete! Bis morgen«, sagte Susan. »Dann können wir ihn begraben.«

Pete gab keine Antwort und schleppte den schweren Kadaver hinter die Fliederbüsche. Dann kam er zurück. Er sah ganz niedergeschlagen aus. »Nie hätt' ich geglaubt, daß ich einen Hund umbringen könnte.«

»Kommt in die Bibliothek«, sagte William leise. »Wie um Himmels willen ist denn das geschehen?«

Geräuschlos gingen sie hinter ihm ins Zimmer, und er schloß die Tür.

»Ich brauch' was zu trinken«, sagte Pete. Sein dunkles Gesicht war düster und auch Susan sah ganz verstört aus.

William ging zu dem kleinen Wandschrank in der Täfelung und holte eine Flasche Whisky und drei Gläser. Er goß ein, und sie tranken schweigend.

»Nun?« fragte er.

»Erzähl du's, Susan«, sagte Pete.

Er setzte sich hin, und auch Susan ließ sich in einen Sessel fallen.

»Jessica schlief, als wir ankamen«, begann Susan. »Zuerst ist Herbert allein hinaufgegangen. Er sah ins Zimmer und kam gleich wieder herunter. ›Sie hat den Hund losgebunden, ich trau' mich nicht hinein.‹ Das war alles, was er sagte. Da erbot sich Pete, es zu tun. Wir gingen alle hinauf, Herbert als letzter.«

William bemerkte, wie sie beim Erzählen ein Grauen niederkämpfen mußte.

Sie waren also lautlos die Treppe hinaufgegangen, weil sie meinten, sie könnten den Hund rufen, ohne Jessica oder das Kind zu wecken.

»Läßt sie den Hund immer los, wenn Sie spät heimkommen?« fragte Susan Herbert.

»Gewöhnlich hat sie ihn an einer langen Leine«, erwiderte er.

Jessica war inzwischen wach geworden. »Bist du's, Herbert?« rief sie.

»Antworten Sie!« befahl Susan.

»Ja, ich bin's«, sagte Herbert mit milder, versöhnlicher Stimme. Er hielt an der Tür an. »Ich wollte schon vorher hineinkommen, Jessica, aber ich habe gemerkt, daß der Hund los ist.«

»Du kannst nicht herein, Herbert«, rief Jessica. »Ich habe den Hund absichtlich losgelassen.«

Herbert wandte ihnen das breite, fahle Gesicht zu. An der Decke hing eine unverhüllte elektrische Birne und warf ihr grelles Licht auf sie.

»Was soll ich jetzt tun?« flehte er.

»Sagen Sie ihr, daß wir gekommen sind, um den Hund zu holen«, riet Susan.

Der Hund befand sich gerade hinter der Tür und knurrte bedrohlich. Sie konnten nach jedem Knurren seinen rasselnden Atem hören.

»Miß Susan ist mit Mr. Peter hier«, sagte Herbert besänftigend. »Sie wollen den Hund holen, Jessica. Mr. Peter will ihn wiederhaben.«

Jessica antwortete nicht. Man hörte nur das bedrohliche Knurren des Hundes.

»Lassen Sie mich die Tür öffnen«, sagte Pete. »Der Hund kennt mich.« Er riß die Tür auf. Im gleichen Moment sprang ihn der Hund an. Auf den Hinterfüßen stehend reichte das Tier bis zu Petes Schultern, und er mußte mit ihm kämpfen, um nicht zerfleischt zu werden.

Herbert hatte die Augen geschlossen und lehnte stöhnend an der Wand, er war feige und traute sich nicht an den Hund heran. Nur Susan sprang hinzu, riß den Hund an den Hinterbeinen, so daß er zu Boden fiel.

»Braves Mädel!« keuchte Pete. »Halt ihn fest. Ich mache ihn fertig, dieses verdammte Biest!«

»Und das war's auch, was er getan hat«, erzählte Susan und sah ihren Vater an. »Ich habe den Hund an den Hinterbeinen festgehalten, und er hat ihn erwürgt. Er mußte alle Kraft anwenden, denn der Hund hätte uns alle zerfleischt, wenn er freigekommen wäre. Und dann hörte ich Jessica. Immer wieder schrie sie: ›Bring sie um, Pirat – bring sie alle miteinander um!‹ Ich war so wütend, wie ich das gehört habe, und da habe ich sie angeschrien: ›Halten Sie den Mund, Jessica!‹ Ja, das habe ich geschrien. Es war wie in einem Narrenhaus. Herbert flennte, Jessica hetzte beständig den Hund gegen uns auf, und ich mußte Jessica anschreien. Sie saß aufrecht im Bett, in einem seidenen Nachthemd und einer prunkvollen Nachtjacke, und das Bett war mit rosa Leinen bezogen! Stell dir das vor! Während der ganzen Zeit hat das Kind in seinem Körbchen ruhig weitergeschlafen.«

»Was habt ihr getan, als der Hund endlich tot war?« fragte William. Sein Mund war trocken wie Leder, und er trank einen Schluck Whisky.

»Pete hat ihn die Treppe hinuntergeschleift, dann haben wir ihn in den Wagen geworfen und sind abgefahren«, berichtete Susan.

»Ja-a«, bemerkte Pete in seiner schwerfälligen Art, »ich hätte nie geglaubt, daß ich einen Hund umbringen könnte. Ich hab' den Hund immer gern gehabt. Ich hätte ihn nie hierherbringen sollen. Er hätte daheim bleiben sollen, wo er hingehört hat. Diese Jessica hat ihn so aufgehetzt, daß er jeden angegangen wäre, meinte Herbert. So wie er heute nacht war, hätte er Herbert bei lebendigem Leib aufgefressen. Ein Glück für ihn, daß wir dabei waren.«

»Du hast ihm wahrscheinlich das Leben gerettet«, meinte Susan. »Wenn es sich überhaupt gelohnt hat, ihm das Leben zu retten. Ich zweifle daran. Männer, die flennen, sind mir widerwärtig. Ich selbst weine ja auch nie.«

»Gehen wir zu Bett«, sagte William. »Ich bin am Ende.«

Achtes Kapitel

Spät am nächsten Morgen wurde er von Elinors kühler Hand auf seiner Stirn geweckt.

»Wach auf, Großvater«, sagte sie heiter.

Er riß sich aus dem Schlaf. »Ist Madge –«

»Ein kleines Mädchen; sie wird Elinor heißen«, sagte sie entzückt.

»Wieder ein Mädchen!« rief er, als er nun vollkommen wach war.

»Zu viele?«

»Das hängt davon ab«, sagte er lachend. Er stand auf und schlüpfte in seine Pantoffel.

Sie blieb an der Tür stehen und warf ihm eine Kußhand zu. »Du siehst müde aus. Willst du nicht noch im Bett bleiben? Herbert ist sowieso noch nicht da.«

»Nein, nein, ich steh' schon auf«, sagte er. »Herbert ist nicht hier? Hat Susan dir von dem Hund erzählt?«

»Sie ist noch in der Nacht zu mir ins Zimmer gekommen und hat mir alles berichtet«, erwiderte Elinor. »Schrecklich, nicht? Aber ich bin froh, daß er tot ist. Jetzt wird's mit Jessica besser gehen, glaube ich.«

»Das glaube ich nicht«, murmelte er, als er ins Badezimmer ging.

Sie hörte ihn nicht mehr. Sie war bereits auf dem Weg hinunter. Des Neugeborenen wegen war sie in bester Stimmung. William wußte, daß sie sich ein Mädchen immer gewünscht hatte. Seine eigene Stimmung war noch von den Ereignissen des vergangenen Tages getrübt. Er wußte es zu genau, daß man mit Jessica noch nicht am Ende angelangt war; bei weitem nicht!

Was er befürchtet hatte, traf gegen Mitte des Vormittags ein.

Nach dem verspäteten Frühstück, zu dem seine Kinder nicht erschienen waren, zog er sich wieder in die Bibliothek zurück. Er hütete sich davor, aus dem Fenster zu sehen, weil er annehmen mußte, daß der Hund noch immer hinter dem Flieder lag.

Susan schlief noch. Pete wahrscheinlich auch. Die Jugend von heute konnte anscheinend immer und in jeder Situation schlafen. Für sie war der Schlaf noch keine Flucht vor den oft unlösbar erscheinenden Problemen der Zeit. Mitunter gab die Gegenwart doch allerlei Rätsel auf. Kein Mensch wußte, wie man zukünftigen Kriegen Einhalt bieten konnte, die allgemeine Korruption war oft erschreckend. Und in seiner nächsten Umgebung wurden Frauen verrückt und Hunde toll. Das alles störte aber nicht den Schlaf der jungen Menschen.

Um elf Uhr war Elinor in die Klinik gefahren, um nach Madge zu sehen. Da hörte er plötzlich aus der Küche einen Schrei. Das Hinterfenster der Bibliothek ging nach dem Küchengarten hinaus, und da der Morgen warm war, hatte er es geöffnet, um ein wenig frische Luft zu haben. So konnte er hören, wie Bertha laut aufschrie. Er warf, wütend über die Störung, die Feder hin. Doch bevor er noch aufstehen konnte, kam sie schon in Strümpfen, wie sie immer in der Küche herumwirtschaftete, besonders im Sommer, wenn ihr die Füße anschwollen, in die Bibliothek gestürzt.

»Mr. Ascher, Mr. Ascher...«

Sie schluchzte, ihr Gesicht war dunkelrot.

»Ja?« fragte er scharf.

»Herbert, Sir – er ist am Telefon – Jessica – es ist was Schreckliches geschehen...«

William nahm den Hörer auf und vernahm seltsame Geräusche.

»Herbert!« rief er.

»Ach, Mr. Ascher«, jammerte Herbert, »können Sie, bitte, nicht sofort herauskommen? O bitte, kommen Sie doch gleich!«

»Das kann ich nicht«, erwiderte William schroff. »Zuerst will ich außerdem wissen, was geschehen ist.«

»Es ist Jessica, Sir – es geht um Jessica!«

»Zum Donnerwetter, ich höre doch einen Hund bellen«, rief William.

»Das ist sie!« schrie Herbert. »Jessica! Sie läuft auf Händen und Knien im Zimmer herum und bellt. Sie benimmt sich wie ein Hund, sie ist verrückt geworden. Ich weiß nicht, was ich anfangen soll. Das Baby schreit. Ich kann sie nicht dazu kriegen, das Baby zu füttern. Sie hat sogar versucht, es zu beißen. Ich kann sie nicht zur Vernunft bekommen. Sie kriecht nur im Zimmer herum und bellt!«

»Großer Gott!« rief William. »Ich werde einen Krankenwagen schicken. Herrgott! Bewachen Sie sie inzwischen, Herbert!«

Als der Arzt mit dem Krankenwagen kam, erschien es ihm unmöglich, den Weg richtig zu erklären. Er setzte sich deshalb neben den Chauffeur. Hinten auf einer Bahre saßen eine Pflegerin und ein Wärter mit einer Zwangsjacke.

»Dort unter dem Flieder liegt ein toter Hund«, bemerkte der Chauffeur.

»Er soll heute vormittag begraben werden«, sagte William sehr distanziert. Es wäre doch unmöglich gewesen, alles zu erklären, was sich ereignet hatte; er war auch innerlich viel zu erschöpft dazu, als daß er es versucht hätte.

»Das ist immer das Schlimme, wenn man in der Nähe einer Autostraße wohnt und einen Hund hat«, meinte der Chauffeur gutmütig.

»Ja«, sagte William, konnte sich aber zu keiner weiteren Erklärung aufraffen.

»Es muß schon ein Lastwagen gewesen sein, der diesen riesigen Hund überfahren hat.«

»Vermutlich«, antwortete William unbehaglich.

Der Chauffeur gab es auf und schwieg gleichfalls, bis sie bei dem Bauernhaus angekommen waren.

William stieg aus, gefolgt von dem Wärter und der Pflegerin. Die Haustür stand offen. Am Fuß der Treppe blieb William stehen. »Herbert!« rief er. Die Schlafzimmertür öffnete sich, und sie konnten von oben her ein eigentümliches Brummen hören. Herbert trat, mit dem Baby auf dem Arm, heraus.

»Jetzt ist sie ruhiger«, flüsterte er. »Sie liegt... unter dem Bett.«

William wandte sich zu der Pflegerin. »Sie werden vielleicht besser ohne mich hinaufgehen. Mich kennt sie, das könnte sie nur aufregen.«

Es war ihm sehr unbehaglich zumute. Was, wenn Jessica ihn erkannte und ihre Beschuldigungen wiederholte? Er setzte sich in das kleine, unaufgeräumte, staubige Wohnzimmer. Herbert hatte es zu seiner Garderobe umgewandelt und zog sich hier um. Schuhe und Wäsche lagen verstreut umher. Ein klägliches Bild, dachte er und betrachtete die Einzelheiten, mit denen Jessica sich bemüht hatte, eine Fantasiewelt für sich aufzubauen, in der sie dennoch wahnsinnig geworden war.

Er hörte Schritte auf der Treppe. Durch den Türspalt sah er den Wärter und die Schwester. Zwischen ihnen eine Gestalt, in einen Kittel gehüllt, die Ärmel am Körper festgeschnallt. Er warf einen Blick auf Jessica. Ihr Kopf hing herab und pendelte sinnlos hin und her. Aus dem Mund tropfte Speichel. Aus ihrer Kehle drang ein rasselndes, gutturales Knurren. Er stand auf und trat zum offenen Fenster. Als sie sie in den Wagen schoben, schnappte sie plötzlich nach der Hand des Wärters. Er gab ihr einen Klaps.

»Sie haben beißen wollen, ja?« sagte er nicht ungütig. Er schnallte sie an die Bahre fest, und die Pflegerin setzte sich daneben. Der Chauffeur setzte sich hinter das Steuer und rief William zu:

»Fahren Sie mit?«

Der schüttelte den Kopf. »Ich bleibe noch und will sehen, wie es hier steht; später kann ihr Mann mich zurückfahren.«

Der Chauffeur nickte, und der Krankenwagen rollte davon.

Das Haus war still.

Nicht einmal das Geräusch von Herberts Schluchzen war zu hören. Nach einer Weile ging William hinauf und fand Herbert im Schaukelstuhl sitzen, das Baby schlief in seinen Armen. Das Zimmer war in entsetzlicher Verfassung. Es mußte eine wahre Schlacht stattgefunden haben. Die Bettücher lagen auf dem Boden, die Bilder waren von den Wänden gefallen, die Vorhänge zum Teil von den Fenstern gerissen. Inmitten dieses Zusammenbruchs schaukelte Herbert hin und her. Das Kind schlief.

»Was haben Sie ihm gegeben?« fragte William.

»Ich hab' Milch, Wasser und Zucker gemischt und es

mit einem Löffel gefüttert«, erwiderte Herbert. Er wirkte ruhig und erschöpft. »Soll ich Sie heimfahren?« fragte er.

»Und wie steht's mit dem Kind?«

»Jetzt, wo es satt ist, kann es hinten im Wagen schlafen.«

Es wurde kein weiteres Wort gewechselt, und sie gingen hinunter, Herbert legte das Kind, in eine Decke gewickelt, auf den Rücksitz seines alten Wagens. Dann fuhren sie zurück.

»Sie werden verstehen, Sir, daß ich ein oder zwei Tage nicht kommen kann«, sagte Herbert. »Ich will das Baby irgendwo in einem Heim unterbringen.«

»Gewiß«, sagte William. »Wäre das aber nicht eine gute Gelegenheit für Bertha, sich zurückzuziehen, hierherzukommen und das Kind zu übernehmen?«

Herberts breites, weißes Gesicht nahm einen Ausdruck steinerner Härte an. »Ich will sie nie hier im Hause haben, Sir. Nicht, solange ich lebe!«

»Aber Bertha hat Ihnen doch nichts getan!« protestierte William.

»Ich weiß nicht, was sie getan oder was sie nicht getan hat«, sagte Herbert düster, seine kleinen Augen waren auf die ausgefahrene Landstraße gerichtet. »Ich weiß nur, daß Jessica sie nicht ertragen konnte, und so kann ich es auch nicht. Irgendwas hat sie meiner Frau angetan, und ich mag sie in meinem Haus nicht mehr sehen.«

»Bedeutet das, daß Sie Ihre Stelle aufgeben wollen?« fragte William.

»Nein, das bedeutet nur, daß ich sie nicht in meinem Haus sehen will«, wiederholte Herbert.

»Ist es nicht Berthas Haus?«

»Es soll aber Jessicas und mein Haus sein, sobald die alte Frau stirbt«, erklärte Herbert.

William schwieg; Herberts Stimmungen zu ergründen, war unmöglich. Er würde froh sein, wenn er erst zu Hause war.

»Es können auch die Nonnen gewesen sein«, begann Herbert nach einer längeren Pause. »Jessica konnte nie aus sich heaus. Sie hat das Natürliche für schmutzig gehalten, und daran sind nur die Nonnnen schuld. Und Bertha ist's gewesen, die sie ins Kloster geschickt hat; ihr Vater hat's nie gewollt. Ihren Vater hat sie gern gehabt. Er ist immer gut zu ihr gewesen.«

William konnte sich noch sehr gut an Heinrich erinnern, ein gütiger, aber haltloser Mensch, der ohne Berthas Lenkung wahrscheinlich als Trunkenbold oder Bettler geendet hätte. Vielleicht aber war das die Tragödie von Frauen wie Bertha, die Tragödie der starken Menschen, an die die Schwachen sich wenden, an die sie sich klammern und die sie dann hassen. Doch auch das konnte er Herbert nicht erklären.

»Na ja«, sagte er unbestimmt, »das kann man nie wissen. Hauptsache ist wohl, daß Jessica wieder gesund wird, wenn das möglich ist.«

Da sagte Herbert das Unbegreifliche: »Sie ist nicht krank, Sir, sie versucht nur zu gewinnen.«

»Zu gewinnen? Was?«

»Unsern Kampf. Was wir letzte Nacht durchgemacht haben.«

Am liebsten hätte William aufgebrüllt, daß ihn das gar nicht interessiere, was vorgegangen war, doch merkte er, daß Herbert einfach sprechen mußte. Früher oder später würde Herbert doch darauf zurückkommen und erzählen, was sich in jenem Zimmer ereignet hatte, nachdem der Wachhund tot war, nachdem Susan und Peter gegangen waren und niemand mehr übrig blieb, der zwischen ihm und Jessica stand.

Als er es erzählte, war es William klar genug. Jetzt, kaum, daß das Kind geboren war, hatte der Krieg zwischen Mann und Weib wieder begonnen. Niemand konnte Jessicas Schreien und Toben hören. Und auch Herbert konnte nicht gehört werden. Herbert, dessen schwerfälliges Wesen schließlich einem Ausbruch entgegentrieb, nach all den vermeintlichen Demütigungen, die er hatte einstecken müssen, solange der Hund noch da war und ihm jeden Moment an die Kehle gehen konnte. Jessica unterwarf sich aber nicht. Sie sprang vom Bett auf den Boden, klammerte sich an die Vorhänge, drohte, sich aus dem Fenster zu stürzen, aber er hatte sie vorher zugenagelt. Die Vorhänge waren auf sie heruntergefallen, sie verbarg sich darin, bis er sie von ihr wegriß. Sie klammerte sich an den Tisch, an die Betten, bis er ihr die Hände mit seinen geballten Fäusten wegschlug. Er prügelte sie mit dem Bein eines zerbrochenen Stuhls, bis sie vor Schmerz laut aufschrie, dennoch nicht bereit, nachzugeben. Er bezwang sie schließlich doch mit roher Gewalt.

»Und das war mein gutes Recht«, sagte er finster, während er ganz behutsam über die Straße fuhr, damit das schlafende Kind nicht von dem Sitz herunterrutschen konnte, »die ganze Zeit habe ich mir nur genommen, was mein gutes Recht war.«

William hörte ihm zu, gebannt vor Entsetzen. Es gab einfach keine Möglichkeit, Herbert klarzumachen, daß das, was er getan hatte, soviel war wie Mord.

»Als alles vorüber war«, sagte Herbert, »hob ich sie auf und legte sie aufs Bett. Ich glaubte, sie sei ohnmächtig, und hatte Angst. Ich ging ins Badezimmer und wollte Riechsalz holen. Sie hat immer Riechsalz gehabt, ganz wie Miß Emma. Als ich zurückkam –«, sein Kinn begann zu zittern, und er räusperte sich, »– als ich zurückkam, da lag sie auf Händen und Knien auf dem Boden, schwang den Kopf hin und her, und als ich sie anredete, da – da bellte sie... wie ein Hund!«

William seufzte tief. Noch fünf Minuten, dann waren sie zu Hause.

»Das alles ist unbegreiflich«, sagte er schließlich. »Ganz unbegreiflich.«

Doch er begriff das alles viel zu gut!

Als er heimkam, warf er unwillkürlich einen Blick nach der Stelle, wo der Kadaver des Hundes gelegen hatte; er war verschwunden. Susan und Pete hatten ihn also begraben. Jetzt würde vielleicht Friede werden.

Er ging hinauf, um sich zu waschen und umzuziehen. Es war kein Anlaß dafür vorhanden, aber er wollte anders aussehen, sich anders fühlen, eine Veränderung mit sich vornehmen, die nur zum Besseren sein konnte. Auf der Treppe traf er Susan und bemerkte, daß ihre Augen plötzlich fern und leuchtend blickten. Er erzählte ihr nichts.

»Wo ist Mutter?« fragte er freundlich.

»Im Kräutergarten«, erwiderte sie und ging weiter.

Als er einen anderen Anzug angezogen und sich gewaschen hatte, kam er sich wie ein anderer Mensch vor und ging auf die Suche nach Elinor. Er fand sie, wie Susan gesagt hatte, im Kräutergarten, einem viereckigen Platz inmitten des Küchengartens hinter dem Haus. Sie kniete und suchte langsam und sorgfältig ein kleines Sträußchen von Kräutern zusammen. Er ging auf sie zu, während er sich eine Zigarette anzündete, und versuchte, möglichst gelassen auszusehen.

Sie sah zu ihm auf. »Nun?« meinte sie freundlich.

»Nun – Jessica mußte weggebracht werden; in einer Zwangsjacke«, setzte er so leise hinzu, daß es Bertha nicht hören konnte. Elinor würde es ihr dann sagen müssen.

»In einer Zwangsjacke!« schrie Elinor entsetzt auf.

Er schilderte ihr den grauenvollen Morgen. Sie lauschte erschrocken und doch, wie er merken konnte, etwas ungläubig. Sie kniete immer noch auf dem Boden, während er ihr berichtete, was er veranlaßt hatte. Ihr stiller Protest war unverkennbar.

»Irgend jemand mußte schließlich eingreifen«, sagte er gereizt. »Das gibt sogar Herbert zu. Die Ärzte werden zu entscheiden haben, ob Jessica wahnsinnig ist oder nicht. Wahrscheinlich ist sie es. Wahnsinn ist auch die einzig mögliche Entschuldigung für all das, was geschehen ist. Wenn sie nicht wahnsinnig ist, dann muß sie geradezu ein Teufel an Bosheit sein.«

Das machte Eindruck, stellte er fest. In Elinors Augen verblaßte das Funkeln des Protestes.

»Ach Gott«, seufzte sie. Sie roch an ihren Kräutern und stand auf. »Wenn ich nur wüßte, ob es das richtige ist.«

»Zunächst ist es das richtige«, sagte er energisch. Er selbst empfand eine eigentümliche Erleichterung bei dem Gedanken, daß Jessica nun wohl verwahrt war.

»Vermutlich«, sagte Elinor. »Man hat natürlich heutzutage Möglichkeiten aller Art, um Menschen zu heilen – selbst wenn sie wahnsinnig sind.«

»Ja«, gab er zu. Dann erkundigte er sich vorsichtig: »Wie geht's Madge?«

»Ganz normal. Das heißt, körperlich ist sie in gutem Zustand. Ich hatte nur den Eindruck, daß sie mir gegenüber etwas seltsam war. Wahrscheinlich war sie aber einfach müde.«

Er fühlte, daß seine Wangen zu glühen begannen. »Ich bin selbst müde. Mit seltsamen Frauen habe ich jetzt wahrhaftig genug zu tun gehabt, mein Bedarf ist gedeckt«, sagte er mit ungewöhnlicher Schärfe. »Wenn Madge sich seltsam benimmt, will ich für meinen Teil davon nichts hören. Und wie geht's dem Kind?«

»Es tut mir leid, daß du müde bist«, erwiderte Elinor. »Und das Kind? Ein wahres Wunder, das reizendste von allen Kindern!«

»Dann freut's mich, daß es nach dir heißt«, sagte er galant.

Sie warf ihm einen ihrer Blicke zu, in denen viel Anerkennung und ein klein wenig Spott war. Er stellte fest, daß Elinors Haut den Sonnenschein bemerkenswert gut vertrug. Sie hatte keine Runzeln, nicht die zartesten Spuren von Fältchen an der elfenbeinernen Oberfläche. Er war froh, daß es ihm wenigstens bis jetzt möglich gewesen war, ihr ein Leben zu bereiten, dessen heitere Gelassenheit ihre Schönheit bewahren konnte.

»Mir sind Männer zuwider, die weinen«, erklärte Susan unerschütterlich. »Gott sei Dank, daß Pete ein richtiger Mann ist. Wenn ich Jessica wäre, würde ich Herbert auch hassen, das schwöre ich.«

Es war Abend, und William wartete auf das Essen. Elinor war in der Küche, Bertha hatte sich heulend in ihre Dachkammer zurückgezogen, nachdem sie die Nachrichten über Jessica vernommen hatte, und Susan deckte den Tisch.

»Ah«, machte William, um Susan zu ermutigen und

sich dennoch in keiner Weise zu verbinden. Es war alles gut und schön, doch konnte es auch nach der andern Richtung Extreme geben. »Kommt Pete nicht zum Essen?«

»Nein«, sagte Susan. »Er hat sich am Nachmittag plötzlich entschlossen, heimzufahren.«

»Doch nichts Schlimmes?«

»Nein, wenn du und Mutter vernünftig seid«, sagte Susan fest.

Diese Anspielung überhörte er. Sie wollte etwas von ihnen, und darum, das wußte er sehr gut, hatte sie Peter heimgeschickt. Sie wollte ihn aus dem Weg haben, während sie sich mit ihren Eltern auseinandersetzte. Wie gut kannte er die Zeichen! Er stand auf und ging gemächlich zur Tür.

»Du solltest nach Tisch deiner Mutter beim Geschirr helfen. Bertha ist vollkommen erledigt.«

»Das ist's wieder!« erwiderte Susan. »Erledigt! Die Leute sind so empfindsam!«

Und wenn jemand empfindsam wirkte, war es – so meinte William, der sie betrachtete – dieses liebliche Geschöpf, das seine Tochter war, dieses Mädchen mit dem zärtlichen Blick, den großen braunen Augen, umsäumt von fast zu langen, starken Wimpern, mit ihrer schlanken und doch abgerundeten Gestalt, deren Formen sie von seiner eigenen Mutter geerbt haben konnte, mit dieser Stimme, die so tief und weich war wie ein Schlummerlied. Doch – so war das wohl bei den jungen Mädchen von heute – er hatte keine Vorstellung mehr von der wirklichen Susan, seit Pete sich in seiner sonderbar sprunghaften und selbstverständlichen Art an die Familie angeschlossen hatte. Das sollte offenbar nun von Dauer sein.

Kühn nutzte er den Augenblick. »Hast du wirklich vor, dich auf diese Heirat mit Pete einzulassen?«

Susan faltete drei steife Leinenservietten zu kunstvollen Formen. »Das ist's gerade, worüber ich mit euch heute abend sprechen möchte. Ich bin ganz zufrieden, daß Bertha ›erledigt‹ ist. Auf diese Art sind wir wenigstens unter uns.«

»Warte bis nach dem Essen«, bat er an der Tür. »Meine Verdauung ist nicht mehr wie früher. Bei Tisch Friede, wenn ich bitten darf!«

Er verließ das Zimmer, ging etwas schwerfällig hinaus auf die Terrasse und verdrängte jedes Denken. Vor langer Zeit schon hatte er die Kunst dieses Ausschaltens gelernt. Es war eine Abwehr gegen berufliche Erlebnisse. Er war genötigt zu lernen, wie er sie ausschalten konnte, um unbelastet in sein Haus zurückkehren zu können, um mit den Kindern zu spielen, die Schäden an einem widerspenstigen Kessel zu besichtigen, ein Buch zu lesen, das er am Abend zuvor weggelegt hatte, oder, schließlich und von allem das Wichtigste, mit Elinor zusammen zu sein. Jetzt, im langen sommerlichen Zwielicht, war er froh, daß er das konnte, und empfand eine erfrischende innere Stärkung.

Der Garten lag friedlich in der Dämmerung, die frühen Sommerblumen leuchteten noch an der Steinmauer. Es war ein Wetter für Rosen, die einzigen Blumen, an deren Namen er sich untrüglich erinnerte. Was auch in eines Mannes Haus vorgehen mochte, die Mauern standen, die Bäume wuchsen hoch auf, und die Blumen blühten.

Der Abend verging. Die Mahlzeit verlief angenehm. Das Essen war vorzüglich, und er versuchte, die Erlebnisse des Tages aus seinem Gedächtnis zu streichen. Er wollte endlich wieder Ruhe, Frieden und Ausgeglichenheit um sich haben. Ein Blick auf das entschlossene Gesicht seiner Tochter Susan hatte ihm ohnedies gesagt, daß sie offenbar entschlossen war, ihnen ein Ultimatum zu stellen. Also könnte er sich ebensogut seine Freude am Essen gönnen, denn was nachher kam, war doch unausweichlich. Er kannte den Ausdruck von Entschlossenheit um Susans schönen Mund, glaubte ihn zum erstenmal gesehen zu haben, als sie weniger als ein Jahr alt war. Er hatte damals darauf bestanden, sie müsse ihren Spinat essen; daran erinnerte er sich sehr deutlich. Sie hatte den Spinat natürlich nicht gegessen. Statt dessen hatte sie mit einer schnellen Bewegung ihrer rundlichen kleinen Hand die Schüssel auf den Boden gefegt. Er blickte, wie um seine Erinnerung zu stützen, auf ihre Hand. Jetzt war sie ein wenig größer geworden, schlank und wohlgepflegt, die Nägel korallenrot, und... da sah er am dritten Finger zum erstenmal einen Diamantring, einen Solitär von ansehnlicher Größe. Als sie bemerkte, daß er auf ihre Hand sah, ließ sie den Stein vor seinen Augen funkeln und blitzen.

»Gefällt er dir?«

»Ich habe schon schönere gesehen«, sagte er trocken, um sich nicht in die Verteidigung treiben zu lassen.

»Er ist sehr hübsch!« Elinor beeilte sich großzügig, seine Worte wieder gut zu machen.

»Wo hat Ozark-Pete denn das Geld dafür aufgetrieben?« brummte er fragend. Es hatte keinen Zweck, mit Susan zartfühlend umzugehen. Die Mädchen von heute wußten nicht, was Zartgefühl war.

»Ihr wärt überrascht, wieviel Geld man mit einer Garage verdienen kann«, sagte Susan selbstzufrieden. »Überdies haben wir ihn auf Kredit gekauft.«

»Aber Susan!« rief ihre Mutter.

»Was denn?«

»Aber deinen Verlobungsring! Mit geborgtem Geld!«

»Die kleinen Steine wollte ich nicht«, sagte Susan.

»Nimm dir nur, was du haben willst, nimm dir nur, was du haben willst«, meinte William.

»Okay, Dad –«

»Selbst dein Englisch ist verdorben«, knurrte er. »Eine Universitätsbildung kann vermutlich vor einer Garage nicht bestehen.«

Er fühlte, daß er zunächst weit genug gegangen war. Ihre dunklen Augen brannten wütend auf seinem Gesicht. Er zuckte leicht die Achseln. »Bei Tisch mag ich keinen Streit. Nachher wird ja wohl kein Schlag geschenkt werden.«

»Keiner«, verhieß Susan.

William sah sie einen Augenblick stumm an. –

Dann stand er auf, ohne sich dessen eigentlich selbst bewußt zu werden, und überließ Tisch und Mahlzeit den beiden Frauen, während er ins Wohnzimmer hinüberging. Dort, in diesem friedlichen Raum, fern von Kindern und Personal, fühlte er sich geborgen. Seltsam, wie die moderne Zeit auch den Geschmack der Menschen änderte. Da war nun seine behütete Tochter Susan und dann dieser zähe Bursche, dieser Peter, und Millionen seinesgleichen, unzivilisiert, unwissend, ein prächtiger Körper und kein Verstand, oder wenn es einen gab, so war er hinter Manierenlosigkeit und ungehobelter Sprache so prächtig versteckt, daß er ebensogut gar nicht vorhanden sein konnte. Ihm taten seine eigenen Söhne fast leid, Winsten, der junge Vater, der dagegen geradezu altmodisch wirkte, und Edwin, der Intellektuelle, der zugrunde gehen würde, wenn einmal Recht und Gesetz nicht mehr herrschen würden. Wenn das Gesetz etwa einmal unter dem Ansturm einer Revolution zusammenbrach, dann wäre unvermeidlich Peter einer der Revolutionäre, und niemals Edwin und schon gar nicht Winsten, und Edwin würde ›liquidiert‹ werden. Denn das war ja das neue Wort für ›legalen‹ Mord. Winsten könnte es vielleicht erlaubt werden, weiterzuleben, wenn er sich ›gleichschaltete‹, und er würde sich gleichschalten, schon aus Sorge um seine Frau und seine Kinder. Edwin dagegen würde nie mitmachen, und so würde man ihn umbringen. William genoß das rauhe, altmodische Wort. Umbringen, das war die Wahrheit, und liquidieren eine Lüge. Einem Menschen wie Peter mochte es zuwider sein, einen Hund zu töten, der sein Eigentum war, es wäre ihm aber wahrscheinlich nicht zuwider, einen Menschen umzubringen, der intelligenter war als er selbst, gebildeter, der in irgendeiner Zukunft und in einer durchaus möglichen Epoche versuchen würde, die Tafeln des Gesetzes hochzuhalten, während Ozark-Pete sie zerbrochen sehen wollte.

Konnte Susan eine derartige Möglichkeit begreifen, und würde sie an einem solchen Tag neben dem Rüpel stehen, oder würde sie sich auf die Seite des Blutes stellen, zu dem sie geboren war? Das wußte er nicht. Wenn es um Liebe ging, konnte man bei einer Frau nichts vorhersehen.

»Und warum sitzt du eigentlich im Dunkeln?« hörte er Susan mit ihrer samtenen Stimme fragen, die so weich und tief und dennoch unnachgiebig war.

Die beiden Frauen waren hereingekommen, ohne daß er, in seine Gedanken versunken, es bemerkt hätte.

»Ich habe nachgedacht.«

Sie fragte nicht, was für Gedanken es gewesen waren. Statt dessen zündete sie ein Licht nach dem andern an, bis der große, stille Raum hell erglänzte. Wahrscheinlich war es ihr auch ganz gleichgültig, was er dachte.

»Ich möchte euch nicht wehtun«, begann Susan inmitten der strahlende Helle. Sie setzte sich auf die Couch, stützte den Ellbogen auf die Hand, zog die Füße unter sich. In ihrem apfelgrünen Kleid mit kurzen Ärmeln und dem runden Ausschnitt mit dem weiten, angereihten Rock sah sie wie ein Kind aus. Ein ziemlich grausames Kind, dachte William, zu sehr geliebt, zu sehr verhätschelt, zu klug.

Er wußte aus Erfahrung, daß sie gern Aufmerksamkeit erregte, darum wich er dem unmittelbaren Angriff aus.

»Richtig – ich wollte noch fragen, wo ihr den Hund begraben habt.« Sich selbst gestand er zu, daß diese Frage ihn peinigte, daß er ein für allemal wissen wollte, daß es mit dieser Bestie ein Ende hatte.

»Pete hat ihn aufs Land hinausgefahren«, sagte Susan. »Er hat ihn in den alten Marmorbruch geworfen.«

Der alte Marmorbruch war in unbekannter Tiefe mit Wasser gefüllt. Vor langer Zeit, eine Generation früher, hatten die Söhne der Bauern in ihm geschwommen, bis einmal ein Junge ertrunken war und es sich als unmöglich erwies, die Leiche zu bergen. Von da an war das Baden im Steinbruch verboten worden.

»Ich bin froh, daß der Hund nicht irgendwo auf unserem Grund begraben worden ist«, sagte William.

»Er war zu groß dazu«, erklärte Susan gleichgültig. »Pete sagte, es hätte ihn einen halben Tag gekostet, ein so großes Loch zu graben. Aber er war noch immer wütend – ein guter Hund, der verdorben worden war!«

»Eine ekelhafte Bestie war es«, sagte William energisch.

Ein gespanntes Schweigen entstand, von dem jeder fühlte, daß es rasch gebrochen werden mußte.

»Was hast du denn vor, das uns wehtun könnte?« fragte Elinor. Man konnte unschwer aus ihrer Stimme hören, daß sie diese Sache so schnell wie möglich hinter sich bringen wollte. Entgegen ihrer sonstigen Gewohnheit rauchte sie eine Zigarette, während sie ihren Kaffee trank.

»Vielleicht kann man uns gar nicht mehr wehtun«, meinte William.

»O doch, man kann«, meinte Susan. »Aber daran läßt sich leider nichts ändern. Ich weiß, daß ihr enttäuscht sein werdet, wenn ich euch sage, daß ich die Universität verlassen möchte.«

Das hatte er befürchtet. Schon als sie an der See waren, hatte sie Andeutungen gemacht, und als sie zu den Ferien heimkam, hatte er aus ihren Reden eine Abkehr von ihren seitherigen Zielen unschwer feststellen können. Weder er noch Elinor antworteten. Susan schüttelte das kurze Haar aus dem Gesicht und spielte mit dem Ring.

»Pete und ich wollen bald heiraten... so schnell wie möglich... Ohne große Feier und Umstände!«

»Nein«, begann Elinor, doch Susan hob die Hände.

»Mutter, ich will keine Hochzeit mit allem Drum und Dran.«

»O Susan!« rief Elinor.

»Pete würde sich albern ausnehmen – das weiß ich. Nein, bitte, sagt kein Wort! Keiner von euch. Ich kenne jedes Wort, das ihr sagen würdet. Ich weiß, wie ihr über Pete denkt. Jedesmal, wenn ihr ihn anseht, kann ich ihn mit euren Augen sehen. Und darum habe ich ihn heute weggeschickt. Ich wollte das mit euch allein ausmachen. Ich weiß, wie ihr über ihn denkt.«

Die dunklen Brauen vereinigten sich zornig über den braunen Augen.

»Und daran liegt dir nichts?« warf Elinor ein.

»Mir liegt schon daran«, sagte Susan. »Aber meine Beziehung zu Pete läßt sich dadurch nicht ändern. Ich werde ihn heiraten.«

»Wann?« fragte William trocken.

»Irgendwann«, sagte Susan. »Sobald wir können.«

Abermals senkte sich das Schweigen herab. Das, dachte William, war das letzte seiner Kinder. Dafür baute man ein Haus, machte es zu einem Heim; dafür arbeitete man, versagte sich Freuden, wachte in der Nacht – er erinnerte sich, wie die kleine Susan immer in den Stunden nach Mitternacht durstig geworden war, wenn er gerade in seinem ersten tiefen Schlaf lag. Nacht um Nacht war er aufgestanden, hatte ihr etwas zu trinken geholt, einen kleinen Teil der Verantwortung auf sich genommen, um Elinor zu schonen. Und doch war es kein so kleiner Teil, denn er war so geartet, daß er, einmal erwacht, nicht so schnell wieder einschlafen konnte, und dieser kurze Dienst raubte ihm so manche Stunde seiner Nachtruhe. Jahr um Jahr ging das so weiter, und ein Glas Wasser, das man neben ihr Bett stellte, tat es nicht. Es ging um mehr als um das Glas Wasser allein.

»Sag mir doch, warum du gerade Peter liebst?« fragte er mit schmeichelnder Stimme. »Was ist an ihm dran – was findest du besonders bewundernswert? Wenn ich das verstehen könnte, würde ich es leichter begreifen, daß du beabsichtigst, uns zu verlassen. Denn wenn du ihn heiratest, dann verläßt du uns ja sehr gründlich.«

Er merkte ein heftiges, kindliches Entsetzen in Susans Augen, als er diese Worte sprach.

»O nein«, fiel Elinor rasch ein. »Sie kann immer zurückkommen. Ehen scheinen heutzutage nicht unbedingt für alle Zeiten geschlossen zu sein. Man läßt sich heute leichter scheiden als früher.«

William war ziemlich verblüfft über diese Sprache. Elinor hatte sich sonst immer entschieden gegen die Scheidung ausgesprochen; immer hatte sie gesagt, daß an einer solchen Ehe die Frau schuld sei. Sie wollte unter keiner Bedingung wahrhaben, daß ein Mann nicht zu halten sei, wenn die Frau es nur versuchte.

»Ich werde mich nie von Pete scheiden lassen«, sagte Susan. »Was er auch tun mag – es ist für immer und alle Zeiten.«

»Sag mir doch wenigstens, warum du ihn liebst?« wiederholte William. »Er ist doch so gar nicht der Normaltyp des jungen Mannes, den wir uns als Schwiegersohn vorgestellt haben. Er ist uns so fremd.«

Diese Frage setzte Susan in Verlegenheit. Sie antwortete nicht. Sie biß die rote Oberlippe, sie musterte ihre Nägel.

»Ich denke mir, deiner Herkunft und deiner Erziehung nach müßte er eigentlich auch dir fremd sein«, fuhr William fort. »Ich nehme es nicht weiter tragisch, daß du deine Studien unvollendet läßt. Ich begreife, daß heutzutage die Zeit für euch Jungen sich verkürzt. Vor der Drohung eines neuen Krieges ist das vielleicht ganz natürlich. Aber das ändert doch nichts an der Tatsache, daß Peter uns in seiner ganzen Art wesensfremd ist.«

Er gab sich Mühe, seine Stimme ruhig, sein Vorgehen klar und, soweit wie möglich, vorurteilslos wirken zu lassen.

»Schließlich kennen wir dich doch besser, als du glaubst«, fuhr er abermals fort, um ihr reichlich Zeit zu lassen. »Ich halte nichts von der orientalischen Sitte, daß die Eltern die Partner für die Kinder wählen, und doch glaubt man, sein eigenes Kind zu kennen.«

Sie erwiderte mit leiser, erstickter Stimme: »Ihr kennt mich in gewisser Beziehung – vielleicht tut ihr das. Ihr wißt, daß ich Leber mit Zwiebeln nicht mag, ihr wißt, daß Grün meine Lieblingsfarbe ist, daß ich gern Tennis spiele und mir nichts aus Mathematik mache – solche Dinge wohl. Aber ihr wißt nicht, was ich denke – und fühle.«

Ihre Stimme versagte, und sie mußte gegen Tränen ankämpfen.

»Es gibt natürlich Dinge, die wir nicht wissen können, wenn du sie uns nicht sagst«, gab er ernst zurück. Am liebsten hätte er seine Hand ausgestreckt, um sie auf seine Knie zu ziehen, wie er es oft getan hatte, als sie noch ein Kind war und er ihre Tränen trocknen wollte. Doch zwischen damals und heute war ein gewaltiger Unterschied. Ein anderer Mann konnte das heute vielleicht tun – er nicht mehr.

Elinor saß schweigend dabei und zündete eine Zigarette an der anderen an. Daran merkte er ihre innere Nervosität. Begriff sie das alles? Sie war eigentlich die einzige, die Susan wenigstens vom fraulichen Standpunkt her begreifen konnte. Er warf ihr einen Blick zu, auf den sie jedoch nicht einging. Behandle diese Sache auf deine Art, schienen ihre Augen zu sagen. Nun, das wollte er. Susan konnte doch nicht so vollkommen von jenem Kind verschieden sein, das er gekannt und geliebt hatte. Sie war nie allzu kompliziert gewesen; spontan, rasch aufbrausend, rasch zärtlich. Sie hatte nie das düstere Schweigen Edwins an sich gehabt. Erst seit dieser Pete aufgetaucht war, hatte sie sich so verändert.

»Wo hast du Peter eigentlich kennengelernt?« fragte er und wunderte sich selbst darüber, daß er sie bisher noch nie danach gefragt hatte.

»Bei einer Tanzerei... ganz zufällig.«

Das konnte sich ereignen, sagte er sich, während sie ihre Geschichte erzählte; das war ganz natürlich in einer Zeit wie dieser, wo es Klassenunterschiede nicht mehr gab. Peter war aus Korea gekommen und gerade vom Militär entlassen worden. Bevor er in seine Heimat fuhr, hatte er einen Freund in Poughkeepsie aufgesucht, einen Burschen aus der Stadt, den Susan durch ihre Zimmerkameradin auf der Universität kennengelernt hatte. Es war ein netter junger Mensch, der in Yale studieren wollte. Peter hatte im Pazifik neben ihm gekämpft; einmal hatte er Peter sogar das Leben gerettet.

Susan lachte jetzt auf, während sie diese Geschichte erzählte. »Es hätte umgekehrt sein sollen. Peter ist so ein Riese, und Eliot, jener junge Mann, dagegen so klein und schmächtig. Sein Vater ist Geistlicher der Episkopalkirche. Eliot sieht aber nicht im geringsten so aus, wie man sich den Sohn eines Geistlichen vorstellt, obgleich er vermutlich auch Geistlicher werden wird. Na, jedenfalls kletterte Peter damals im Feldzug auf einen von den Hügeln auf Okinawa, durchaus bereit, sein Heldentum zu beweisen, während Eliot, der eine Sterbensangst hatte – das sagt er selbst – hinter ihm herkroch und sich hinter Peter deckte, das Gewehr bereit, um auf alles zu schießen, was sich sehen ließ. Natürlich sah er deshalb den Feind zuerst und erledigte ihn.«

Ihre Stimme klang plötzlich normal, und ihre Tränen waren wieder versiegt. »Das wird ihm Peter nie vergessen. Eliot reicht ihm nicht mal bis an die Schulter, und Peter kann ihn mit einem Arm vom Boden aufheben und in die Höhe strecken.«

Sie war sichtlich erheitert.

»Aber aus Eliot machtest du dir nichts?« fragte Elinor gelassen.

Susan schob unruhig mit beiden Händen ihr Haar zurück. »Ach, wer könnte sich schon was aus ihm machen? Er ist so ein Knirps. Peter ist stark. Wenn ihr gesehen hättet, wie er den Hund gepackt hatte! Es war wie der Kampf mit einem Bären. Er umklammerte das Gebiß des Tieres mit der Hand und bog ihm den Kopf zurück, daß ich die Knochen krachen hören konnte.«

»Susan!« rief Elinor erschauernd.

Susan blickte ihre Mutter gelassen an. »Kannst du das nicht hören, Mutter? Dir wird doch nicht etwa übel? Nun, mir wurde nicht übel dabei. Das ist vielleicht auch ein Unterschied zwischen deiner Generation und meiner. Das ist's auch, was mich dazu bringt, einen Mann wie Peter liebzuhaben. Bei ihm kann ich mich gehen lassen, brauche nicht jeden Moment darauf zu achten, wie ich spreche oder was ich tue. Was ihr beiden anscheinend nicht begreifen könnt, ist, daß in den vergangenen Jahren sich vieles geändert hat. Die Welt ist nicht mehr, wie ihr sie euch vorgestellt habt – oder wie ich sie, eurer Meinung nach, sehen müßte. Es ist eine ganz andere Welt, und das läßt sich nicht aufhalten. Ich muß aber in dieser anderen Welt leben. Peter weiß, was ich meine. Er sagt, nur auf die Zähigkeit komme es an und darauf, daß man für sich selbst kämpfen könne. Er hat recht. All das alte, weichliche Zeug ist erledigt.«

»Und Eliot...« deutete William an.

»Das war nur ein Zufall«, sagte Susan rasch. »Wenn

das auch nichts an der Tatsache ändert. Eliot sagt selbst, daß er damals gar nicht vorgehabt hatte, eine Heldentat zu begehen, sondern daß er zu Tode erschrocken gewesen war. Er sagt, heute wisse er gar nicht mehr, wie er das fertiggebracht habe. Bestimmt habe er dabei nicht an Peter gedacht.«

Sie sprang auf und ging, mit schwingendem Rock, im Zimmer auf und ab. »Es ist so beruhigend für mich, mit Peter zusammen zu sein. Ihm liegt an gar nichts – weder an Manieren noch an Konversation oder all den Niedlichkeiten und Herzigkeiten...«

»Es scheint ihm nicht einmal an Reinlichkeit etwas zu liegen«, bemerkte Elinor trocken.

Susan wandte sich zu ihr. »Nein! Nichts liegt ihm daran. Es ist ihm nicht so wichtig. Ich möchte fast sagen, er liebt den Schmutz. Ich verstehe auch, was er damit meint. Wenn man jeden Tag seines Lebens badet und sich abreibt und den Kopf wäscht, wenn man jedesmal die Schuhe abstreift, sobald man ins Haus tritt, und Überschuhe anzieht, sobald man hinausgeht, dann findet man Schmutz wunderbar. Ich bin mit soviel Schlamm an den Schuhen in sein Haus gekommen, wie's mir nur gepaßt hat. Wenn ich baden wollte, habe ich gebadet, wenn nicht, hat sich auch kein Mensch darum gekümmert. Ich konnte essen, wie ich wollte, wo ich wollte, was ich wollte, ich konnte reden oder nicht reden, fluchen, wenn ich Lust hatte – das ist Peters Art, und mir gefällt sie.«

»Du hast uns nie richtig von Peters Heim erzählt«, sagte Elinor.

Susan sah ihre Eltern an, die Mutter, dann den Vater, und war offenbar im Zweifel, ob sie ihnen genügend trauen konnte.

»Erzähl uns doch«, drängte er vorsichtig.

Sie überwand ihren Zweifel, und die beiden versuchten ernsthaft, ihr zu folgen. »Ihr würdet sicher sagen, daß es eine Scheune ist«, begann sie, »aber es hat eine Menge Zimmer, weil sie immer wieder angebaut haben, wenn Kinder kamen.«

Ein Holzhaus im Wald. Zwei Meilen von der Autostraße und von Peters Garage entfernt, ein alter Bauernhof am Berghang in einer rauhen Gegend. Der Boden war karg, und die Ernte mußte mit veralteten Maschinen dem Boden entrungen werden, so daß die Familie immer gerade knapp auskam. Und doch wuchsen die Kinder irgendwie in der reinen Luft und bei dem gesunden Leben heran, wurden groß und stark, obgleich kein Pfund Fleisch je zuviel vorhanden war, sechs Knaben und zwei Mädchen. Peter war der jüngste von ihnen, seine anderen Geschwister hatten das Elternhaus schon verlassen, so daß, als Susan hinkam, nur Vater und Mutter noch dort wohnten und eine der Schwestern, deren Mann irgendwo in Burma gefallen war (das sie für den Namen einer Stadt hielt), und ferner die drei Kinder der Schwester, lauter Jungen.

Das Haus war ebenerdig und hatte eine Reihe von Räumen. Der größte war das in der Mitte gelegene Wohnzimmer, das auch zugleich Eßzimmer und Küche war, ein langgestreckter Raum, voll von altersschwachen Möbeln, die sich den langen, kräftigen Körpern der Familienmitglieder angepaßt hatten, die eingesessenen Stühle mit Decken und Kissen waren äußerst bequem. Einen Hof gab es nicht. An die eine Seite des Hauses schloß sich ein kleiner Gemüsegarten an, auf der andern lagen die Felder. Hühner und einige graue Gänse liefen über den abgenutzten Boden der Veranda.

Zunächst hatte Susan geglaubt, das Haus sei schmutzig, doch bei längerem Aufenthalt hatte sie entdeckt, daß es auf seine Art durchaus sauber war. Die Wände roh getüncht, die Matratzen auf den Betten mit frischem Maisstroh gefüllt oder, da sie das Gastzimmer bewohnte, mit Federn. Bücher fand man in diesem Haus allerdings nicht, mit Ausnahme der alten Familienbibel und ein paar durch reinen Zufall dorthin geratener Hefte mit Wildwestgeschichten und Comics. An Lesen dachte kein Mensch, Musik gab es dann, wenn Peter gerade die Lust ankam, auf seiner Gitarre zu spielen. Ein Bad konnte man in einem Teich, eine Viertelmeile entfernt, nehmen oder in einem Kübel im Holzschuppen. Der alte Mr. Dobbs redete zwar schon seit Jahren von Elektrizität, doch kein Mensch in der Familie glaubte, daß es ihm damit ernst war, oder kümmerte sich darum. Mrs. Dobbs kochte auf einem alten Eisenofen und wusch die Wäsche draußen mit Wasser, das in einem Eisentopf über brennenden Scheiten erhitzt wurde.

Abends saßen alle auf der Veranda, sie redeten oder schwiegen, ganz wie es jedem paßte.

Und doch – sagte Susan – hatte es ihr gefallen. Es war friedlich dort, die Bäume hoch und schweigsam, das Gebirgswasser klar, man war zu nichts verpflichtet, wenn man dazu keine Lust hatte.

Peters Schwester Maryanne war oft traurig, doch sie lebte weiter und hielt ihre Kinder ohne viele Umstände sauber. Sie liebte sie herzlich und konnte sich ebenso herzlich über sie ärgern.

Es gab keine Schranken zwischen den Menschen. Man wußte immer, woran man mit jedem von ihnen war. Und alle waren kräftig, mager und gesund. Zu streiten hatte man nichts, das Leben war einfach und bot keine Probleme. Man bewunderte Susan, als sie wilde Blumen abgeschnitten und in einen Krug gestellt hatte. Keiner von ihnen hätte je an dergleichen gedacht.

Und was sie ihren Eltern nicht erzählen konnte, war, daß sie dort die Liebe kennengelernt hatte. Eine ganz andere Liebe – die um ihrer selbst willen in dieser Einsamkeit aufgeblüht war – dort – wo die Menschen nichts anderes kannten, als zu lieben oder zu hassen, zu wachen oder zu schlafen, zu leben oder zu sterben. Das waren die simplen Möglichkeiten, unter denen man seine Wahl treffen mußte. Die Verwicklungen der Zivilisation waren dort so fremd, als hätte es sie nie gegeben.

»Wir sind der Zivilisation überdrüssig«, sagte Susan abschließend mit müder Stimme. »Wir können nicht begreifen, warum wir soviel Dinge tun müssen, nur, weil man sie uns zu tun heißt. Es ist widersinnig – wie es auch widersinnig ist, für irgend etwas zu sterben, das jenseits unseres Verstehens liegt. Aus einer Verpflichtung heraus – oder aus mißverstandenem Heroismus. Wir sind es müde, herumgeschoben zu werden. Nun – dort oben in den Bergen werde ich nicht herumgeschoben werden. Ich werde einfach leben – und das mit Pete.«

William und Elinor hatten ihr in tiefem Schweigen zugehört. Sie waren verwirrt, bestürzt und verletzt. Elinor legte die Zigarette hin, ihre Hand zitterte.

»Das ist nicht einmal der Weg zurück in die Gosse«, sagte sie mit erstickter Stimme. »Du wählst die Gosse, die du nie gekannt hast. Du verwirfst eine ganze Zivilisation. Du bist nicht einmal modern genug, sie zu begreifen. Warum aber –«

Sie stellte keine Frage weiter, sie schrie ihren Kummer nicht heraus, weil die Verzweiflung in ihr zu groß war.

William trat zu ihr, faßte die zitternde Hand. »Gräm dich nicht, Liebste!«

Susan drehte sich heftig zu ihnen um. »Ach, ihr beiden, was wißt ihr denn? Das ist ja alles tot und vergangen. Ich werde bei Pete in Sicherheit sein. Was auch immer geschehen mag, er wird mich schützen. Er ist zäh, er ist stark, er hat vor niemandem Angst. Er hat Fäuste, und er ist bereit zu kämpfen.«

»Ach, mein Gott«, flüsterte William, »glaubst du denn, das Leben sei wirklich so primitiv?«

Er wandte sich ab, er hielt es nicht länger aus, das war ein Auflehnen gegen alle Vernunft und für Elinor und ihn ein Kampf gegen Windmühlenflügel. Er verließ das Zimmer, ging in seine Bibliothek und schloß die Tür. Er setzte sich an seinen Tisch und stützte den Kopf auf beide Hände. Die Worte seiner Tochter hatten alles begraben, woran er geglaubt hatte. Fäuste zu haben, bereit sein zu kämpfen, sich oben auf einem Berg gegen einen Feind zu werfen, gegen jeden beliebigen Feind – die Torheit solcher Einfalt ließ ihn auflachen und zerbrach gleichzeitig etwas in ihm. Wohin war die Intelligenz geflohen? Wenn junge Menschen sich so dem Leben gegenüber einstellten, würde es dann je wieder zu einer Auferstehung menschlicher Wahrheit kommen? Woran hatte er als Vater, woran hatte Elinor als Mutter es fehlen lassen, daß ihr Kind diese Wahl traf? Sich in einer Höhle verbergen wollte? Susan war genau so wahnsinnig wie Jessica, ihre Träume waren ebenso nichtig, ihre Hoffnungen würden ebenso enttäuscht werden.

Er stand auf, ging lange im Zimmer auf und ab, wie er es tat, wenn er einen verwickelten Rechtsfall durchdachte. Das Kind hatte wenigstens noch seinen Verstand. Verwirrt in ihren Gefühlen, eingesponnen in die unterbewußten Ängste dieser Generation vor einem neuen Krieg, eine Angst, die jetzt die Frauen ebenso anging wie die Männer, die Frauen, deren ganzes Wesen in Liebe und Heim beschlossen sein sollte, war Susan dennoch nicht von Sinnen.

Wenn er sie nun für einige Zeit, mochte es auch nur eine kurze Zeit sein, von Pete trennen konnte, wenn sie alle miteinander irgendwohin auf Reisen gingen, sie, Elinor und er, vielleicht nach England, wo die Jugend, wie man ihm gesagt hatte, abgeklärter, mehr in das Alter der Nation eingebettet war als hier, dann konnte sie vielleicht noch vor einem solchen kurzsichtigen Entschluß bewahrt werden. Sie war noch viel zu kindlich, um schon allein den Lauf ihres Lebens zu bestimmen.

Schnell faßte er einen Entschluß. Ihn erwarteten immer Geschäfte in England, er könnte erklären, daß sie dringlich seien, er könnte darauf bestehen, daß sie sofort abreisen müßten, morgen, wenn nötig. Wenn sie sich weigerte, würde er seine Autorität als Vater geltend machen. Sein langes, dunkles Gesicht nahm einen entschlossenen Ausdruck an. Er öffnete brüsk die Tür und sah sich dem geliebten Feind gegenüber.

»Wir fahren nach England«, verkündete er. »Ich werde gleich telefonieren und Plätze auf der ›Queen Mary‹ belegen. Die Seereise wird unsere Gedanken klären und uns Zeit geben. Wir fahren nach England und wollen sehen, ob dort die jungen Männer und Frauen auch nur in Begriffen von Fäusten und Fechten denken.«

Er blickte von einem überraschten Gesicht in das andere. »Ich bitte dich, mir nicht zu widersprechen, Susan, einmal muß ich noch von dir kindlichen Gehorsam erwarten. Wir alle müssen Distanz gewinnen und die richtige Perspektive. Ich muß auch dich aus der richtigen

Perspektive sehen lernen, Susan. So hoffnungslos, wie du vielleicht glaubst, ist diese Welt ja auch nicht. Du siehst in deiner nächsten Umgebung, daß es auch noch mehr Männer gibt, die zu kämpfen bereit sind, wenn auch nicht mit den Fäusten. Sieh deine Brüder an, deine Brüder sind erprobt!«

Susan verzog den Winkel ihres vollen Mundes zu einem geringschätzigen Lächeln. »Die zwei?« lachte sie auf. »Nennst du Winsten einen Mann? Er ist ein Papa, nichts als ein Papa –«

»Schweig bitte!« flüsterte Elinor, »ich glaube, er kommt gerade.« Tatsächlich war es Winsten, der aus der Klinik zurückkam. Er stand etwas verstört auf der Schwelle, lächelte ihnen aber mit blassen Lippen zu.

»Sind die Kinder brav gewesen?« fragte er. Bevor er gegangen war, hatte er sie zu Bett gebracht.

»Ich habe keinen Laut von ihnen gehört«, erwiderte Elinor. »Hast du schon zu Abend gegessen?«

»In Manchester.« Er trat näher und zündete sich eine Zigarette an.

»Wie geht's Madge?« fragte Elinor. Irgend jemand mußte sich doch nach ihr erkundigen. William stand, wo er stehengeblieben war, und Susan schmollte.

»Ausgezeichnet. Der Doktor meint, daß wir Ende der Woche heimfahren können«, berichtete Winsten glücklich. »Morgen darf sie schon aufstehen. Das kam mir merkwürdig vor, aber heutzutage ist so vieles merkwürdig. Wir alle tun so viele Dinge, die wir gestern noch für falsch gehalten hätten.«

Er lächelte – und ihm entging der triumphierende Ausdruck auf Susans Gesicht nicht, das sich William zuwandte.

»Habe ich euch gestört?«

Susan stand entschlossen auf. »Nein. Ich gehe schlafen. Das ist alles. Nur das und sonst nichts weiter, gute Nacht, meine Lieben.«

Sie faßte den weiten Rock mit den Händen und tanzte auf geräuschlosen Füßen aus dem Zimmer; und William, der sie beobachtete, fühlte sehr genau, daß sie keineswegs die Absicht hatte, ihm zu gehorchen. Er reckte sich auf, sein Rücken straffte sich, und er spürte, wie es in ihm zu kochen begann. Das waren so Dinge, die seinen Blutdruck bis zum kritischen Punkt steigerten. Man hätte es mit einer gewissen Technik der Jungen bezeichnen können, um den Tod der Alten zu beschleunigen. Er erzwang eine Entspannung, atmete tief und achtete nicht auf das Gespräch zwischen Winsten und Elinor.

»Fühlst du dich auch wohl, William?« fragte Elinor nach ein paar Minuten.

»Ja, ja«, erwiderte er ablenkend. »Achtet nicht weiter auf mich. Was hast du eben gesagt, Winsten?«

»Daß ich zu einer glücklichen Zeit geboren bin«, sagte Winsten ernsthaft. »Ich bin dem letzten Krieg entgangen und werde für den nächsten zu alt sein.«

William richtete sich auf. »Es ist heute ein anstrengender Tag gewesen. Ich glaube, daß ich einfach müde bin.« Er zauderte, er dachte plötzlich daran, daß er jetzt Winsten mit Elinor allein ließ und Winsten mit seinem gewohnten Pflichtgefühl es vielleicht für nötig halten mochte, ihr all den Unsinn zu berichten, den Jessica über ihn zu Madge gesagt hatte. Dann aber spürte er, wie die Erschöpfung sich lähmend auf ihn legte.

»Gute Nacht«, sagte er, bückte sich, um Elinors Wange zu küssen, und fühlte, wie sie ihre Hand zu seinem Gesicht hob. Genug war genug, dachte er, als er langsam die Treppe hinaufstieg, und heute war es mehr als genug. Ein Wunder, daß er die Kraft besaß, dabei noch zu arbeiten.

Irgendwann in der Nacht, als er so tief im Schlaf lag, daß Elinors Hand auf seinem Gesicht, über seine Wange streichelnd, nur wie ein Traum wirkte, wie eine Erinnerung an ihre letzte Geste vom Abend zuvor, wurde er gezwungen, sich aufzurütteln. Er hörte von weitem ihre Stimme, die ihn anrief.

»William, wach auf, Liebster – William – William –«

»Was –« murmelte er und taumelte aus dem Abgrund des Schlafes aufwärts.

Sie setzte sich auf sein Bett, die silbrigen Flechten hingen über ihre bloßen Schultern. »William, bist du wach?«

»Ja... ja...«

»Nein, du bist noch nicht wach, du Armer! Ach, William, ich muß dich leider doch wecken!«.

Er zerrte gewaltsam sein Bewußtsein aus dem Dunkel hervor, öffnete die Augen weit und starrte Elinor mühselig an.

»Was ist denn los?«

»Ich hätte dich viel lieber nicht geweckt«, flüsterte sie. »Aber dann meinte ich doch, ich müßte es tun. Ich kann die Verantwortung nicht allein tragen.«

»He?« fragte er.

»Pst! Komm zum Fenster, William! Aber leise, bitte!«

Schlaftrunken kletterte er aus dem Bett. Sie ergriff seine Hand und ging mit ihm ans Fenster.

»Sieh nur!«

Der Anblick draußen ließ ihn mit einem Schlag hellwach werden.

Der Rasen vor dem Haus lag im fahlen Licht des Mondes. Auf der Anfahrt stand ein Wagen. Petes Wagen. Der junge Mann lehnte reglos daneben.

»In Susans Zimmer ist Licht«, sagte Elinor. »Seit einer halben Stunde habe ich sie schon gehört und wußte, was vorging. Ich wußte, daß Peter kommen würde. Jetzt ist es vier Uhr.«

Ungestüm wollte er auf die Tür zugehen, doch sie klammerte sich an ihn. »Warte – warte! Es war eine so wunderbare Idee, nach England zu fahren. Aber es hat keinen Zweck – siehst du das nicht ein? Für sie kann England nichts tun, William, auch nicht für Pete. Für uns vielleicht, ja, gewiß, aber für sie kann niemand von uns etwas tun, William. Ist dir das nicht klar?«

»Wir können doch nicht zulassen, daß sie ihr Leben zugrunde richtet?« flüsterte er heiser.

Sie legte die Arme um seinen Hals. »Wir müssen sie gehen lassen, William. Wir *müssen* sie einfach gehen lassen. Vielleicht wird sie dann eines Tages wiederkommen. Wenn wir jetzt versuchten, sie aufzuhalten, dann wird sie lieber sterben als jemals wiederkommen.«

Er war verblüfft, konnte ihr aber nicht widersprechen. Und wenn sie recht hatte?

Sie zog ihn sacht zu dem offenen Fenster zurück. Dort standen sie beide, Hand in Hand, warteten. Und ihre Herzen waren erfüllt von jener Sorge, die nur Eltern kennen. Sie beobachteten das alte, uralte Spiel, wie es seit Tausenden von Jahren vorgekommen war.

Leise öffnete sich die Haustür, und Susam kam mit zwei Koffern heraus. Peter nahm sie ihr ab, legte sie hinten in den Wagen. Geräuschlos gingen sie aufeinander zu, schattige Gestalten im Dunst, umarmten einander, blieben lange aneinandergepreßt stehen, dann stiegen sie in den Wagen, der langsam über den Kies der Anfahrt rollte, durch das Tor hinaus, und in der Nacht verschwand.

William fühlte, daß Elinor zitterte. Sie weinte. Er nahm sie in die Arme, hielt sie fest an sich gedrückt. Wann hatte sie zum letztenmal geweint? Seit Jahren nicht mehr. Sie tat ihm so unendlich leid – so leid, daß er Susan haßte. Mochte sie gehen – mochten sie alle gehen. Aber sie sollten der geliebten Frau, die er in den Armen hielt, keinen Kummer mehr bereiten.

»Ich weiß nicht, warum wir je Kinder gehabt haben«, murmelte er grimmig, und sein Hals schnürte sich zusammen.

Er merkte, wie sie an den Tränen schluckte, das Schluchzen unterdrückte und gegen den Zusammenbruch ankämpfte. »Ach, weine ruhig«, sagte er zärtlich. »Vor mir brauchst du dich nicht zu zwingen, Liebste!«

Sie schüttelte den Kopf und wich ein wenig von ihm zurück. »Ich will nicht – nicht weinen. Es ist zu verheerend – in meinem Alter.«

»Ach, Unsinn!«

»Nein, nein, ich weiß.« Sie wischte sich die Augen mit dem gefalteten Ärmel. »Ich frage mich –« sagte sie nach kurzer Pause.

»Was fragst du dich?« Mit aller Zärtlichkeit blickte er sie an. Sie schüttelte den Kopf, biß sich auf die Lippen und fuhr dann fort.

»Ich frage mich, ob wir je imstande sein werden, ihnen zu sagen, daß wir sie beobachtet haben, wie sie gingen – und daß wir sie trotzdem gehen ließen.«

Er lächelte ein bitteres Lächeln. »Es würde ihnen das

Herz brechen! Was? Ihnen keinen Widerstand leisten? Das würde ja ihre ganze Heldentat verderben!«

Sie lachte ein zitterndes Lachen aus gebrochenem Herzen heraus. »Du wirst schon recht haben, Liebster. Wir wollen es ihnen nie sagen.« Dann wandte sie sich jäh zu ihm, warf sich ihm in die Arme, barg ihr Gesicht an seinem Hals und weinte verzweifelt.

Neuntes Kapitel

Wieder war es Frühling geworden, am Rande der Autostraße blühten die Bäume, aber William hatte keinen Blick dafür. Seine langen Fahrten nach New York wurden immer mehr zu einer Prüfung, denn Herbert, der einst als Chauffeur so unerschütterlich und ruhig gewesen war, hatte sich in einen rücksichtslosen und unberechenbaren Fahrer verwandelt.

Erst gestern hatte William darüber mit Elinor gesprochen.

»Sobald Herbert einmal auf der Autostraße ist«, hatte er gesagt, »glaubt er, daß er jeden Wagen überholen muß, der in Sicht kommt. Achtzig Kilometer genügen ihm nicht. Sein Durchschnittstempo sind hundert, und wenn er glaubt, daß ich schlafe, geht er auf hundertdreißig. Im letzten Jahr sind wir ein halbes Dutzendmal von der Polizei angehalten worden.«

»Daran sind nicht die Autostraßen schuld«, sagte Elinor, »sondern Jessica. Er hat mich vorige Woche veranlaßt, in der Heilanstalt anzurufen um zu fragen, ob Jessica nicht soweit sei, nach Hause entlassen zu werden, damit sie sich um ihr Kind kümmern könne, das immer älter wird. Jetzt ist die Kleine fast drei Jahre alt und kennt kein anderes Heim als das Waisenhaus. Das kann doch kein Dauerzustand werden.«

Es widerstrebte William noch immer, von Jessica zu sprechen, obgleich es sich im Lauf der Jahre nicht vermeiden ließ. Er sah sie als gefährlich an, denn er erinnerte sich zu gut dessen, was sie Madge vorgelogen hatte, wenn er auch nie wieder etwas über diese Sache gehört hatte. Winsten und Madge wirkten völlig unverändert, wenn sie zu kurzen Besuchen kamen. Der sonst üblich gewesene längere Besuch über Weihnachten war allerdings ausgefallen, seit das vierte Kind, ein Junge, da war. Aber ein- bis zweimal im Jahr war man noch immer beisammen, und bei diesen Gelegenheiten empfand er Winsten und Madge gegenüber eine unüberwindliche Hemmung, auch wenn Jessicas Name nicht genannt wurde. Erwähnte man sie doch einmal, so zeigte Madge nur ein sehr gedämpftes Interesse. Im übrigen nahmen ihre Kinder ihre ganze Aufmerksamkeit in Anspruch und blieben ihr ziemlich einziger Gesprächsstoff. Sie legte aber, wie er zu bemerken glaubte, nicht mehr so großen Wert darauf, daß die Kinder ihren Großvater mit den Ausbrüchen pflichtgemäßer Zärtlichkeit überhäuften.

»Was hat der Anstaltsarzt wegen Jessica gesagt?« fragte William.

»Er meinte, Jessica könne für eine Weile versuchen, in ihrem Heim zu leben, wenn sie selbst es wünsche.«

»Und wünscht sie es?«

»Das ist es eben, was wir nicht wissen«, hatte Elinor erwidert.

Der Wagen schleuderte gefährlich um eine Kurve, und William rief verärgert:

»Herbert, fahren Sie langsamer!«

Dieser verlangsamte die Fahrt jetzt bis zu einem Bummeltempo herunter, aber William sagte nichts mehr. Wozu sich mit dem Chauffeur in lange Diskussionen einlassen? Er vertiefte sich in seine Akten, und Herbert steigerte die Geschwindigkeit wieder. Als eine Sirene scharf aufheulte, war William erleichtert. Mochte der Polizist mit Herbert verfahren, wie er wollte! Er selbst lehnte sich zurück, verschränkte die Arme und nahm seine Berufsmiene an. Sekundenlang hielt Herbert eigensinnig an seiner Geschwindigkeit fest, dann fuhr er aber an die Straßenseite und hielt an. Der motorisierte Polizist stand neben dem Fenster.

»He! Wofür halten Sie sich eigentlich?« fuhr er Herbert an, der ihm jedoch nur das Profil darbot. »Können Sie denn nicht lesen? Kennen Sie Ihre Vorschriften nicht? Wie kommen Sie dazu, hundert Kilometer zu fahren?«

Herbert antwortete noch immer nicht. Der Polizist machte darauf William ein Zeichen, das Fenster zu öffnen. »Hallo, Sir, warum sagen Sie dem Stockfisch nicht, daß er langsamer fahren soll?«

»Das habe ich ihm wiederholt gesagt«, erklärte William gelassen.

»Warum werfen Sie ihn nicht hinaus?« fragte der Polizist.

»Er ist seit einer Reihe von Jahren im Hause«, erwiderte William.

»Dann wird er seinen Führerschein bald für eine Reihe von Jahren verlieren«, höhnte der Polizist, »wenn er so weitermacht.«

William lächelte. »Ich fürchte, daß er das verdient.«

Der Polizist war halb besänftigt. »Wo fahren Sie denn hin?«

»Ich muß um drei in der City Hall sein«, sagte William. »Ich bin Anwalt in dem Fall der Stadt New York gegen Marty Malone.«

Der Polizist zauderte. »Ich sollte Sie nicht so wegkommen lassen.«

»Vielleicht könnte mich jemand mitnehmen, und Sie behalten Wagen und Chauffeur hier.«

Noch immer zauderte der Polizist. »Nein«, sagte er schließlich. »Diesmal will ich's noch hingehen lassen.« Er beugte sich zum Vorderfenster, um noch einmal Herbert den Standpunkt klarzumachen. »Aber Sie, Fettgesicht, wenn ich Sie wieder bei so einem verrückten Tempo erwische, und ich werde Sie erwischen, dann verlieren Sie Ihre Stelle. Und dann wird's ein paar Jahre dauern, bevor Sie wieder einen Führerschein kriegen. Hab' ich nicht schon einmal ein Wort mit Ihnen geredet?«

»Kann sein«, sagte Herbert kurz. Sein kleiner Mund verschwand zwischen den Backen.

»Kann sein!« spottete der Polizeimann. »Kann ganz gewiß sein, meine ich. Na, und jetzt ist's das letzte Mal. Und nun machen Sie, daß Sie weiterkommen.«

Er winkte, und William sagte kein Wort. Vielleicht war Herbert doch eingeschüchtert worden!

In seinem Büro erfuhr er, daß ein Telefonanruf von Tante Emma ihn erwartete. Er wollte schon ungeduldig darüber hinweggehen, doch dann dachte er an ihre vorgerückten Jahre, ihren gebrechlichen Zustand und an seine Verantwortung und ließ die Verbindung herstellen.

»Bist du's, William?« fragte die vertraute, zitternde alte Stimme.

»Ja, Tante Emma, was kann ich für dich tun?« Er warf einen Blick auf die Uhr. Das würde nicht lange dauern. Sie vermochte sowieso nie mehr als ein Thema zugleich im Kopf zu behalten.

»William, ich habe einen Brief von Jessica bekommen.«

»So? Was will sie denn?« fragte er nervös. Jessica war ihm im Augenblick noch weniger als unwichtig.

»Sie möchte heim, William. Sie schreibt, sie könne dieses schreckliche Haus nicht aushalten. Sie möchte ihr Kind sehen. Sie schreibt, das Kind sollte auch heimkommen. Sie glaubt nicht, daß es richtig behandelt wird. Außerdem weiß das Kind nicht einmal, wer seine Mutter ist.«

»Das glaube ich auch«, sagte William trocken. »Sie hat sich ja auch nie um das Kind gekümmert.«

»Nun, jetzt möchte sie's«, sagte Tante Emma scharf. »Und ich meine, du solltest schauen, daß sie aus diesem gräßlichen Haus herauskommt.«

»Elinor hat, glaube ich, mit dem Arzt schon gesprochen.«

»Was sagst du, William?«

»Hast du dein gutes Ohr am Telefonhörer?« fragte er.

»Es ist jetzt auch nicht mehr besser als das andere«, erklärte Tante Emma.

»Ich sagte«, wiederholte er sehr deutlich, »daß Elinor mit dem Arzt schon gesprochen hat.«

»Das ist recht; kann sie heimkommen?«

»Wenn sie will –«

»Nun, sie will!« sagte Tante Emma.

»Dann wird sie eben heimkommen.«

»Das ist gut; ich will es ihr gleich schreiben.«

»Warte lieber ab!« empfahl William.

»Was soll denn das? Hast du nicht gesagt, daß sie heimkommen kann, wenn sie will?« fragte Emma. »Nun, sie will, und dann kann sie es vermutlich auch; habe ich recht?«

»Ja«, sagte William verzweifelt. »Ja, ja, schon recht, Tante Emma; schreib ihr also.«

Er war gereizt von all dem Geschwätz, legte den Hörer energisch hin und vertiefte sich in die auf seinem Schreibtisch wartenden Akten.

Trotzdem war seiner Gereiztheit auch genügend Unruhe beigemischt, um sich des Gesprächs zu erinnern, als er zwei Tage später nach Hause kam.

»Jessica kommt heim«, sagte Elinor. »Hat Herbert es dir schon gesagt?«

»Herbert spricht nicht mehr mit mir, glaube ich«, sagte William. »Er wurde neulich auf dem Weg in die Stadt wegen seines verrückten Fahrens von einem Polizisten angehalten, und ich habe ihn nicht gerade verteidigt.«

»Schön, schön«, meinte Elinor behaglich. »Wenn Jessica zurückkommt und mit ihr das Kind, so können sie hoffentlich eine Art normalen Lebens wieder aufnehmen. Dann wird sich auch Herbert ändern.«

Sie waren trotzdem nicht darauf vorbereitet, daß schon am nächsten Sonntagmorgen, während Bertha in der Kirche war, Jessica, Herbert und das Kind erschienen.

Bertha war in letzter Zeit fromm geworden und wurde jeden Sonntagmorgen von einer Nachbarin abgeholt, mit der zusammen sie in die Kirche ging. Dort fand sie hinreichend Trost, um es wieder eine Woche auszuhalten, ohne dauernd in Tränen gebadet darüber nachzusinnen, wie schlecht sich Jessica zu ihrer alten Mutter benahm, und daß kein Mensch im Waisenhaus sich wirklich um das Kind, ihr Enkelkind, kümmerte. Sie und Herbert redeten nicht miteinander, sonst aber waren ihre Beziehungen wie gewöhnlich. Sie machte ab und zu klägliche Versuche, sein Mitleid zu wecken, doch sein Starrkopf hinderte ihn, sie auch nur zur Kenntnis zu nehmen.

Als William nach dem Frühstück mit Elinor plaudernd um den Rasen ging, sah er Herberts neuen Gelegenheitskauf, ein gelbes Kabriolett, über die Straße daherrasen und in die Einfahrt einbiegen.

Er wandte den Kopf und erwartete, den Wagen gegen die schweren Steinpfeiler des Tores krachen zu hören; wider Erwarten kam es nicht dazu, und Herbert konnte den Wagen zwischen aufspritzenden Kieselsteinen jäh zum Stehen bringen. Jessica hatte gegen das Tempo offenbar nichts einzuwenden. Sie stieg aus dem Wagen, hielt ein reizendes kleines Kind in gefälteltem rosa Organdykleid bei der Hand, und Herbert kam stolz lächelnd hinter ihnen her.

Jessica wirkte unverändert wie eine Schönheit; das bemerkte William sofort mit tiefem Widerwillen. Er empfand ein Frösteln unbestimmter Furcht. Was, wenn sie jetzt und hier ihre erlogenen Behauptungen über eine Beziehung zwischen ihnen wiederholte? Anmutig und in ihrer gewohnten, bescheidenen Art kam sie näher.

»Guten Morgen, Mr. Ascher, guten Morgen, Mrs. Ascher. Ich bin so glücklich, Sie wiederzusehen. Es ist so schön, endlich wieder daheim zu sein. Heute früh habe ich zu Herbert gesagt, das erste, was wir zu tun haben, sei, herüberzukommen und Ihnen für alles zu danken. Ich weiß, daß man mich nicht nach Hause gelassen hätte, wenn Sie beide nicht so nachdrücklich für mich eingetreten wären.«

Ihre Stimme war süß wie je, ein Hauch von Trauer verlieh ihr eine gewisse Tiefe. Auch ihre Züge waren zarter und nachdenklicher, und ihre großen blauen Augen blickten wie aus weiter Ferne.

»Guten Morgen«, erwiderte William steif. Elinor aber sah nur das Kind.

»Was für ein entzückendes kleines Mädchen«, sagte sie begeistert, kniete im Gras nieder und nahm die rundliche kleine Kinderhand. »Wie heißt du denn?«

»Monica«, erwiderte das Kind.

»Monica«, wiederholte Elinor.

»Der Name hat mir immer gefallen, Mrs. Ascher«, sagte Jessica. »Obgleich ich keinen Menschen gekannt habe, der so hieß, Ich habe ihn einmal in einem Roman, der in England spielte, gelesen, und er hat mir sofort gefallen.«

»Kommen Sie, setzen wir uns auf die Terrasse«, schlug Elinor freundlich vor. »Ich werde zuerst ein Stück Kuchen für Monica holen.«

Sie nahmen alle in den bequemen Stühlen auf der Terrasse Platz. Herbert mit schmachtendem Lächeln auf seinem feisten, weißen Gesicht. Elinor verschwand und kam bald mit einer Kuchenschüssel zurück. Sie hielt sie Monica hin.

»Nimm ein Stückchen«, herrschte Jessica das Kind an.

Das streckte seine Hand aus, ergriff behutsam ein Stück Kuchen am Rande und hielt es sorgsam zwischen Daumen und Zeigefinger.

William verhielt sich schweigsam; er wäre froh gewesen, entrinnen zu können! Die bei solchen Gelegenheiten üblichen beiläufigen Redewendungen kamen ihm nicht in den Sinn. Es war ihm unmöglich, die abstoßenden Szenen der Vergangenheit einfach zu vergessen, und er fand es erstaunlich, daß sie bei Jessica keine Spuren hinterlassen hatten, mit Ausnahme jener leichten Besinnlichkeit, die aber ihre Anmut nur erhöhte.

»Hoffentlich sind Sie jetzt für immer wieder hier«, sagte Elinor herzlich.

»O ja«, erwiderte Jessica eifrig. »Nur, ich finde, das

Haus ist reizend, aber recht klein und dann auch zu einsam. Herbert hat sogar versucht, es zu putzen. Ich möchte das Treppenhaus tapezieren lassen, eine Satintapete, glaube ich, ähnlich wie Sie sie in den Wohnzimmern haben, Mrs. Ascher. Und dann werde ich die Sofas wohl mit Samt überziehen lassen – ein helles Grün, dachte ich – was halten Sie davon?«

»Das wäre hübsch«, sagte Elinor zurückhaltend.

»Wenn ich nicht krank geworden wäre, hätten wir natürlich das neue Haus jetzt schon fertig gebaut«, fuhr Jessica fort; sie sprach hastiger als zuvor, die scharfen Konsonanten waren leicht verwischt, und der Blick ihrer Augen wurde ausgesprochen unstet. Sie spähten ruhelos dahin und dorthin. Plötzlich stand sie auf.

»Haben Sie etwas dagegen, daß ich mich wieder einmal in dem lieben alten Haus umsehe, Mrs. Ascher?«

»Gewiß nicht!«

Das Kind wollte ihr folgen, doch wies sie es scharf zurück: »Nein, Monica, du bleibst hier!«

»Wenn sie Lust hat, kann sie doch mitgehen«, meinte Elinor.

»Nein!« rief Jessica beinahe leidenschaftlich. »Sie bleibt hier!«

»Komm, Monica, bleib bei Daddy«, sagte Herbert. Und das Kind, im Waisenhaus zum Gehorsam erzogen, setzte sich ihm auf den Schoß, biß aber nicht in den Kuchen, den es immer noch geduldig in der rechten Hand hielt, sorgsam darauf bedacht, das Kleid nicht zu beschmutzen.

In Herberts Augen standen schon wieder Tränen. »Ich weiß nicht, wie ich es sagen soll«, begann er und rutschte unruhig auf seinem Stuhl hin und her.

»Na, ist noch immer irgendwas nicht in Ordnung?« fragte Elinor, um ihm zu Hilfe zu kommen.

»Das ist so eine Sache«, erwiderte Herbert. »Ich hätte damals mehr daheim sein müssen. Ich hätte nicht so viel fort sein dürfen. Oft habe ich sie ja auch abends allein gelassen. Ich glaube, das war's, was sie damals so durcheinander gebracht hat – des Abends allein zu sein! Es ist oft spät geworden, bevor ich heimkam, und manchmal blieb ich überhaupt weg. Das liegt ja an meinem Beruf. Ein Chauffeur hat darin kein eigenes Leben.«

»Ein Jammer, daß sie Bertha nicht bei sich haben will«, warf Elinor ein.

Herbert wischte sich mit einem Taschentuch über die Stirn, und seine Stimme verhärtete sich. »Ich verstehe ganz genau, wie sie über die alte Frau denkt. Jessica ist nun mal eine feine Dame, und Bertha ist gewöhnlich, wie's eben nicht anders geht. Das paßt nicht zusammen. Sie ist eine Bäuerin, wie Jessica sagt.«

»Wissen Sie, was eine Bäuerin ist, Herbert?« fragte William.

Herbert zauderte.

»Na ja«, meinte William. »Bauern pflegen in der Regel durchaus nicht verabscheuungswürdig zu sein.«

»Was Jessica auch immer von der alte Frau denken mag, da läßt sich nichts reparieren«, erklärte Herbert verstockt. »Sie kann eben die Vergangenheit nicht vergessen.«

»Wissen Sie«, sagte Elinor einlenkend, »ich glaube einfach nicht, daß Bertha ihrer Tochter je wirklich wehgetan hat. Bertha ist vierzig Jahre bei uns gewesen, und sie hat niemanden gebraucht. Ich kenne sie mein ganzes Leben lang. Wir haben sie oft schrecklich geneckt, als wir noch Kinder waren. Trotzdem ist sie nie grob geworden. Sie hat nur einfach gelacht. Damals hat sie sehr viel gelacht, und jetzt lacht die Arme überhaupt nicht mehr.«

»Sie hat eben Jessica gekränkt«, sagte Herbert eigensinnig.

Da war jedes Gespräch umsonst. Elinor wandte sich von ihm ab und dem Kind zu, bat es, seinen Kuchen zu essen, und William saß dabei und rauchte schweigend. Jetzt kam auch Jessica zurück. Ihre Augen blickten versonnen.

»Es ist noch alles genau, wie es gewesen ist«, sagte sie leise. »Genau so, wie ich es in der Erinnerung hatte.«

Sie warf Herbert einen Blick zu. »Möchtest du nicht für eine Weile in die Küche gehen? Ich würde gern mit Mr. und Mrs. Ascher ein paar Worte reden.«

Herbert stand verdutzt und zaudernd auf und ließ das Kind auf den Boden gleiten. »Was hast du denn gar so privat zu reden?«

»Geh doch – geh!« rief sie zornig und stampfte mit dem Fuß auf den Boden.

Rührend demütig verzog sich Herbert. Peinlich für William und Elinor. Nun, Herbert hatte damals versucht, sie zu schlagen, und jetzt versuchte er wohl, sie zu lieben. Das war ganz offensichtlich, doch, wie William befürchtete, ebenso hoffnungslos. War Jessica wirklich geheilt? Er beobachtete die Spannung ihres Gesichts. Sie hatte sich gesetzt und ihren Stuhl neben Elinors Stuhl gezogen.

»Liebe Mrs. Ascher, Sie beide werden mich verstehen. Gibt es irgendeinen Weg, daß ich fort kann?«

»Fort?« wiederholte Elinor.

»Fort, fort!« sagte Jessica heftig. »Es ist grauenvoll, in

einer so verlassenen Gegend zu leben! Das ist kein Leben, Mrs. Ascher! Die gleiche Arbeit, die mich anwidert, muß jeden Tag von neuem gemacht werden. Ich kann in kein Theater gehen, nicht einmal ins Kino! Wenn wir in einer Stadt leben würden, dann könnte ich doch wenigstens durch die Straßen gehen und mir die Schaufenster ansehen. Dort, wo wir leben, gibt es nichts anzusehen.«

»Warum bitten Sie Herbert dann nicht, mit Ihnen in eine Stadt zu ziehen?« fragte William. Das alles war doch lächerlich! So ein Unsinn, den ganzen herrlichen Sonntagmorgen mit dieser Jessica vergeuden zu müssen!

»Er sagt, eine Wohnung, wie ich sie mir wünsche, wäre zu teuer. Er meint, ich würde dann unzufrieden sein, weil wir nicht alle unsere Möbel unterbringen könnten.«

»Es ist doch Ihrer Mutter Haus, nicht?« fragte William unwirsch. »Das bedeutet, daß Sie keine Miete zahlen.«

Sie warf ihm einen seltsam kalten Blick zu, als hätte sie nicht verstanden, was er gesagt hatte.

»Jessica«, begann Elinor gütig, »wenn Sie tun dürften, was Ihnen am liebsten wäre, was würden Sie dann tun?«

Das reizende Gesicht mit seiner zarten Schwermut färbte sich mit einem hellen Rosa. Jessica klatschte in die Hände. »Ach, ich möchte malen lernen. Das ist es, was ich mir immer gewünscht habe: eine Künstlerin zu werden!«

Elinor überlegte. Sie wandte sich zu William. »Ich habe dir wohl nicht erzählt, daß Jessica reizende Aquarelle gemalt hat. Ihre Weihnachtskarten hat sie immer selbst gemalt.«

»Es hat mir nichts genützt«, sagte Jessica traurig.

William merkte, daß Elinor gerührt war, brachte aber keinerlei Glauben an Jessicas Talente auf. »Wenn Sie wirklich malen lernen wollen«, sagte er rauh, »nun, einige der besten Maler des Landes kommen im Sommer nach Manchester. Ich kann mühelos erreichen, daß einer Ihnen Stunden gibt. Vielleicht sogar umsonst, wenn Sie Talent haben.«

Ihre Augen flackerten und wandten sich von ihm ab. »Es ist alles so hoffnungslos, wenn wir trotzdem dort draußen leben müssen.«

William wurde plötzlich wütend. »Hören Sie, Jessica, reden Sie nicht so dummes Zeug. Sie leben nun einmal auf dem Lande, und viele reiche Leute bezahlen es teuer, um hier draußen leben zu können. Gegen den Ort ist gar nichts zu sagen!«

Sekundenlang nahm er an, daß er schon zuviel gesagt hatte. Jessicas Gesicht verriet ihren Ärger, sie zitterte – doch nur einen Augenblick lang. Sie beherrschte sich schnell und ließ den Kopf hängen. »Vielen Dank, Mr. Ascher, ich glaube, wir sollten jetzt gehen. Ich werde Herbert rufen.«

Sie verschwand durch die offene Balkontür, ihre schlanke Gestalt war so leicht, daß nicht das leiseste Geräusch hörbar wurde. Monica hatte sie die ganze Zeit nachdenklich angesehen. Nicht verängstigt, aber auch nicht freundlich. Ein Kind, das sein ganzes Leben zwischen Fremden verbracht hatte.

Minuten verstrichen. »Was mag sie tun?« fragte Elinor. Sie ging ihr aber nicht nach. Kurze Zeit später kamen Herbert und Jessica wieder aus dem Haus.

»Leben Sie wohl, Mr. Ascher, leben Sie wohl, Mrs. Ascher«, sagte Jessica förmlich. »Ich habe mich sehr gefreut, Sie zu sehen. Besuchen Sie uns doch auch einmal, wenn Sie Lust haben.«

»Danke«, sagte Elinor verdutzt.

»Komm, Monica!« rief Jessica.

Herbert zauderte, als wollte er noch etwas sagen. Er sah Jessica nach, die inzwischen zum Wagen ging. Dann beugte er sich zu William. »Sie sagte, Sie sollten nicht glauben, daß Sie sie dazu bringen könnten, Stunden zu nehmen. Ich weiß nicht, was sie damit meint.«

William fuhr gereizt auf. »Mein Gott, das war doch ihre Idee, nicht meine!«

Herbert war betreten. »Sie hat mir doch aufgetragen, Sir, Ihnen zu sagen, Sie sollten nicht glauben, sie dazu bringen zu können; das ist alles.«

Er ging davon, stieg in den Wagen und fuhr fort.

»Hast du je eine solche Unverschämtheit erlebt?« William sah der Staubwolke nach.

Elinor schüttelte den Kopf. »Denken wir nicht mehr an sie. Sie sind alle beide unbegreiflich. Ich bin erst froh, wenn auch Herbert geht. Ich möchte sie alle beide nie wieder sehen. Das arme kleine Kind!«

Sie streckte sich auf einen Liegestuhl, wandte das Gesicht der Sonne zu und schloß die Augen. William sah, wie ihr Gesicht sich nach und nach entspannte, und hatte die größte Lust, es ihr nachzumachen. Sie hatte seine eigenen Schlußfolgerungen über das Menschengeschlecht und seine einzelnen Mitglieder zusammengefaßt in dem Wort ›unbegreiflich‹; derzeit wenigstens. Nur die Geschichte, die sich mit dem Einzelwesen befaßt, brachte es zustanden, daß alles weit einfacher wirkte, als es war. Gesegnet mochte die Sonne sein, die auf ihn und Elinor herunterleuchtete, während sie sich mit dem abfanden, was sie nicht begreifen konnten.

Bertha kam schwerfällig über den Kiesweg. Sie hörten ihre Schritte und öffneten die Augen. Sie war erhitzt und rot, und unter dem Sonntagshut mit den zerdrückten Veilchen ließ sich leicht erkennen, daß sie etwas schwer beschäftigte. Sie blieb vor den Stufen stehen.

»Sind Jessica und Herbert hier gewesen?« fragte sie unfreundlich.

»Ja, sie waren da, Bertha«, sagte Elinor heiter. »Sie hatten das kleine Mädchen mitgebracht.«

»Das hab' ich mir gedacht«, keifte Bertha. »Ich hab's gedacht. Ich hab' sie in Herberts gelbem Auto an mir vorbeifahren sehen. Sie haben kein Wort zu mir gesagt; sie lassen mich einfach vorübergehen!«

Sie verschwand mürrisch hinter der Hausecke. Elinor und William legten sich wieder zurück, schlossen die Augen gegen die Sonne und wollten die ganze Sache vergessen.

»Hast du diese Duldermiene von Bertha gesehen?« fragte William, ohne die Augen zu öffnen. »Was denkt diese ganze Sippschaft sich eigentlich? Wir bezahlen sie, damit sie ihre Arbeit verrichten. Aber Jahre um Jahre – Tag für Tag behelligen sie uns mit ihrem privaten Zeug.«

»Wir lassen uns nur allzu leicht quälen«, meinte Elinor, gleichfalls ohne die Augen zu öffnen. »Wir sollten rücksichtsloser sein!«

Konnten sie rücksichtslos sein? Brachten sie das fertig? Darin lag die Schwierigkeit. Sie blieben menschlich. Aber über ihre zärtlichen, menschlichen Gefühle, die sich nicht vorstellen wollten, daß andere Menschen vorsätzlich grausam oder ungerecht sein könnten, stampften diese anderen hinweg und ahnten nicht, welche Wunden sie schlugen, oder sie achteten dessen nicht. Sie wollten ihr eigenes heiteres Leben führen, gütig und helfend zu allen Leidenden sein, nicht aber sich in deren Leid verstricken lassen. Das ging nicht länger. William spürte, wie der Zorn in ihm wuchs und wie ein Fieber durch seinen Körper rann. Mit plötzlichem Entschluß stand er auf, und Elinor öffnete die Augen.

»Was ist los?«

»Ich werde Bertha entlassen«, sagte er mit mühsam erkünstelter Ruhe.

»Nein, nein!« rief Elinor. »Das dürfen wir doch nicht... nach vierzig Jahren... William!«

»Es hätte schon längst geschehen müssen«, erklärte er. »Sie haben sich an die Familie gehängt wie Blutegel, haben den Frieden unseres Hauses immer wieder gestört, sich ständig auf unser Mitgefühl verlassen und sich noch mit Unverschämtheit gerechtfertigt. Das habe ich jetzt endgültig satt. Ich will einfach nicht mehr! Dann koche ich lieber das Essen selbst!«

»Sei nicht töricht, William!«

»Lieber töricht sein, als das alles noch länger ertragen!«

Mit einer Mischung von Scheu und Zweifel sah sie auf ihn. Sie war eine Winsten, das konnte er verstehen, und sie war unter Berthas Regime aufgewachsen. Bertha hatte immer ihre Hände auf jedem Stück des Haushalts gehabt. Nur Bertha wußte, wieviele Bettücher es gab, wieviele Silberlöffel, was Erbstücke waren und was Hochzeitsgeschenke. Bertha, die eigentlich nur Köchin sein sollte, war schon lange Wirtschafterin, aber eine Tyrannin, eine Usurpatorin, die ohne Bedenken oder Hemmungen mit der größten Selbstverständlichkeit die kostbare Zeit Williams und Elinors in Anspruch nahm, um ihnen allerlei vorzujammern. Sie ballte Wolken über ihrem Glück, sie zerstörte ihren Frieden. Trotzdem hatten sie es bisher nicht fertiggebracht, sie fortzuschicken, weil sie dazu erzogen waren, gegen Schwächere stets gütig zu sein. Nun, jetzt wollte er dem ein Ende machen!

Es war natürlich Unsinn, zu sagen, daß er kochen wollte, aber es würde auch noch andere Köchinnen geben. In Zukunft würde er eine nach der andern hinauswerfen, sobald sie sich nur aus der Küche rührte.

Er ging und fand Bertha, die sich gerade eine große weiße Schürze vorband. Ihre vollen Lippen zitterten, und die Tränen rollten ihr die Wangen hinunter. Mit dem Zipfel der Schürze wischte sie sie ab.

»Sie wünschen etwas, Mr. Ascher?«

»Ja, Bertha, ich möchte, daß Sie heimgehen«, sagte er in so mildem Ton, daß sie wohl glaubte, er wolle ihr einen Tag Urlaub geben.

»Ich habe kein Heim«, jammerte sie, ihr Gesicht verzog sich wie das eines alten Kindes, und die Tränen quollen abermals.

»Dann suchen Sie sich ein nettes Heim für alte Frauen aus und gehen Sie dorthin«, sagte William in derselben ruhigen und doch bestimmten Art.

Bertha hörte sofort auf zu weinen; ihr Unterkiefer sank herab. »Das heißt doch nicht, daß Sie mich entlassen, Mr. Ascher?«

»Doch«, sagte er. »Das heißt es.«

Ihre Tränen waren getrocknet; sie griff nach dem Schürzenband.

»Ich gehe! Ich gehe auf der Stelle!« kreischte sie.

»Nein«, sagte William, »ich werde Sie gern nach Manchester bringen.«

»Was?! Sie glauben, daß ich mit Ihnen fahre? O nein! Das tue ich nicht! Ich laß mir ein Taxi kommen! Ich fahre nicht in Ihrem verdammten Wagen!« Sie war völlig außer sich vor Wut. Sie ballte die Fäuste und schüttelte sie vor seinem Gesicht. Er war auf eine Veränderung gefaßt gewesen, doch das war geradezu ungeheuerlich. Trotzdem blieb er gelassen und betrachtete sie ruhig. Das also war sie in Wirklichkeit! Vielleicht hatte sie Jessica wirklich geschlagen! Jetzt konnte er es sich sogar sehr gut vorstellen.

»Sie!« kreischte sie. »Und Sie bilden sich ein, eine gute Familie zu sein! Niemande seid ihr alle miteinander...« Sie spuckte auf den Boden, den sie so viele tausendmal gescheuert hatte. »Ihr wollt vornehme Leute sein? Haha! Ich werde allen Leuten erzählen, was ihr seid. Jeder soll wissen, wie ihr wirklich seid!«

»Das ist jetzt genug«, sagte William noch immer ruhig. »Packen Sie Ihre Sachen, Bertha!«

»Nach vierzig Jahren werfen Sie mich hinaus!« schrie sie und setzte sich krachend auf einen Holzstuhl. »Heinrich hat's ja immer gesagt. Immer und immer wieder hat er's gesagt: ›Die werfen dich doch eines Tages hinaus, Bertha, nach zehn, zwanzig, dreißig, vierzig Jahren – jeden Tag können sie dich hinauswerfen.‹« Sie schnipste mit den Fingern.

»Entweder Sie gehen oder wir«, sagte William ernst. »Und da dies unser Haus ist, werden wir vermutlich bleiben. Ich werde Ihnen eine Rente aussetzen, so daß Sie keine Sorgen haben werden!«

»Bezahlen!« schrie Bertha. »Und wer bezahlt mir die Jahre, die ich geschrubbt und gewaschen und gekocht habe? Jede Nacht todmüde zu Bett gegangen bin?«

»Wir haben Sie stets anständig bezahlt«, sagte William. »Sie haben Ihr ganzes Leben lang hier ein Heim gehabt und stets so viel zu essen wie Sie wollten. Und Sie haben Ihr Leben bestimmt unter verträglichen Menschen verbracht, die es stets gut mit Ihnen gemeint haben.«

Verständnislos hörte sie ihm zu. »Ich gehe«, sagte sie schluchzend. »Ich gehe auf der Stelle.«

Sie band die Schürze ab, warf sie hin und stieg die Treppe zu ihrem Zimmer hinauf. Dort hörte er sie wirtschaften. Sein Herz klopfte vor Mitgefühl und in dem Bewußtsein der Unabänderlichkeit der getroffenen Entscheidung. Doch sie hier zu behalten, das vermochte er nicht mehr. Er wollte das Haus endlich gesäubert haben. Er wollte keine Jessica mehr sehen, keinen Herbert, keine Bertha, nicht einmal die bemitleidenswerte Monica. Er konnte es einfach nicht mehr länger aushalten. Er wollte am Morgen aufstehen können und wissen, daß er kein mürrisches Gesicht zu sehen, keine verdrossene Stimme zu hören bekam.

Sie wollten lieber Maschinen kaufen, zahlreiche Maschinen, und wenn diese ihr Werk getan hatten, dann würde man sie in Schränken versorgen, die Türen schließen und in einem sauberen, stillen Haus leben, in dem es keine ewig schmarotzenden und mürrischen Wesen mehr gab. Er telefonierte nach einem Taxi und setzte sich dann auf den hohen Küchenstuhl, während Bertha über ihm hin und her ging, laut weinte und schimpfte.

Mußte das alles so kommen? Konnten die Menschen denn nie die nun einmal gegebenen Grenzen erkennen und wahren? Wenn es wirklich so etwas wie einen Unterschied des Standes gab, dann war es doch lediglich das bewußte Verharren in der Primitivität, eine absolute Bockbeinigkeit jedem Vorwärts- und Höherstreben gegenüber, die solche Unterschiede ausmachten – sie aber auch zugleich unerträglich machen konnten. Welches Recht maßten sich diese Menschen dann an, in den anderen, die sie bezahlten, Tyrannen und Ausbeuter zu sehen? Es war nun einmal so auf der Welt, daß jede Arbeit bezahlt wurde – auch seine Arbeit als Anwalt. Konnte er mit Recht jemals fragen, wer ihm all die Jahre ersetzen wollte, die er damit verbracht hatte, andere Menschen zu verteidigen, sie vor dem Gefängnis oder vor Schlimmerem zu bewahren? Primitivität konnte durch ihr Verharren am Sinnlosen zu einer quälenden Plage werden, die selbst den geduldigsten Menschen zur Verzweiflung bringen konnte.

Bertha kam die Treppe heruntergestapft, mit zwei Koffern und einem mächtigen Bündel.

Er stand auf. »Ihr Taxi wird bald da sein«, sagte er mit gleicher unerschütterlicher Freundlichkeit. »Ich werde Ihnen einen Scheck geben, der für ein paar Monate reicht. Dann werde ich Ihnen eine Pension aussetzen. Ich lasse Ihnen das Geld jeden Monat am Ersten und am Fünfzehnten zustellen, sobald Sie mir Ihre Adresse schicken. Ich will Sie gern in jedem guten Heim für alte Leute reichlich und bequem versorgen.«

Sie gab keine Antwort, schluckte an ihren Tränen, und er mußte gegen den Impuls, wieder weich zu werden, ankämpfen. Nein, er wollte nicht wieder nachgeben. Sonst würde jede Freiheit unmöglich werden! Er verließ sie, ging in die Bibliothek und schrieb einen Scheck aus. Dann kam er zurück und legte den Scheck auf den Tisch.

»Das Taxi wird bald hier sein. Wenn Sie wollen, kommen Sie doch mit und sprechen Sie noch mit Mrs. Ascher. Die Entwicklung tut auch ihr sehr leid; wir haben aber ertragen, was wir konnten.«

»Sie haben ertragen...?« echote Bertha aufgebracht. »Ich bin diejenige gewesen – ich – ich...«, sie schlug sich dabei auf die Brust und brach abermals in ein wütendes Schluchzen aus.

»Ich bedaure das aufrichtig«, sagte er freundlich,

»aber nach Ihrer heutigen Einstellung erwarte ich nicht, daß Sie mich jemals verstehen werden. Leben Sie wohl, Bertha!«

Er ging auf die Terrasse hinaus, fand aber Elinor dort nicht. Da sie auch nicht im Wohnzimmer war, ging er hinauf und klopfte an ihrer Zimmertür.

»Elinor!« rief er.

Sie öffnete sofort und sah ihn niedergeschlagen an. »Plötzlich bekam ich Angst vor Bertha. Ist das nicht wahnsinnig? Aber als du gegangen warst, da wurde mir bewußt, daß ich eigentlich immer Angst vor ihr gehabt habe.«

»Sie hat dich doch nie schlecht behandelt«, meinte er.

»Nein, nie; das hätte sie nicht gewagt. Aber wenn ich sie auch Jessica gegenüber in Schutz nahm, erinnere ich mich doch daran, daß ich als kleines Mädchen immer das Gefühl hatte, sie würde mich oft ganz gern verprügelt haben. Ob sie die ältern Geschwister geprügelt hat? Ich habe nie etwas davon gehört. Meine Mutter war mit den Dienstleuten sehr streng, und später natürlich, als ich verheiratet war, hatte Bertha Respekt vor dir.«

»Ja?« Er stand am Fenster und sah nach dem Taxi aus.

»Ja, ja«, sagte Elinor. Sie hatte die Tür wieder versperrt. »Einmal sagte sie zu mir, du wärst von der ›auskennerischen Art‹.«

»Was bedeuten soll...?«

»Daß du mehr siehst, als du sagst, vermutlich. Jedenfalls hat sie Angst vor Rechtsanwälten.«

»Da kommt das Taxi«, unterbrach er sie.

Sie trat neben ihn ans Fenster. Bertha kam mit den Koffern um das Haus und ließ den Chauffeur das Bündel tragen. Sie sahen sie in den Wagen steigen, der wendete und davonfuhr.

»Sie hat keinen einzigen Blick mehr auf das Haus geworfen«, sagte Elinor betrübt. »Die vierzig Jahre bedeuten ihr anscheinend nichts. Oder vielleicht bedeuten sie ihr zu viel. Ach, William, wie hast du nur den Mut aufgebracht?« Seite an Seite setzten sie sich auf die Chaiselongue.

»Ich weiß nicht. Ich brauchte schon einigen Mut, um das Mitleid nicht erneut aufkommen zu lassen. Aber ich war wütend genug. Wenn man den Augenblick ergreift, wo der Ärger die sonstigen Gewohnheiten von Rücksicht und Güte verdrängt, dann hat man Mut zu allem. Hätte ich nur fünf Minuten länger gewartet, dann hätte die Nachgiebigkeit wieder Oberhand gehabt, und ich wäre nicht imstande gewesen, sie fortzuschicken, wie ich es mußte. Diese Notwendigkeit war mir deutlich bewußt.«

»Arme Bertha«, seufzte Elinor.

Er wollte ihr nicht erlauben, traurig zu sein. »Das ist durchaus keine arme Bertha. Sie hat jahrzehntelang eine gute Stelle und ein behagliches Heim gehabt, und für den Rest ihres Lebens bekommt sie eine Pension. Glückliche Bertha!«

Elinor schüttelte lächelnd den Kopf, doch nicht im Widerspruch, das konnte er dem zärtlichen Ausdruck ihrer Augen anmerken.

»Liebste«, sagte er bewegt, denn es war lange her, daß sie ihn nicht mehr so angesehen hatte! »Das ist ein großer Tag. Setze deinen Hut auf, wir wollen auswärts essen. Wir haben allen Anlaß zu einer Feier.«

Ihr rasches Einverständnis entzückte ihn. Sie bedeutete ihm jedoch, daß ein Hut allein nicht genüge, sie sich vielmehr umziehen wolle, um möglichst gut auszusehen. Er ging in sein Zimmer, betrachtete sich im Spiegel und nahm dann seinen besten grauen Anzug aus dem Schrank, zu dem er eine blaue Krawatte wählte. Mit einem Anflug von Stolz stellte er fest, daß er noch immer gut aussah. Das graue Haar paßte zu seiner dunklen Haut, und von Kahlheit war keine Spur. Sein Vater hatte ein Buschwerk von schneeweißem Haar gehabt. Er hatte auch einen Bart getragen. Aber Elinor liebte Bärte nicht, abgesehen von einem kurzgeschnittenen Schnurrbart. Wäre seine Oberlippe etwas kürzer gewesen, so hätte sie wahrscheinlich verlangt, er müsse auch sie rasieren. Wenigstens hatte sie das eines Tages gesagt.

Er kam zur Tür und bewunderte die Eleganz ihres blauen Kleides. »Ein schönes Paar«, sagte er voll Stolz.

Sie lächelte ein bezaubernd jugendliches Lächeln, das ihm ihre innere Beglückung verriet.

Ja, jetzt würden sie glücklicher sein! Er hätte das Haus schon vor Jahren säubern sollen! Wäre dann nicht manches anders geworden? Kein Schatten wäre zwischen Edwin und Vera getreten; Winsten, sein älterer Sohn, hätte ihn nicht mit dem verborgenen Zweifel betrachtet, der manchmal in seinen Augen aufgetaucht war und, dessen war William gewiß, durch Madges nachtragendes Schweigen lebendig erhalten wurde. Und Susan, ach, Susan hätte vielleicht nie diesen Pete geheiratet.

Nach langem Grübeln in den alles steigernden Vordämmerungsstunden vieler Nächte war er nun davon überzeugt, daß Susan damals nicht etwa einen raschen Entschluß gefaßt hatte, sondern daß es des brutalen, schrecklichen Augenblicks bedurfte, als der schwarze Hund Pete ansprang. Dieser Moment hatte in ihr die jähe Entscheidung ausgelöst. Eine primitive, atavistische Bewunderung von solcher Kraft und Gewalt, der moderne Mädchen leicht verfielen, wenn die traditionelle Obhut nachließ.

Er mochte nicht daran denken, zumindest nicht jetzt. Er würde sicherlich den Gedanken noch manchmal in der Nacht hervorholen, wenn ihn die Dunkelheit umhüllte und er nicht schlafen konnte. Dann wollte er auch erwägen, ob und wie der Schaden sich reparieren ließ und wie sie ihr verändertes Leben nun aufbauen sollten.

»Wohin sollen wir essen gehn?« fragte Elinor.

»Fahren wir in die Stadt und suchen wir uns ein Lokal, das wir noch nie betreten haben«, sagte er. »Zu Ehren unserer herrlichen Freiheit soll alles neu sein!«

Arm in Arm gingen sie im gleichen Schritt und in gehobener Stimmung die Treppe hinunter.

Zehntes Kapitel

Es war sechs Wochen später an einem regnerischen Vormittag. William stellte in einer Verhandlung dem Gericht gerade den Zeugen Arturo Romano, einen Buchmacher, vor, als ein Gerichtsbeamter eilig auf ihn zutrat.

»Entschuldigen Sie«, flüsterte er. »Ein dringender Anruf für Sie!«

William winkte mit der Hand ab. »Ich kann mich jetzt nicht unterbrechen lassen.«

»Verzeihung, aber es handelt sich um einen Todesfall – ein Mitglied Ihrer Familie...«

Ein Mitglied seiner Familie? William erbat vom Richter einen kurzen Aufschub; er wiederholte einfach, was ihm gemeldet worden war, denn jedes weitere Wort war überflüssig. Er ging an den erstaunt gaffenden Zuschauern vorbei in einen Nebenraum zum Telefon.

»Sind Sie's, Mr. Ascher?«

Er konnte die heisere Stimme nicht erkennen, wußte nicht einmal, ob es eine Frauen- oder Männerstimme war.

»Ja, hier spricht Ascher.«

»Hier ist Bertha.«

»Wo sind Sie?« fragte er hastig. »Was ist geschehen?«

»Mr. Ascher – Miß Emma – gestorben.«

»Ich komme sofort.«

Tante Emma! Er eilte aus dem Zimer. Es bedurfte nur weniger Minuten, um vom Vorsitzenden die Erlaubnis zu erhalten, die Zeugenvernehmung einen Tag zu verschieben. Dann nahm er ein Taxi und ließ sich zu Tante Emmas Wohnung fahren.

Tante Emma hatte in den letzten Jahren ein schwaches Herz gehabt. Sie war ja auch schon sehr alt und nicht mehr weit von neunzig entfernt. Doch sprach er sich nicht von dem Vorwurf frei, sich seit Wochen nicht mehr um sie gekümmert zu haben. Elinor hatte sie zuletzt gesehen, und auch Edwin hatte davon gesprochen, sie zu besuchen, hatte es aber wahrscheinlich nicht getan. Vera war noch am häufigsten zu ihr gegangen, seit sie und Edwin in die Stadt übersiedel waren, damit er sich die lange tägliche Fahrt ins Büro sparen konnte. Edwin war noch immer als Volontär in seiner Kanzlei; er schob die Fortsetzung seines Studiums an der juristischen Fakultät immer wieder hinaus. Anscheinend wußte er nicht recht, was er tun sollte.

Wie aber kam wohl gerade Bertha dazu, ihn anzurufen? Das verwirrte William. Hatte Tante Emma in ihrer unversieglichen Güte Bertha vielleicht bei sich aufgenommen? Er bezahlte das Taxi und trat rasch ins Haus. Offenbar wußte niemand etwas, der Portier war gelassen, der Liftboy gleichgültig. Er empfand eine Scheu davor, einzutreten, zwang sich aber dann und öffnete die Tür. Da stand Bertha vor ihm, stämmig, in einem schmutzigen schwarzen Kleid, den Hut schief auf dem Kopf, die grauen Haare hingen in Strähnen über ein teigig weißes Gesicht.

»Ich komme her«, keuchte sie. »Ich komme gerade her, und sie ist tot!«

Er eilte ohne ein Wort an ihr vorbei durch das breite Vorzimmer zum Schlafzimmer. Die Tür zum Wohnzimmer stand offen, und an einem Fenster schmetterte ein Kanarienvogel in einem Bauer seine Triller.

»Wo ist sie?« fragte er Bertha, die ihm nachgegangen war.

»Im Bett«, flüsterte Bertha. »Sie war noch nicht aufgestanden. Sie liegt dort so...«

Er öffnete die einzige geschlossene Tür. Das Zimmer machte einen gespenstischen Eindruck. Die Läden waren noch herabgelassen, das Tageslicht war völlig ausgesperrt. Es duftete aufdringlich nach einem süßlichen Parfüm, und überall lagen Gegenstände sinnlos verstreut umher. Alles war in Unordnung. In einer Unordnung, die Tante Emma nie an sich gehabt hatte. Dann fiel sein Blick auf das Bett. Tante Emma lag hoch, den Kopf von zwei Kissen gestützt. Ihr Gesicht war verzerrt vom Todeskampf, die dürren Arme bloß und verkrümmt, die Spitzenärmel weit zurückgefallen.

Ein Lichtschein fiel auf ihre offenen, weit aufgerissenen Augen. William stöhnte auf. Der Anblick war grauenhaft. Dann knipste er die Nachttischlampe an, hob sie hoch und leuchtete der Toten ins Gesicht. Die beiden glitzernden Punkte mitten in den starren Pupillen waren tatsächlich Metall, die Köpfe von zwei Stricknadeln! Tante Emma strickte immer. Irgend jemand hatte ihr tief in jedes Auge eine dünne Stricknadel gebohrt, die bis ins Gehirn gedrungen sein mußte. Entsetzen schüttelte ihn. Er fühlte, wie sein Gaumen trocken wurde – wie ausgedörrt. Kaum konnte er sich zurückhalten, die Nadeln herauszuziehen.

Während William wie gebannt auf das Antlitz der Toten starrte, arbeiteten seine Gedanken fieberhaft.

»Lag meine Tante schon so, als Sie hereinkamen?«

»Ja, ganz genau so«, flüsterte Bertha. Sie preßte die in

schwarzen Baumwollhandschuhen steckenden großen Hände an den Mund, als wollte sie ein Schluchzen unterdrücken.

»Wann sind Sie gekommen?«

»Kurz bevor ich Sie angerufen habe, Mr. Ascher. Ich bin gleich ans Telefon gelaufen. Das Mädchen in Ihrem Büro sagte, Sie seien bei Gericht, und wollte wissen, was los war, aber ich habe ihr nichts gesagt. Ich habe gesagt, das müßte ich Ihnen selber erzählen. Aber der Mann beim Gericht meinte, er müsse wissen, was los ist, sonst könnte er Sie nicht rufen. Und so habe ich ihm gesagt, daß jemand von der Familie gestorben sei.«

William ging ans Telefon und rief Tante Emmas Arzt an, der die alte Dame seit vielen Jahre behandelte. Dann wählte er nach einigem Zaudern die Nummer seines Büros und ließ sich Edwin geben.

»Edwin?«

»Ja, Vater? Was ist?«

»Bitte komm doch gleich in Tante Emmas Wohnung. Sie ist ganz plötzlich gestorben.«

Edwin war zu gut geschult, um auch nur eine einzige Frage zu stellen. »Ich komme sofort, Vater.« – Dann hängte er ein.

William ging in das kleine Wohnzimmer hinüber und rief Bertha herein.

»Bertha, hören Sie gut zu und sagen Sie mir die Wahrheit. Wie kommt es, daß Sie hier sind? Ich denke, Sie leben in Mount Kisco in einem Altersheim?«

»Dort wohne ich auch...«

»Setzen Sie sich!« befahl William. Der Kanarienvogel, von ihren Stimmen angeregt, hub wieder sein silbernes Trillern an. »Warum sind Sie heute hergekommen, Bertha?«

Bertha schüttelte den Kopf. Ihre dicken Hände zitterten, sie öffneten und schlossen sich krampfhaft.

»Sie müssen mir antworten«, sagte William hart. »Sind Sie sich klar, daß Sie unter Mordverdacht stehen?«

Die vollen Lippen Berthas bebten. »Mr. Ascher, bitte, helfen Sie mir...!«

»Ich kann Ihnen nur helfen, wenn Sie mir die unbedingte Wahrheit sagen«, entgegnete William streng.

»Jessica, Sir...« flüsterte Bertha, von Schluchzen geschüttelt. »Sie ist hier gewesen!«

»Jessica?«

»Ja... sie ist hier – gewesen.«

»Woher wissen Sie das?«

»Sie hat mich angerufen. Sie könnte es nicht länger bei Herbert aushalten, und das habe sie auch Miß Emma gesagt, und Miß Emma habe gesagt, sie solle herkommen, und so ist sie hier gewesen, und sie erzählte, Miß Emma habe gemeint, ich solle auch heute herkommen und sie wolle mit mir reden. Ich habe geglaubt, Miß Emma wolle mit Jessica reden, damit wir wieder gut miteinander sein könnten, und ich bin ganz glücklich gewesen, und so bin ich rasch hergekommen.«

»War Jessica hier, als Sie kamen?«

»Ja«, stöhnte Bertha. »Sie ist hier gewesen.«

»Und wie ist das da geschehen?« Er warf einen Blick nach der geschlossenen Schlafzimmertür.

»Ja – das weiß ich nicht«, jammerte Bertha. »Wir haben miteinander gekämpft, Mr. Ascher. Jessica ist auf mich losgegangen. Sie machte die Tür auf, als ich kam, sie stand da und starrte mich an! So... Wie ein Gespenst!« Und Bertha riß die Augen auf und starrte ins Leere.

»Und dann?«

»Und dann schrie sie drauf los! Daß sie mich hasse, und daß sie mich umbringen werde. Ich hörte nicht darauf, denn sie hat oft so geredet, wenn niemand dabei war. Aber dann habe ich gesagt: ›Sei doch still! Du machst so einen Lärm, und Miß Emma...‹ und da hat Miß Emma uns gehört und kam aus dem Bett. Sie machte die Tür vom Schlafzimmer auf und sagte zu Jessica: ›Sprich nicht so abscheulich zu deiner Mutter!‹«

Lüge oder Wahrheit? Lüge oder Wahrheit?

»Da ist Jessica plötzlich ganz freundlich geworden«, fuhr Bertha von schweren Seufzern unterbrochen fort. »Sie sagte: ›Miß Emma, Liebe, gehen Sie doch ins Bett zurück, Sie werden ja kalte Füße bekommen.‹ Und dann ist sie mitgegangen ins Schlafzimmer, und ich habe gewartet. Ich habe lange gewartet. Dann bin ich in die Küche gegangen und habe Kaffee gekocht. Plötzlich kam Jessica raus und sagte: ›Ich geh' jetzt in die Apotheke und hol' ein paar Pillen. Miß Emma braucht sie. Du wartest, bitte, hier.‹ So freundlich hat sie geredet, daß ich ganz erstaunt war. Ich habe gewartet und gewartet, aber sie kam nicht zurück. Dann wurde es mir unheimlich, und ich habe an die Tür von Miß Emmas Schlafzimmer geklopft. Aber sie hat nicht geantwortet. Da habe ich die Tür aufgemacht und sah...«

William rief die nächste Polizeistation an.

War das Lüge oder Wahrheit? William, der das gedunsene Gesicht Berthas musterte, konnte es nicht sagen. Die Türglocke läutete, Bertha sprang gewohnheitsmäßig auf und öffnete. Es war Edwin.

William stand auf. »Komm herein, mein Junge. Komm in das andere Zimmer.« Er zauderte. Konnten sie Bertha allein lassen? Würde sie nicht versuchen zu entkommen, wie Jessica es getan hatte? Doch Bertha hatte sich schon wieder gesetzt, eine schwerfällige, aus der Form gegangene Gestalt, die über den geraden Holzstuhl quoll.

»In ein paar Minuten sind wir wieder hier, Bertha«, sagte er.

»Schon gut, schon gut, Mr. Ascher, ich warte«, versicherte sie. Sie faltete die Hände, die noch immer in den schwarzen Baumwollhandschuhen steckten.

William ging in das Schhlafzimmer voraus; es graute ihm davor, daß Edwin die verkrümmte Gestalt auf dem Bett sehen sollte. Der Tod war ein Schrecknis für junge Augen, und doch mußten sie alle ihn früher oder später sehen. Er trat an das Bett und knipste die Nachttischlampe wieder an.

»Siehst du ihre Augen?« Er stellte diese Frage mit völlig normaler Stimme.

Edwin bückte sich, sein Gesicht wurde weiß. »Vater, wie gräßlich!«

»Jessica war hier. Sie hat es wohl getan. Doch warum?«

»Braucht es ein Warum, wenn sie wahnsinnig ist?« fragte Edwin.

Darauf gab William keine Antwort. »Andererseits«, fuhr er fort, »haben wir bisher nur Berthas Aussage als Beweis dafür, daß Jessica da war.«

»Vater – du glaubst doch nicht im Ernst, daß Bertha den Mut zu so etwas aufbrächte«, erwiderte Edwin. Er trat vom Bett zurück, um das verzerrte arme Gesicht nicht mehr sehen zu müssen.

»Wer kennt die Menschen in Wirklichkeit?« sagte William. »Ich habe dir nie erzählt, wie ausfallend und ordinär sie wurde, als ich sie fortschickte. Und Jessica hat, wie du weißt, immer behauptet, ihre Mutter sei grausam.«

»Jessica lügt. Das weißt du doch aus eigener Erfahrung!« rief Edwin scharf.

Immer noch die alte Geschichte, dachte William.

»Glaubst du etwa, was Jessica sagt, Vater?«

»Natürlich nicht«, sagte William. Warum sollte er Edwin erzählen, daß alles möglich war? Seltsame Dinge hatte er schon in seiner Praxis als Anwalt gesehen und ausgefallenere Lügen gehört, als Jessica sie vorgebracht hatte. Doch Edwin, mit stärkerem Einfühlungsvermögen begabt als andere, fühlte die Zurückhaltung.

»Du willst nicht zugeben, daß Jessica unbedingt eine Lügnerin ist«, sagte er bitter, und dann brach aus ihm hervor, was William schon lange befürchtet hatte. »Und auch Vera will es nicht. Sie sagt, sie sei sicher, daß Jessica gelogen habe, aber sie wird nie sagen, daß sie es aufrichtig glaubt. Mit diesem Zweifel zwischen uns muß ich leben.«

»Das ist sehr unrecht von Vera«, sagte William. »Wenn ich zaudere, so ist es lediglich meine Schulung als Anwalt, die mich ständig zum Zweifel zwingt – auch an mir selbst.« Plötzlich entschloß er sich, Edwin auf die beste, tiefste, aufopferungsvollste Art zu trösten, die ihm zu Gebote stand. Er spürte, wie ihm das Blut langsam und rot ins Gesicht stieg. »Winsten hat mir übrigens erzählt, daß Jessica die gleichen unsinnigen Behauptungen über mich vorgebracht hat.«

Im Nu merkte er, daß Winsten oder Madge mit Edwin gesprochen haben mußten. Das junge Gesicht vermochte das Wissen nicht zu verbergen, die Lider flatterten leicht, der Ausdruck seiner Augen wurde scheu. Es spiegelte sich in seinem Gesicht ein Wissen nur zu deutlich wider, das er zu verbergen bestrebt war.

William versuchte, einen ungezwungenen Ton anzuschlagen. »Vermutlich habt ihr Jungens schon darüber gesprochen und euch über den Verdacht lustig gemacht, der auf euerm alten Vater ruhte.«

»Wir haben darüber gesprochen«, sagte Edwin mannhaft. »Eines Abends, als wir zum Wochenende drüben waren, hat Madge es Vera und mir erzählt. Ich sagte ihr, wenn sie diese verdammte Geschichte auch nur noch einmal erwähnen sollte, würde ich nie wieder ein Wort mit ihr reden. Ich sagte ihr, ich sei überzeugt, daß das alles Lügen sind.«

»Aber du hältst es für möglich?« fragte William spöttisch.

Die Türglocke schrillte laut mehrmals hintereinander, bevor Edwin antworten konnte. Sie verließen miteinander das Schlafzimmer. William schloß die Tür hinter sich. Plötzlich fühlte er sich erschöpft, fast einer Ohnmacht nahe. Bertha hatte inzwischen geöffnet, und im Vorzimmer konnten sie den Arzt und zwei Polizisten erblicken. »Hör, Edwin«, sagte William, »ich überlasse dir diese ganze schreckliche Geschichte. Ich fahre heim, um Mutter die Nachricht vorsichtig beizubringen, und will mich mit Herbert in Verbindung setzen, um Jessica zu finden.«

»Gut, Vater«, sagte Edwin mit Haltung. Auf die Frage seines Vaters zu antworten, dazu war keine Zeit mehr.

William griff nach Hut und Stock und ging durch das Vorzimmer. Er schüttelte dem Arzt, den er kannte, die Hand und nickte den beiden Polizisten zu.

»Jetzt, da Sie hier sind, überlasse ich die Sache meinem Sohn, der auch bereits in meiner Anwaltsfirma tätig ist. Die Verstorbene ist eine Verwandte meiner Frau. Die Frau, die Ihnen die Tür öffnete, ist unsere frühere Köchin, die vor kurzem in Pension gegangen ist. Sie wird Ihnen selbst erklären, wie es kommt, daß ich sie hier angetroffen habe. Mich bitte ich zu entschuldigen, ich muß nach Hause zu meiner Frau fahren, um sie schonend über das Vorgefallene zu unterrichten. Inzwischen wird Ihnen mein Sohn zur Verfügung stehen.«

»Es wird vorläufig genügen, wenn wir mit Ihrem Sohn sprechen, Mr. Ascher«, meinte der ältere der beiden Beamten zustimmend, da er William vom Gericht her kannte. »Später werden wir uns dann noch einmal mit Ihnen in Verbindung setzen.«

Er eilte aus dem Haus und telefonierte vom nächsten Laden aus um seinen Wagen.

Die lange Heimfahrt war ihm heute ein Bedürfnis; er brauchte Zeit, um zu überlegen, was jetzt geschehen mußte.

Der neue Chauffeur, ein Vermonter Bauernsohn, aber verliebt in New York, fuhr schweigend und mit sichtlicher Freude an seiner Tätigkeit. Er war noch unverheiratet, und ihm genügte es, sich von der Bauernarbeit frei gemacht zu haben. Seine jugendliche Begeisterung erfüllte ihn mit Eifer und dem Verlangen, seinen Chef zufriedenzustellen. Auch das würde sich abnützen wie alles andere. Für William aber war es erfreulich, solange es andauerte.

Die Zeit schien stillzustehen, während er den Raum durchmaß. Sein juristisch geschulter Geist arbeitete schnell und gut. Er umriß für sich selbst, Schritt für Schritt, was zu tun nötig war, und nahm sich vor, es niederzuschreiben, damit Edwin sich danach richten konnte. Bertha oder Jessica mußte verteidigt werden, doch konnte seine Firma den Fall selbstverständlich nicht übernehmen. In Gedanken ging er die Liste der Advokaten durch und wählte die Anwaltfirma Barnes, Holt, Mackintosh und Lane, die von einem alten Studienkameraden und Freund von ihm geleitet wurde.

Langsam näherte sich die Fahrt ihrem Ende. Im Abendlicht leuchteten die Berge von Vermont auf. Als er das Dach seines Hauses schwarz im frühen Dunkel auftauchen und die Flucht erleuchteter Fenster durch die Bäume schimmern sah, da fühlte er sich wieder stark. Er war immer stark, wenn er wußte, was er zu tun hatte.

Als er vorfuhr, erwartete Elinor ihn schon an der Haustür. Es war zwar spät, aber sie wirkte so frisch und heiter, daß er davor zurückscheute, ihr die Stimmung zu verderben. Doch es mußte geschehen. Er gab ihr einen Kuß und legte den Arm um sie.

»Liebste, du mußt dich darauf gefaßt machen, etwas Trauriges zu erfahren.«

Ihre Gedanken eilten im Nu zu den Kindern, den Enkelkindern, als ob der Tod gerade sie am meisten bedrohen würde. »Sind es die Kinder –«

»Nein, nicht die Kinder. Die Älteste in unserer Familie... Tante Emma. Sie ist heute früh plötzlich gestorben.«

»Nein! William! Ganz allein?«

»Komm in die Bibliothek, Elinor.«

Nachdem sie sich gesetzt hatte erzählte er ihr mit einfachen Worten, so schonend wie möglich, was er gesehen und was er erfahren hatte.

Sie war fassungslos, außerstande, das volle Grauen des Geschehenen zu begreifen. Es war nicht der Tod, der sie so aufregte, das konnte er sehr wohl bemerken, denn Tante Emma war sehr alt gewesen, sondern die Art des Todes und der ungeheuerliche Gegensatz zu Tante Emmas nie versiegter Güte.

»Sie war so gut«, sagte Elinor immer wieder. »Ich kann mir nicht vorstellen, warum das geschehen ist, da sie doch so gut war, besonders zu Jessica. Immer gerade zu Jessica. Wie oft hat sie zu uns gesagt, daß wir gut zu Jessica sein müßten, die ja in unserem Haus aufgewachsen ist. Wir sollten es sie nie fühlen lassen, daß sie das Kind der Köchin und des Butlers sei. Ich werde das nie begreifen! Gerade Tante Emma! Erinnerst du dich, wie sie meinte, Jessica solle Herbert nicht heiraten?«

»Wir dürfen, allein auf die Aussage von Bertha hin, noch nicht ganz sicher sein, daß es Jessica war«, erwiderte er. Dann stand er auf, ging ans Telefon und rief Herbert an. Die Verbindung über Land brauchte einige Zeit, aber schließlich hörte er Herberts phlegmatische Stimme.

»Ja-a?«

»Herbert, ich bin's, Ascher.«

»O hallo, Mr. Ascher!«

»Ich rufe von der Wohnung aus an, Herbert; wie geht es Jessica?«

Einige Sekunden war Stille. Dann sagte Herbert: »Jessica geht's recht gut, Mr. Ascher. Warum fragen Sie?«

»Ist sie zu Hause?«

»Ja-a, sie ist hier.« William merkte, daß Herbert sich abwandte, seine Stimme klang entfernter, aber dennoch ganz klar. »Willst du mit Mr. Ascher sprechen?« Und ebenso klar verstand er Jessicas verdrossene Antwort: »Was soll ich mit dem alten Fuchs zu reden haben?«

Herberts Stimme war wieder am Telefon. »Sie hat gerade was zu tun – Mr. Ascher.«

»So seid ihr schließlich doch nicht in die Stadt übersiedelt?«

»Nein, wir ziehen nun doch nicht um.«

William zauderte. Wie sollte er die Frage stellen, auf die er eine Antwort haben wollte?

»Irgend jemand hat mir erzählt, Jessica sei in der Stadt gewesen – ich wollte nur wissen, ob das stimmt.«

Herberts langsame Stimme wiederholte die Worte. »In New York? Nein, sie ist nicht in New York gewesen. Wie hätte sie auch hinkommen sollen? Ich hab' sie nicht hingebracht.«

Abermals wandte er den Kopf. »Er sagt, daß du in New York gewesen bist, Jessica!« William hörte ihn dabei lachen.

»Das verdammte alte Biest!« Jessicas Stimme war scharf und laut. »Sag ihm, er soll sich um seine eigenen dreckigen Geschäfte kümmern!«

Und wieder war Herbert am Telefon. »Jessica sagt, nein, sie ist nicht in New York gewesen. Schätze, daß sie gern hinfahren würde, aber wir haben keine Zeit! Wir haben eine Hühnerfarm eingerichtet!«

»Ist das nicht die Stimme Ihrer Kleinen?« fragte William liebenswürdig. Er hatte ein Jammern und einen Schlag gehört.

»Ja-a – sie hat gerade irgendwas angestellt, glaub' ich.«

»Na, dann will ich Sie nicht länger aufhalten«, sagte William und hängte den Hörer auf. Hatte Bertha gelogen? Log Jessica? Schützte Herbert sie? »Herbert sagt, sie sei nicht in New York gewesen«, berichtete er Elinor.

»Was liegt daran?« erwiderte Elinor in tiefem Kummer. »Arme alte Tante Emma! So ein gütiger Mensch – falls das heute überaupt noch etwas bedeutet – ich weiß es nicht. Aber es ist ungerecht, daß gerade sie auf diese schreckliche Art sterben mußte – ich kann das Bild gar nicht loswerden!« Sie hob die Hände und preßte sie vor die Augen.

»Denk nicht daran«, versuchte William sie zu trösten. »Erinnere dich eher, welches Glück sie selbst dadurch hatte, daß sie so gütig und freundlich war. Sie hätte nicht anders sein können – wie immer auch ihr Ende war. Ihr Leben ist vollkommen erfüllt gewesen. Wer es auch immer getan hat... wir werden den Mörder finden!«

Tante Emma wurde in der Familiengruft in Manchester beigesetzt. Obwohl nur wenige ihrer alten Freunde noch am Leben waren und sie außer den Aschers keine Verwandten mehr gehabt hatte, drängten sich die Menschen zu dieser Beerdigung. Aus allen Richtungen rollten die Wagen mit Neugierigen an.

Die Geschichte ihres furchtbaren Todes war durch alle Zeitungen gegangen.

Jetzt lag sie – die niemals Aufsehen geliebt hatte – in ihrem Mahagonisarg als Mittelpunkt einer fast unübersehbaren Menschenmenge.

Aschers standen am offenen Grab und nahmen die Menge nicht zur Kentnis. Kaum, daß Elinor einen Blick auf die Leute warf und dann leise und unglücklich zu William sagte: »Wie zuwider ihr das gewesen wäre!«

Sie dachte daran, wie rücksichtsvoll und zartfühlend im Verkehr mit jedem menschlichen Wesen Tante Emma gewesen war. Den größten Teil ihres Lebens hatte sie wie eine Einsiedlerin verbracht. Das erhöhte den Wert und die Bedeutung bei den wenigen Menschen, die sie kannte. Und dies war nun ihr Ende! Menschen, die sich neugierig drängten, Zeitungen, die alle Einzelheiten ihres Lebens und Todes ausposaunten, Bertha und Jessica verhaftet.

Das hatte sich alles nicht vermeiden lassen. Wie ein Wahnsinniger war Herbert zu William gestürzt gekommen, hatte ihn gebeten. »Sie sind doch ein großer Anwalt, Mr. Ascher, Sie kriegen Lumpen frei, wenn jeder Mensch weiß, daß sie schuldig sind. Und Jessica ist eingesperrt, und ich weiß doch, daß sie unschuldig ist. Jetzt soll das Kind wieder ins Waisenhaus. Bertha soll eingesperrt werden, sie ist ja dort gewesen, aber Jessica nicht. Ich kann schwören –«

»Ich habe nichts mit der Sache zu tun«, hatte William gesagt. »Und ich kann auch nicht diesen Fall übernehmen.«

Der Geistliche zerbröckelte die Schollen und ließ sie fallen. »Staub zu Staub –« tönte jetzt seine Stimme, und in der Tanne über seinem Kopf stimmte gerade in diesem Augenblick ein Vogel sein Lied an. Was, fragte sich William, mochte aus Tante Emmas Kanarienvogel geworden sein? Er war vergessen worden.

Winstens kleines Mädchen, sein drittes Kind, begann plötzlich zu weinen. Man hätte sie nicht mitnehmen sollen, er war immer dagegen, daß man Kinder zu Beerdigungen mitnahm, aber Madge hatte erklärt, das sei nun einmal eine Sache der ganzen Familie, der Tod ebensogut wie die Geburt, und die Kinder müßten es kennenlernen. Sie waren alle da, bis auf das Baby, das vierte Kind, den kleinen Jungen.

Endlich war die Trauerfeier beendet, und die Polizei bahnte den Familienangehörigen einen Weg zu ihren Wagen. Die Familie fuhr nach Hause, während die Menge sich langsam zerstreute, dabei die Schuld der Köchin oder ihrer Tochter erörterte und Wetten auf die eine oder andere abschloß.

Das Grab wurde unterdessen zugeschaufelt und mit Blumen bedeckt. Es waren nicht mehr viele Menschen übrig, die Tante Emma Blumen geschickt hätten; William und Elinor hatten ein Arrangement aus weißen Rosen und Farnkräutern gesandt, mehrere Kränze kamen von den Kindern. Einige aus der Menge hatten Waldblumen auf das Grab geworfen oder Gartenrosen, einen Strauß Rittersporn, eine Handvoll Margeriten.

Tante Emma war ja keine öffentliche Persönlichkeit gewesen, sagte sich William, sondern nur eine Frau, die ein gütiges, freundliches und ein wenig einsames Leben gelebt hatte. Doch daß sie durch diese Gewalttat umgekommen war, daß sie ermordet wurde, das war denkwürdig, und durch diesen Tod gewann sie an öffentlicher Bedeutung.

Elftes Kapitel

Eines Morgens im Frühling, nach Jahren, die so angenehm verlaufen waren, daß William beinahe nie mehr an Jessica dachte, wurde er angerufen. Es war Samstag, und er war nach einem späten Frühstück noch zu Hause.

»Wer ist dort?« fragte er.

»Ich bin's, Mr. Ascher.«

»Wer – ich?« sagte William.

»Herbert Morris – Mr. Ascher!«

Ein heftiger Widerwille durchzuckte William. Warum mußte er diese widerliche Stimme abermals hören? Er zwang sich, den Hörer nicht sofort wieder aufzulegen.

»Guten Morgen«, sagte er mit erheuchelter Ruhe.

»Wie geht's Ihnen, Mr. Ascher?« fragte Herbert.

»Was gibt es?« erwiderte William und täuschte sich nicht, denn schon die nächste Frage hatte er befürchtet.

»Mr. Ascher, könnten Sie nicht etwas für mich tun?«

»Was wollen Sie von mir?« sagte William.

»Könnten Sie oder Mrs. Ascher nicht Jessica besuchen, Sir, und mir sagen, ob Sie glauben, daß sie gesund genug ist, um wieder heimzukommen?«

Diese ungeheuerliche Forderung wirkte auf William wie ein Schlag. Sollte Jessica noch einmal in ihrer aller Leben eine Rolle spielen? Sollte vielleicht ihre Stimme abermals bis in dieses Haus dringen?

»Ich glaube nicht, daß das von Nutzen wäre«, sagte er abweisend.

»Wissen Sie, Mr. Ascher«, sagte Herbert mit seiner unterwürfigen Zähigkeit, »sie sieht wirklich gut aus; ganz wie gewöhnlich. Sie spricht auch vollkommen vernünftig. Sie würde gern wieder heimkommen. Sie müssen doch auch an das Kind denken, es wächst ohne Mutter auf, Sir, und kann doch nicht immer im Waisenhaus bleiben.«

»Das ist nicht so einfach, wie Sie sich das vorstellen«, sagte William. »Sie vergessen wohl, was geschehen ist?«

»Ich werde nie glauben, daß es Jessica war – das mit Miß Emma... Sir«, rief Herbert überzeugt. »Wenn es nicht Bertha war, dann muß es ein Fremder gewesen sein, der sich ins Haus geschlichen hatte. Jessica könnte so etwas nicht tun. Sie kann wohl in Wut geraten und kratzen oder beißen, aber sie könnte keinen Menschen umbringen. Ich habe doch immer die Hühner fürs Mittagessen am Sonntag schlachten müssen. Sie ist dann ins Haus gelaufen, hat die Tür hinter sich zugemacht, sich die Ohren zugehalten und die Augen geschlossen, damit sie nur nicht durchs Fenster draußen die Hühner zappeln sehen mußte.«

»Das ändert nichts am Spruch des Gerichts«, sagte William.

»Ja, Sir, natürlich, Mr. Ascher, aber Sie sind doch Anwalt. Sie könnten vielleicht ein Gnadengesuch beim Gouverneur einbringen oder eine Wiederaufnahme des Prozesses durchsetzen.«

William schwankte. Sein juristisches Gewissen meldete sich. Er hatte Gefangene gekannt, die zu Unrecht angeklagt worden und Jahre hindurch eingesperrt gewesen waren. Berthas Freispruch und Jessicas Verurteilung waren durchaus korrekt erfolgt. Und doch gab es Lükken in diesem Prozeß, die keiner zu klären vermocht hatte. Obgleich er, wie er es sich vorgenommen hatte, Zuschauer geblieben war, wenn er nicht als Zeuge aufgerufen wurde, entsann er sich doch auch ganz klar der schwachen Punkte der Verhandlung.

»Und Jessica geht in der Anstalt zugrunde«, bat Herbert. »Sie sagt, daß sich ihr der Magen umdreht, wenn sie all die Verrückten sieht und dabei selbst gar nicht verrückt ist. Und dann..., Mr. Ascher, man schindet sie dort. Kaum hat man gemerkt, daß sie bei Tisch servieren kann, da hat man sie ins Eßzimmer gesteckt, wo alle die Doktoren essen, und sie muß sie bedienen und kriegt doch keinen Cent dafür. Natürlich wollen sie sie nicht fortlassen! Das versteht sich! Man weiß doch, wie es in solchen Anstalten zugeht! Ist das aber gerecht?«

In den letzten Monaten hatten tatsächlich die Zeitungen manches über solche Anstalten gebracht, was geradezu herzzerreißend war und genügte, um jetzt William erneut zu belasten. Es war möglich, daß in der großen Anstalt, in der Jessica untergebracht war, auch solche Dinge vorkamen; warum aber sollte gerade er sich um diese Dinge oder um Jessica kümmern? Er hatte nach all den Erfahrungen mit ihr den allerwenigsten Grund dazu. Noch nie war etwas Gutes dabei herausgekommen, wenn einer von ihnen sich Jessicas angenommen hatte.

»Ich will gelegentlich mit meiner Frau sprechen«, sagte er ausweichend.

»Vielen Dank, Mr. Ascher«, sagte Herbert mit dem raschen Stimmungsumschwung eines primitiven Menschen. »Ich werde Ihnen wirklich immer dankbar dafür sein. Sie sind doch hier in der Gegend ein großer Mann, das wissen Sie ja, und auf Sie wird man vielleicht hören. Auf mich hört doch ohnehin kein Mensch!«

Der Morgen war für William verdorben. Er hängte den Hörer ein und hatte durchaus nicht die Absicht, Jessica wieder zur Freiheit zu verhelfen. Und doch war sein verdammt empfindliches Gewissen aufgerüttelt worden, und er war sich klar darüber, daß er so lange keine Ruhe finden würde, bis er den Forderungen seines Gewissens nicht Genüge getan hatte. Er ging in die Bibliothek, doch setzte er sich nicht an seinen Schreibtisch, sondern in die tiefe Fensternische nach dem Süden, durch die die Sonne hereinströmte. Unten im Garten sah er Elinor. Sie trug ihr altes grünes Leinenkleid und betrachtete in glücklicher Ruhe das Blumenbeet. Ach, sollte der Frieden seines Hauses wieder gestört werden?

Mit tiefstem Widerwillen erinnerte er sich daran, wie Bertha bei der Verhandlung ausgesehen hatte. Es war damals ein sonniger Vormittag gewesen, ganz wie heute, nur daß das Sonnenlicht durch das mächtige, trübe Fenster des Gerichtssaals gefallen war. Er erinnerte sich, wie leidenschaftlich sie ihre Unschuld beteuert hatte.

Sie sei von Jessica, ihrer Tochter, in Miß Emmas Wohnung bestellt worden, hatte Bertha erklärt.

Die Verwalterin des Altersheims, als Zeugin aufgerufen, hatte das bestätigt. Bertha war am Morgen des Mordes die Treppe heruntergekommen, sichtlich angekleidet, um in die Stadt zu fahren. Sie sagte, sie wolle eine Verwandte ihrer früheren Herrschaft besuchen. Dann hatte sie den Bus vor der Tür des Heims genommen. Die Verwalterin, eine blasse, abgearbeitete Frau in mittleren Jahren, mit einem freundlichen Ausdruck in den verblichenen Zügen, hatte ausgesagt, daß der Bus früher nicht vor dem Haus gehalten habe. Sie hätte das aber durchgesetzt, damit ihre alten Pensionäre nicht im Regen gehen oder in der Kälte warten müßten.

»Sie brauchen erst aus dem Haus zu gehen, wenn sie den Bus kommen sehen, und können einsteigen, als ob es ihr Privatwagen wäre«, sagte sie, und ein sanfter Stolz belebte das alte Gesicht.

Andrerseits war aber Jessica so vollkommen beherrscht gewesen, daß William es in diesem Augenblick schwierig fand, sich über gewisse Fragen klarzuwerden, die ihn quälten. Als Jessica aufgerufen worden war, erhob sie sich geradezu lebhaft und trat mit dem anmutigen, leichten Schritt, der für sie typisch war, an den Stand. Sie machte einen durchaus guten Eindruck auf das Gericht. Ihr graues Kleid, die spitzenbesetzte Bluse, der kleine graue Filzhut auf dem blonden Haar, das alles verlieh ihr das Aussehen einer Dame. Zudem wirkte sie sehr jugendlich. So lange sie lebte, würde Jessica wahrscheinlich jugendlich wirken, dachte William. In der rechten Hand hielt sie tadellose weiße Handschuhe, und im Knopfloch ihrer gutgeschnittenen Jacke steckte eine kleine rosa Rose.

Sie hielt den Kopf erhoben, und ihre gewohnte Blässe war einem zarten, raschen Rot gewichen.

»Gibt es irgendeinen Grund«, hatte der Staatsanwalt sehr milde gefragt, »der Sie zum Haß gegen Miß Winsten veranlaßt haben könnte?«

Die blauen Augen nahmen einen Ausdruck kindlichen Erstaunens an.

»O nein, Sir! Ganz im Gegenteil, sie war von allen Mitgliedern der Familie am gütigsten – zu mir wenigstens.«

»Sie haben sie seit vielen Jahren gekannt?«

»Seit ich denken kann.«

»Wann hatten Sie sie zum letztenmal gesehen?«

»Ich habe sie besucht, Sir, nachdem ich aus der... einen Tag, nachdem ich heimgekommen war. Ich war krank gewesen und mußte aus meinem Heim fort. Miß Emma hat mir geholfen, daß ich wieder nach Hause zu meinem Mann und meinem kleinen Mädchen durfte, als ich geheilt war; und da habe ich sie besucht, um ihr zu danken.«

»Wie sind Sie damals nach New York gefahren?« fragte der Staatsanwalt.

»Mit dem Bus, Sir. Das ist nur etwa eine Meile von unserem Haus. Er fährt durch Manchester, und von dort habe ich immer einen Zug nach New York.«

Herbert war bei dieser Erklärung von seinem Stuhl aufgesprungen und hatte die Hand gehoben, doch niemand beachtete ihn. Er sank zurück, seine Lippen zitterten, und sein Gesicht war rot vor Aufregung.

»Nehmen Sie gewöhnlich den Bus?« fragte der Staatsanwalt.

»Ja, gewiß«, erwiderte Jessica unbefangen. »Immer. Herbert, mein Mann, bringt mich niemals irgendwohin. Er hat so viel zu tun.«

»Euer Ehren«, hatte Herbert geschrien und war wieder aufgesprungen.

»Setzen Sie sich!« sagte der Vorsitzende. »Warten Sie, bis Sie gefragt werden.«

»Haben Sie den Zug benutzt an jenem Morgen, von dem Ihre Mutter behauptet, sie habe Sie in Miß Winstens Wohnung getroffen?« fuhr der Staatsanwalt fort. »Denken Sie bitte genau nach!«

Stolz hatte sie den Kopf gehoben. »Bestimmt nicht! Ich bin an diesem Morgen nicht in New York gewesen!«

»Sie wissen aber, daß Ihre Mutter, wenn Ihre Aussage sich als wahr erweist, wegen Mordes angeklagt wird?«

»Ich sage nur, was wahr ist«, erklärte Jessica leise. Und dann setzte sie mit einem traurige Lächeln hinzu:

»Meine Mutter und ich haben seit Jahren nicht mehr miteinander gesprochen.«

William war nervös auf seinem Platz hin und her gerückt. Er wußte, jetzt kam wohl die Geschichte von den Schlägen, die sie als Kind erhalten hatte, und von anderen Grausamkeiten. All das konnte wahr sein oder auch nicht.

»Meine Mutter«, sagte Jessica mit leiser und trauriger Stimme, »war sehr grausam gegen mich, als ich noch ein Kind war. Sie sperrte mich beim geringsten Anlaß im Keller ein, und wenn ich schrie, so prügelte sie mich. Ich könnte es beweisen – noch immer sind Spuren dieser Schläge an meinem Körper sichtbar. Ich hatte keine schöne Kindheit. Als ich sieben Jahre alt war, schickte sie mich in eine strenge Klosterschule nach Kanada. Meinen Vater durfte ich nur einmal im Jahr, im Sommer, sehen. Ich liebte meinen Vater, und er liebte mich. Dann starb er. Auch zu ihm war meine Mutter grausam gewesen. Miß Emma wollte es nie glauben, was ich ihr auch darüber erzählt habe.«

Jetzt erst, Jahre später, begriff William plötzlich die Tragweite dieser letzten Erklärung. Er erinnerte sich daran, wie Jessicas Gesicht sich plötzlich verändert hatte, wie es hart geworden war, als sie diese letzten Worte sprach. Nervös hatte sie die Schließe ihrer kleinen Handtasche geöffnet und geschlossen. Plötzlich ließ sie sie mit einem hörbaren Klicken zusammenklappen, so daß er es sogar auf seinem Platz, ziemlich weit seitlich, hören konnte. Natürlich, natürlich! Das war es, weshalb sie die arme Emma umgebracht hatte! Die gütige alte Dame hatte sie kommen lassen, um ihr, auf Berthas Bitten, noch einmal zur Versöhnung zuzureden. Tante Emma hatte William Berthas Entlassung nie verziehen. Er erinnerte sich sehr gut, daß Elinor ihm davon berichtet hatte. Sie war damals wie gewöhnlich zu Tante Emma zu Besuch gefahren und hatte ihr erzählt, wo Bertha war und warum man sie entlassen hatte. Tante Emma war darüber ganz unglücklich gewesen. Immer wieder hatte sie gerufen: »Ja aber, Elinor, Liebste, man hat doch Verpflichtungen gegen einen alten Dienstboten!«

»Bertha ist sehr gut untergebracht, Tante Emma«, hatte Elinor ihr versichert.

»Schön, schön, aber das Herz ist es, das eine Tröstung braucht«, erwiderte Tante Emma. »Ich werde Jessica kommen lassen. Ich will unbedingt mit ihr sprechen.«

Und das hatte sie sicher mehr als einmal getan, das war William klar; obgleich er selbst Emma gesagt hatte, es wäre doch zwecklos. Aber Tante Emma war unverbesserlich weichherzig, und das steigerte sich noch mit dem Alter. Er hatte darum nicht versucht, sie vom Gegenteil zu überzeugen. Sie mußte also Jessica einigemal, vielleicht sogar öfters gesehen haben. Und zweifellos hatte sie ihr an jenem letzten Morgen allzu eifrig zugeredet, hatte ihr vielleicht sogar vorgeworfen, zu lügen. In diesem Moment mußte Jessicas verwirrter Geist ihr jede Beherrschung genommen haben.

William erinnerte sich, daß während der Verhandlung, als Jessica von den Grausamkeiten ihrer Mutter sprach, alle Anwesenden Bertha angestarrt hatten, die unbeweglich dasaß und quer durch den Raum nach den hohen Fenster sah. Die Geschworenen beugten sich beeindruckt vor, um Jessica zu lauschen. Man spürte deutlich ihr Mitgefühl, als das Verhör weiterging, bis man mit ihr fertig war. Dann setzte sich Jessica und drückte das weiße Spitzentaschentuch an ihre Lippen.

Bertha hatte sich nicht gerührt. Als ihr Name gerufen

wurde, war sie zusammengefahren und hatte sich umgesehen, als gelte es einem andern Menschen.

»Kommen Sie, kommen Sie«, sagte der Vorsitzende. »Treten Sie an den Stand!«

Sie hatte sich erhoben, eine untersetzte, hilflose kleine Gestalt. Sie war an den Stand getreten, hatte den Eid mit einer Stimme geleistet, die man kaum hören konnte. Dann, an das hölzerne Geländer geklammert, hatte sie gewartet, hatte den Richter demütig angesehen.

»Sie haben die Anschuldigungen Ihrer Tochter gehört?« fragte der Staatsanwalt.

Bertha seufzte tief. »Ja – Jessica redet so –«

»Ist es wahr, was sie gesagt hat?«

»Nie hab' ich mein kleines Mädchen geschlagen«, sagte Bertha düster. »Manchmal hat es einen kleinen Klaps gegeben, wenn sie in die Zimmer im Hause ging, wo sie nichts zu suchen hatte. Das habe ich ja doch nicht dulden dürfen. Ihr Vater hätte es nie fertiggebracht. Aber geprügelt – nein, Euer Gnaden, geprügelt habe ich sie nie.«

Sie hielt inne, als wäre sonst nichts weiter zu sagen.

Doch die Fragen gingen weiter. »Wie kam es, daß Sie an dem Morgen des Mordes in Miß Winstens Wohnung waren?«

»Jessica hat mich doch angerufen. Sie hat gesagt, Miß Emma wolle, ich sollte zu ihr kommen. Miß Emma hat schon vorher manchmal zu mir gesagt, wenn Jessica daheim sei, müßten wir wieder gut miteinander werden. Ich sagte darauf: ›Ja, gewiß; warum nicht?‹ Mir wäre es recht, aber Jessica wolle einfach nicht. Vielleicht kann sie nichts dafür und will nur nicht, weil sie krank im Kopf gewesen ist; ich weiß das nicht.«

»Krank im Kopf?«

»Ja, so heißt's doch. Ich weiß es nicht. Man hat sie in eine Anstalt weggeholt und das Kind ins Waisenhaus gebracht. Herbert, der kann Ihnen das erzählen; ich weiß nichts Genaues.«

Jetzt war Herbert aufgerufen und befragt worden. Widerwillig hatte er die häßliche Geschichte seiner Ehe mit Jessica erzählt, von ihrer Abneigung, ihm seine Rechte zuzugestehen, von dem letzten Kampf, und während er versuchte, alles zu verbergen, erzählte er alles.

William konnte die Erinnerung daran nicht länger ertragen. Er stand auf und ging in den Garten hinaus zu Elinor. Sie kniete neben dem Blumenbeet, um das Aufkeimen der jungen Pflanzen besser zu sehen.

»Sie haben schließlich doch den Winter durchgehalten«, sagte sie glücklich, als sie ihn erblickte. Um die mehrjährigen Blumen hatte sie sich Sorgen gemacht; bei den harten Vermonter Wintern waren sie sehr empfindlich und konnten nur mit Hilfe von Dünger und Abschirmung gegen den Wind durchgebracht werden. Er trat neben Elinor und streichelte ihr über das Haar. Behutsam unterrichtete er sie über Herberts Anruf und sein Anliegen – verdrossen schloß er: »Ich sehe nicht ein, warum wir jetzt, wo alles so ruhig ist, Bertha ihren Lebensabend friedlich und zufrieden in Mount Kisco verbringt und Jessica unschädlich ist, alles noch einmal aufrühren sollen.«

Sie lächelte wehmütig. »Nur weißt du, daß wir es tun werden. Je widerwärtiger es uns ist, desto mehr fühlen wir, daß wir es tun müssen. Wir können uns dieser Aufgabe nicht entziehen. Wir werden hingehen und uns selbst davon überzeugen müssen, wie es mit Jessica steht. Ich denke dabei an das Kind! Die arme Monica!«

Minutenlang schwiegen sie. Elinor kniete noch immer

und ließ geistesabwesend die Erde durch ihre Finger rieseln, während William ihr zusah.

Er dachte – eine unangenehme Erinnerung – daran, wie er Jessica zum letztenmal gesehen hatte. Sie war vom Gerichtsarzt als geistesgestört erklärt und Bertha auf Grund ihrer unerschütterlichen Aussage freigesprochen worden.

Er bückte sich und berührte Elinors Schulter. »Du meinst also, daß wir Jessica besuchen sollten?«

Sie setzte sich auf ihre Fersen, sah zu ihm auf, und er bemerkte verwirrt, aber voll Zärtlichkeit, daß in dem kalten Licht des Morgens die feinen Fältchen um Augen und Mund deutlich sichtbar waren.

»Noch dieses eine Mal«, sagte sie sanft. »Dann wird unser Gewissen vielleicht beruhigt sein.«

Er nickte. Ja, sie verstand ihn!

Sie beschlossen, daß sie am nächsten Morgen, es war ja Sonntag, Jessica aufsuchen wollten, statt wie üblich in die Kirche zu gehen. »Eine gute Tat an Stelle einer Gewohnheit«, legte William es spöttisch aus.

Der neue Chauffeur, wie sie ihn noch immer nannten, fuhr sie ruhig und sicher zu dem mächtigen Gebäudekomplex der Heilanstalt, wo Dr. Bergstein sie erwartete. William hatte ihn am Abend zuvor angerufen, und der liebenswürdige Arzt hatte sich bereit erklärt, sie zu empfangen. Sie fanden ihn in seinem Büro, einem kahlen, kleinen Raum, dessen Wände von Bücherschränken und Aktenregalen eingenommen waren. Er war ein kleiner, gütig und klug aussehender Mann, dessen Sprache immer gleich kühl und sachlich blieb. Daran erinnerte William sich vom Gericht her.

»Nur herein, Mr. Ascher, guten Morgen, Mrs. Ascher.«

Er schob ihnen zwei Sessel zu und setzte sich hinter seinen Schreibtisch. Umständlich nahm er seine goldene Brille ab und rieb sich die Augen. »Ich habe gerade meine Erinnerung an den Fall Jessica Morris aufgefrischt.«

Er blätterte in Papieren, die auf seinem Tisch lagen.

»Es ist tatsächlich nichts Besonderes zu berichten. Sie war sehr wirr, als sie vor drei Jahren auf Anordnung des Gerichtes hierhergebracht wurde; auf Schockbehandlungen reagierte sie nicht gut, dagegen haben wir bei ihr eine hydropathische Behandlung mit guten Resultaten angewendet. Zuerst weigerte sie sich zu arbeiten, doch in den letzten zwei Jahren hat sie recht gut und anstellig im Eßzimmer der Angestellten und Ärzte ihren Dienst versorgt und sogar den Einkauf von Nahrungsmitteln übernommen. Ihre freie Zeit verbringt sie, wie ich weiß, in der Abteilung für Beschäftigungstherapie; sie malt recht nette Aquarelle und entwirft Strickmuster für andere Patienten. Der Leiter der Abteilung berichtete mir, daß sie anstellig ist und nützliche Arbeit leistet.«

Williams Stimmung senkte sich. »Wollen Sie damit sagen, daß sie gesund ist?«

Der Arzt hob die runden Schultern und breitete die Hände aus. »Gesund? Was ist gesund? Hier funktioniert sie wie ein gesunder Mensch. Mehr wissen wir nicht.«

William tauschte einen Blick mit Elinor.

»Dürfen wir sie sehen?« fragte sie.

»Gewiß«, erwiderte der Arzt. »Es ist ohnehin bald Zeit zum Mittagessen. Kommen Sie doch an meinen Tisch und essen Sie mit uns! Dann werden Sie Jessica bei der Arbeit beobachten können.«

»Eine großartige Idee!« meinte William.

Wenige Minuten später folgten sie Dr. Bergstein durch kahle, endlose Gänge in ein rechteckiges Eßzimmer, wo viele kleine Tische standen. Es war ein freundlicher, heller Raum, der William gefiel. Auf den Tischen, die weiß gedeckt waren, standen Frühlingsblumen in geschmackvollen Vasen.

»Auch die Blumen sind Jessicas Sache«, erklärte Dr. Bergstein. »Sie hat einen guten Geschmack und ist feinfühlig. Offenbar hat sie unter sehr kultivierten Menschen gelebt. Sie liest Bücher, und ihre Sprache ist gewählt. Setzen Sie sich doch, bitte! Wir wollen einmal sehen, ob sie Sie erkennt.«

Er rieb sich, plötzlich sehr gut gelaunt, die Hände. Sein berufliches Interesse war durch diese Situation geweckt worden.

»Da ist sie!« rief Elinor.

Jessica stand zusammen mit einigen anderen Serviererinnen an der Wand. Sie fiel vorteilhaft auf in ihrem hellblauen Baumwollkleid mit der weißen Schürze. Die Farbe kleidete sie gut. Ihr blondes Haar umgab in kleinen Locken das weiße Häubchen, das sie wie die anderen trug. Ihre frühere Magerkeit war verschwunden, die Gestalt hatte sich geformt, und sie war trotzdem schlank geblieben. Ihr Gesicht zeigte lebhafte Farben, die hellblauen Augen blickten wach und aufmerksam um sich.

»So gut hat sie noch nie ausgesehen«, sagte William bewundernd.

»Sie sieht gut aus, weil sie glücklich ist«, erklärte Dr. Bergstein. »Denn hier fühlt sie sich glücklich. Sie ist beschäftigt und kommt sich nicht nutzlos vor. Da sie außerdem hier die Aufsicht hat, kann sie anderen Frauen sagen, was sie tun sollen, sie arrangiert die Blumen, sie hat ihre Freude an der Bibliothek. Alle haben sie gern. Wenn es mal vorkommt, daß ein Mann zudringlich wird, dann kommt sie sofort zu mir und besteht darauf, daß ich mit ihm rede.« Er lachte. »Jessica ist sehr moralisch, sehr tugendhaft. Bei jeder Gelegenheit weist sie darauf hin, daß sie eine verheiratete Frau ist.«

»Hat sie den Wunsch geäußert, daß ihr Mann sie regelmäßig besucht?« fragte Elinor.

Dr. Bergstein schüttelte den Kopf. »Nein, das könnte ich nicht sagen. Zuerst wollte sie ihn überhaupt nicht sehen. Weil er aber einen Wagen hat und sie manchmal, mit besonderer Erlaubnis, ausfahren darf, hat sie ihn ab und zu kommen lassen. Aber dann wieder kommt es vor, daß sie ihn monatelang nicht sehen will. Und doch«, er lachte wieder, »fühlt sie sich als verheiratete Frau. Das ist ein Schutz für sie. Sie wird immer Schutz verlangen, während sie ihre eigenen Wege geht. Ach, das ist durchaus normal!«

Da sah Jessica zu ihm herüber, und er winkte ihr zu. Plötzlich erkannte sie Elinor und William. Über ihr Gesicht ging ein Lächeln, und sie kam mit ihrer alten flinken Anmut auf sie zu.

»Oh, Mrs. Ascher, liebe Mrs. Ascher!« rief sie glücklich. Stürmisch ergriff sie Elinors Hand und hielt sie lange fest. »Endlich sind Sie zu mir gekommen, und Mr. Ascher auch! In der vergangenen Woche habe ich noch zu Herbert gesagt, wie sehr ich mir wünsche, Sie wiederzusehen. Sie haben mich also doch nicht vergessen?!«

»Nein, gewiß nicht«, sagte William. »Und wie geht's Ihnen, Jessica?«

»Wunderbar, vielen Dank, Mr. Ascher, nur sehne ich mich nach meinem eigenen kleinen Haus zurück und nach dem Kind; es ist doch schon ein großes Mädchen, und sie braucht ihre Mutter, das weiß ich. Wie geht's Mr. Edwin – und Mr. Winsten und Miß Susan?«

»Allen geht's gut, danke, Jessica«, sagte Elinor.

Sie saßen wie betäubt da; war die Vergangenheit in ihr ausgelöscht? Sie war das gleiche warmherzige, jugendlich aussehende Geschöpf wie früher, mit einem reizenden Gesicht und klaren Augen.

»Sie sollten uns aber jetzt etwas zu essen bringen, Jessica«, sagte Dr. Bergstein heiter. »Wir sind alle hungrig!«

»Ja, natürlich!« rief sie eifrig. »Ich muß mich ja schämen, meine Pflicht so zu vernachlässigen.« Sie nahm die Bestellungen sorgsam entgegen und huschte davon.

»Ja«, sagte William, »das ist ja merkwürdig!«

Dr. Bergstein zuckte wieder die Achseln. »Sie sehen nun selbst! Wer soll da etwas Abschließendes sagen?«

»Das ist wirklich sehr verwirrend«, meinte Elinor benommen. »Wenn sie aber tatsächlich wieder sie selbst ist, dann sollte sie nicht hierbleiben!«

William enthielt sich jeder Äußerung. Auch wenn sie tatsächlich geheilt sein sollte, so glaubte er keinesfalls, daß sie in Zukunft ein für alle reibungsloses und friedliches Leben führen würde.

Wenige Minuten später war sie wieder da und stellte das Essen auf den Tisch. Ihr Verhalten war tadellos.

»Ich erinnere mich genau daran, wie gern Sie immer Hammelrippchen gegessen haben, Mr. Ascher«, sagte sie schelmisch. »Ich habe diese hier noch einmal umdrehen lassen, weil ich weiß, daß Sie sie durchgebraten vorziehen.«

»Danke, danke«, sagte er.

Es war eine gute Mahlzeit, einfach, aber schmackhaft zubereitet. William aß, obgleich er nicht hungrig war, und beantwortete einsilbig und in Gedanken verloren einige Fragen Dr. Bergsteins. Elinor lenkte allein die Unterhaltung, von der er nur Bruchstücke auffing.

»Jessica wirkt völlig verschieden von den anderen«, sagte sie jetzt.

Dieser Ansicht war auch Dr. Bergstein. »Sie ist auch anders – ein recht komplizierter Fall, aber sehr interessant!«

Schließlich war man mit dem Essen fertig. »Legen Sie Wert darauf, noch mit Jessica allein zu sprechen?« fragte der Arzt.

William wollte bereits ablehnen, doch Elinor kam ihm zuvor. »Doch, sehr gern, wenn Sie nichts dagegen haben!«

»Dann kommen Sie bitte mit in eines unserer Empfangszimmer für Gäste. Das im ersten Stock liegt sehr ruhig. Ich werde Ihnen Jessica hinaufschicken.«

Er ging voran, und hinter seinem Rücken flüsterte William Elinor zu: »Warum, um Himmels willen, müssen wir auch noch mit ihr allein sein? Mir hat es gereicht!«

»Pst!« machte Elinor.

Sie wurden in ein freundliches Wohnzimmer mit hellgrünen Polstermöbeln und Vorhängen geführt und warteten dort schweigend. Es gab sehr viel, über das sie gern miteinander gesprochen hätten – sie spürten das beide, doch war jetzt nicht die Zeit dazu. Noch war ihre Mission nicht beendet, noch konnte man keinerlei Schlußfolgerungen daraus ziehen. Der Raum roch nach Staub und etwas säuerlich. William stand auf und öffnete das große Fenster. Das war nicht ganz leicht; offenbar war es seit langem nicht mehr geöffnet worden.

Nach etwa zehn Minuten klopfte es an der Tür. »Herein«, rief Elinor.

Es war Jessica, die ihr Kleid gegen ein anderes aus dünner, marineblauer Wolle mit weißer Krause an Brust und Hals vertauscht hatte. Sie sah, wie William widerwillig zugab, wirklich reizend aus. Zaudernd stand sie vor ihnen, ein unverändertes Lächeln auf ihrem frischen Gesicht.

»Setz dich, Jessica«, sagte Elinor schließlich.

Sie setzte sich auf einen gradlinigen Holzstuhl und kreuzte die schmalen Füße in den schwarzen Lackschuhen. William, dem die Kleidung von Frauen nur selten auffiel, beobachtete sie diesmal ganz genau. Er war erstaunt, daß Jessica sich hier so zu halten vermochte.

»Nun«, sagte William, »Herbert hat uns gebeten, Sie zu besuchen. Wir sollten uns einmal überzeugen, wie es Ihnen geht. Wir können ihm berichten, daß Sie wirklich gut aussehen.«

In Jessicas Wangen zeigten sich die alten Grübchen. »Ach, Herbert!« rief sie lachend. »Er sollte sich schämen, Sie zu belästigen! Das habe ich ihm auch gesagt. Aber er weiß, wie sehr ich mich danach sehnte, jemanden von der Familie zu sehen.« Plötzlich wurde sie versonnen. »Mr. Edwin ist wohl sehr glücklich?«

»Ja, er ist sehr glücklich«, sagte Elinor fest. »Es ist eine ausgezeichnete Ehe geworden.«

Die leichte Wolke war von Jessicas Zügen fortgewischt wie von einer unsichtbaren Hand. »Und was machen die Kinderchen? Ich meine Mr. Winstens Kinder – geht's ihnen gut? Die müssen doch jetzt auch schon groß sein! Ich wollte, ich könnte sie einmal sehen.«

»Fünf sind es jetzt«, sagte Elinor, »aber ich glaube, Madge will das halbe Dutzend voll haben.«

Jessica erschauerte. »Nein, Mrs. Ascher, wie kann sie nur? Das ist doch schrecklich!«

William sah sie aufmerksam an. »Was meinen Sie damit?«

Jetzt lachte Jessica wieder und hob die Hand, um sich

das Haar zu glätten. »Ach, ich weiß nicht, Mr. Ascher, das hätte ich wohl nicht sagen sollen. Ich sage manchmal etwas Dummes. Das alte Haus ist noch unverändert, Mrs. Ascher?«

»Ganz unverändert. Wir haben jetzt zwei sehr nette junge Mädchen für den Haushalt.«

»Ich wollte, ich könne Ihnen wieder im Haushalt helfen, Mrs. Ascher«, sagte Jessica und blickte sie wehmütig an. »Wie gern täte ich das!«

»Gefällt es Ihnen hier nicht?« fragte William.

Jessica erschauerte und schlug die Hände vor ihr Gesicht. »Nein!« rief sie, und ein leises Schluchzen zitterte in ihrer Stimme. »Es ist mir so verhaßt – ich bin ja doch nur eine Gefangene. Man läßt mich schwer arbeiten – Tag und Nacht – und gibt mir keinen Cent dafür. Es ist ein richtiges Sklavenleben.«

William seufzte, drehte sich auf seinem Stuhl um und sah Elinor hilflos an. Die hob die Brauen, und William wußte, daß auch sie ratlos war.

Jessica schluchzte leise. »Mir fehlt mein Kind so sehr! Ich bin ja überhaupt kaum mit ihm beisammen gewesen – gerade nur ein paar Wochen. Jedes Kind braucht seine Mutter. Und ich fühle, wie Monica mich braucht. Aber ich bin hilflos und kann nichts ändern.«

William konnte das nicht länger aushalten. »Hören Sie, Jessica«, sagte er energisch, »ich weiß nicht, ob Sie es wirklich so empfinden, ob Sie glauben, daß Sie sich vernünftig benehmen können, ohne anderen Menschen wieder das Leben zur Qual zu machen – aus Gründen, die ich mir noch nicht vorstellen kann, denn wir alle sind immer gut zu Ihnen gewesen...«

»Oh, ja, Mr. Ascher«, hauchte Jessica. Sie hob das Gesicht zu ihm auf, das vom Weinen gerötet war. »Das brauchen Sie mir nicht zu sagen – ich werde das auch niemals vergessen!«

»Na schön«, fuhr William fort, »wenn Sie also ernsthaft versprechen, eine anständige, vernünftige Frau zu werden, dann will ich sehen, was ich tun kann, damit Sie vorläufig auf Probe entlassen werden. Wenn wir beweisen können, daß Sie wirklich geheilt sind, wenn Sie sich draußen vernünftig betragen, wäre es immerhin möglich, daß Sie eines Tages begnadigt werden.«

»Begnadigt? Weswegen, Mr. Ascher?« fragte Jessica erstaunt, wie ein Kind.

»Sie haben doch soeben gesagt, daß Sie nichts vergessen haben«, erwiderte William rauh.

»Wenn Sie dabei an Miß Emma denken, Sir – das habe ich nicht getan«, sagte Jessica sanft, aber eindringlich. »Ich war an jenem Tag mit Herbert zu Hause; den ganzen Tag oder doch beinahe den ganzen Tag. Es war am Tag vorher, als ich zu Miß Emma gegangen bin. Ein Tag, der so schrecklich gewesen ist, daß ich es zu Hause nicht ausgehalten habe. Herbert versuchte... er war wie ein wildes Tier... er... oh, ich kann es nicht aussprechen. Es war so – widerlich. Und noch dazu vor dem Kind! Ich habe damals aus Angst immer im Kinderzimmer geschlafen. Und da kam er herein... obgleich er mir doch versprochen hatte...«

William wartete gespannt und schweigend, aber sie spürte in diesem Schweigen instinktiv eine Gefahr. Sie richtete sich mühsam auf und sagte dann mit ihrer gewöhnlichen Stimme: »Solche schrecklichen Dinge kann ich vergessen. Aber Güte nie! Miß Emma war der gütigste Mensch von allen – zu mir jedenfalls, und ich habe sie sehr lieb gehabt. Ich hätte ihr nie weh tun können. Nur eines: Sie wollte nie glauben, was ich ihr über meine

Mutter erzählte. Und es war doch alles wahr. Es war wirklich so. Trotzdem hat Miß Emma mir nicht geglaubt. Ja, sogar an jenem letzten Tag...«

»Welchem letzten Tag?« fragte William.

Die Röte auf Jessicas Gesicht verschwand im Nu. »An dem Tag, als ich sie zum letztenmal gesehen habe, an dem Tag, bevor sie starb –«

Er beschloß, eine endgültige Probe zu versuchen.

»Nun gut, Jessica, ich höre gern, daß Sie zu Mann und Kind zurück wollen. Sie scheinen tatsächlich geheilt zu sein, und ich sehe keinen Grund, daß man Sie nicht probeweise entlassen würde. Ich will selbst dafür bürgen, daß Sie geheilt sind, und glaube, daß ich auch den Arzt bestimmen kann, Sie auf Probe freizulassen.« Er versprach da etwas, das er unmöglich zu halten vermochte; so leicht konnte man das Gesetz nicht zur Seite schieben. Aber es war ein Versuch, der, seinem Gefühl nach, gewagt werden durfte. Er begegnete ihrem Blick, der auf ihn gerichtet war, und ließ ihr einige Sekunden Zeit, zu begreifen, was er gesagt hatte. Dann stellte er die Frage: »Wäre es Ihnen recht, jetzt, sofort mit uns heimzufahren? Herbert würde sich sicher sehr freuen!«

»William!« rief Elinor. In ihrer Stimme lag eine leise Warnung. ›Du gehst zu schnell vor‹, sollte das heißen, ›du willst ihr einen Schock beibringen. Und wenn sie annimmt – was willst du dann machen?‹

»Jetzt?« wiederholte Jessica mit schriller, beengter Stimme. Sie sprang auf, ihr ganzer Körper wurde starr, selbst ihr Haar schien sich vom Kopf zu heben, ihre Augen weiteten sich, glitzerten wirr. Dann kreischte sie auf: »Nein – nein – nein, dazu können Sie mich nicht zwingen!« Sie streckte die Arme aus, als wollte sie fliegen, lief auf das Fenster zu...

»William!« schrie Elinor.

Mit einem Satz war er bei Jessica und packte sie. In diesem Augenblick öffnete sich die Tür, Dr. Bergstein eilte durch das kleine Zimmer und ergriff Jessicas schlenkernde Arme.

»Verzeihung, aber ich habe draußen gewartet. Ich befürchtete etwas Ähnliches.« Und dann zu Jessica gewendet: »So, Jessica, diesmal wollten Sie also aus dem Fenster springen!«

Er zog das Fenster mit einem Ruck herunter. »Wir öffnen die Fenster nie, Mr. Ascher. Wir müssen mit allen Möglichkeiten rechnen. Nur ruhig, Jessica!«

Eine Pflegerin in weißem Kleid erschien, nachdem der Arzt auf einen Knopf an der Wand gedrückt hatte. Bei ihrem Anblick begann Jessica laut zu schluchzen.

»Jessica«, sagte der Arzt, »was soll das? Nach zwei Jahren haben Sie das nun wieder probiert, aber Sie sehen, es ist noch immer zwecklos. Nehmen Sie sie mit, Miß Baker.«

»Ja, Doktor«, nickte die Pflegerin.

Sie hörten draußen zuerst ein wildes Schluchzen und dann plötzlich ein entsetzliches Kreischen.

»Hat man ihr etwas getan?« fragte Elinor erschreckt.

»Nein, Mrs. Ascher«, sagte der Arzt. »Haben Sie keine Angst. Man hat ihr nichts getan. Sie fühlt nur in sich den Zwang, schreien zu müssen. Jetzt sehen Sie die ›andere‹ Jessica.«

Sie setzten sich aufgewühlt wieder hin und schwiegen. Dann sagte William sehr ernst und bekümmert: »Doktor, ich habe noch eine Frage an Sie.«

»So viele Fragen, wie Sie wirklich haben, kann ich gar nicht beantworten«, erwiderte der Arzt kopfschüttelnd. »Aber mit dieser einen will ich's versuchen.« Er sah William fragend an, dessen Gesicht jetzt im hellen Schein der Nachmittagssonne lag.

»Hätte man das mit ihr irgendwie verhindern können?« fragte William. »Ist vielleicht irgendein grundlegender Fehler gemacht worden, als sie noch ein Kind war? Sie lebte damals in unserem Haus!«

»Er meint«, erklärte Elinor, »ob wir im Haus vielleicht Jessica gegenüber Fehler begangen haben, solange sie noch ein Kind war. Jessica ist die Tochter unserer alten Köchin.«

Dr. Bergstein spreizte die Finger, und wieder zuckte er die Achseln. »Wer soll das heute wissen? Jessica ist als Kind Ihrer Köchin zur Welt gekommen, nicht wahr? Sie aber wollte nicht nur das Kind einer Köchin bleiben. Darum haßte sie die Köchin, wenngleich es ihre Mutter ist. Sie wollte ein Kind aus dem Herrenhaus sein, wie Sie, Mrs. Ascher. Da sie das aber nicht war, haßte sie auch Sie. Sie wagte nur nicht, Ihnen etwas anzutun, denn sie wußte, daß Mr. Ascher da war, der Sie beschützte. So tat sie dann schließlich einer armen, hilflosen Frau etwas an, die irgendwie auch zur ›Herrschaft‹ gehörte. Sie redete sich ein, einen jungen Mann aus Ihrer Familie zu lieben, damit er sie in jene Welt bringen sollte, die ihr verschlossen war. Zu ihrem Pech liebte der junge Mann sie aber nicht. In Wirklichkeit liebt Jessica überhaupt niemanden, verstehen Sie das? Das ist auch ihre Tragödie.

So nützt auch all Ihre Güte und Freundlichkeit – und ich sehe, daß Sie beide sehr gütige Menschen sind – ihr nicht. Es erzeugt zwar in ihr den Wunsch, ebenfalls gütig und freundlich zu sein, aber sie fühlt, daß sie es gar nicht kann. Sie weiß nicht, warum, und glaubt, es komme lediglich daher, daß sie nicht von Geburt aus mit Leib und Seele zu Ihnen gehört.

Sie möchte noch einmal als anderer Mensch geboren werden. Aber, so traurig es ist, wir alle können nur ein einziges Mal geboren werden.

Jessica weiß, daß Sie in Ihrem Hause eine Fremde ist und immer bleiben wird.«

Sie lauschten erschüttert dem klugen alten Arzt, der sie mit wenigen knappen Sätzen einen Blick in die sonst-verborgenen Tiefen einer menschlichen Tragödie hatte tun lassen, der ihnen mit ein paar Worten ein Geheimnis erklärt hatte, nach dessen Lösung sie selbst jahrelang vergeblich gesucht hatten.

»Das ist ja erschütternd«, sagte William schließlich. »Es bürdet aber zugleich auch uns eine Last auf, die wir niemals loswerden können.«

»Nein«, gab der Arzt zu, »das ist richtig. So wie Sie nun einmal sind, gütige und grübelnde Menschen, können Sie sich dieser Bürde nicht entledigen. Sie müssen sie auf sich nehmen und sie tragen – aber, mein lieber Mr. Ascher«, er beugte sich vor und legte seine Hand auf Williams Arm, »das ist ja letzten Endes die Hoffnung der Menschheit! Wenn gute Menschen so rasch vergessen könnten, dann gäbe es keinen gütigen Gott.«

Sie standen bedrückt auf, und der Arzt sah auf die Uhr. »Ach, nun ist es fast vier geworden, und ich habe meiner Frau und meinen Kindern versprochen... weil doch heute Sonntag ist... bitte, entschuldigen Sie mich. Sind Sie nun überzeugt, daß Jessica hier bleiben muß?«

William zauderte und räusperte sich. »Eine Frage noch – glauben Sie, daß Jessica wirklich verrückt ist, Dr. Bergstein? Sozusagen im klinischen Sinne?«

Der Arzt sah sie ruhig an – dann sagte er: »Verrückt? Das ist für mich ein leeres Wort! Jessica ist nicht verrückt! Wenigstens nicht, wenn sie sich ihres Lebens freuen kann.« Er lächelte und sah sich um. »Hier ist auch ein großes Haus, nicht wahr? Ein sehr großes Haus, viele Menschen, eine große Familie. Jessica ist hübscher als die meisten in dieser Familie, sie ist klüger, sie ist hier gewissermaßen eine Prinzessin, sie hat eine Aufgabe, kann sogar bestimmte Anweisungen geben. Wenn sie in dieser Umgebung lebt und wirtschaftet, so ist sie nicht verrückt, ganz und gar nicht. Nehmen Sie sie aber von hier fort, bringen Sie sie dorthin, wo sie nicht leben will, in ein großes Haus, wo sie nur das Kind der Köchin sein kann, oder zwingen Sie sie, in ihrem eigenen kleinen Haus zu leben mit einem Mann, den sie haßt – ja –, dann sage ich, daß sie verrückt ist.« Er hielt inne und stand ruhig vor ihnen; sehr klug, sehr gefestigt. Dann sah er sie mit der heiteren Wärme eines weisen Menschen an: »Man könnte sagen, meine Freunde, daß Jessica unter den Wirkungen der Demokratie leidet. Und dasselbe könnte ich, von anderer Warte her, auch von Ihnen sagen.«

Er verbeugte sich, lächelte und war rasch verschwunden. Sie hörten seine eiligen Schritte draußen im Gang verhallen.

Noch eine halbe Minute blieb William stehen und sah gedankenverloren dem Arzt nach. Er erfaßte die Tiefe seiner Worte und wollte doch nicht darüber sprechen. »Komm, Liebste«, sagte er zu Elinor. »Fahren wir heim. Für Jessica können wir nichts mehr tun.«

Zwölftes Kapitel

Auf der Heimfahrt sprachen sie kaum miteinander. Nach den Stunden, die hinter ihnen lagen, empfanden sie um so beglückender den Blick auf die weiten Felder und dunklen Wälder und nahmen den sonntäglichen Frieden in sich auf, der über der Natur lag. William hatte seine Hand auf die seiner Frau gelegt – beide hingen sie ihren Gedanken nach. Zu Hause angekommen, stiegen sie nebeneinander innerlich müde die Stufen zur Haustür hinauf und betraten die Diele. Das Haus lag still und ruhig.

Da sahen sie über dem Stuhl an dem langen Eichentisch einen fremden Mantel, einen weichen Tweedmantel, und ein rotes Filzhütchen mit einer schwarzen Feder an der Seite.

»Susan!« rief Elinor aus und eilte durch die Halle. »Susan ist hier! Susan!« rief sie die Treppe hinauf.

Sie hörten, wie oben eine Tür geöffnet wurde, und dann stand Susan am Geländer und sah auf sie herab. Das kurze dunkle Haar fiel ihr um die Wangen, und die großen Augen ließen ihr Gesicht blaß erscheinen

»Aber Susan!« rief jetzt auch William.

»Ich bin heimgekommen«, antwortete sie.

»Ohne Peter?«

»Ohne Peter.«

William fühlte, wie sein Herz schwer wurde, und ein Blick auf Elinor sagte ihm, daß es ihr genau so ging.

»Wir kommen hinauf«, rief Elinor, den Kopf zurückgeworfen, um besorgt in das blasse Gesicht zu blicken, das auf sie heruntersah.

»Nein – nein – ich komme zu euch«, sagte Susan.

Sie hingen rasch ihre Mäntel auf und wandten sich ihrer Tochter zu.

Auf einen plötzlichen Ausbruch von Susans Liebe oder Mitleid waren sie nicht vorbereitet. Sie stand vor ihnen, äußerlich vollkommen gefaßt, und sah sie an, ein Gesicht nach dem anderen. Dann breitete sie plötzlich die Arme aus und umschlang alle beide.

»Bitte, bitte, seht mich nicht so ernst an«, flehte sie. »Ich habe das Gefühl, daß ich mich sehr schämen müßte. Ihr nehmt euch zusammen, das merke ich ganz genau. Aber das braucht ihr nicht, denn es ist nichts Schreckliches geschehen. Es ist nur, daß ich... nun, ich mußte Zeit haben, nachzudenken. Und dann entdeckte ich, daß ich nicht nachdenken und keine Klarheit finden könnte, wenn ich nicht ganz von selbst heimkäme. Wo seid ihr gewesen?«

Sie zwängte sich zwischen sie, ergriff einen Arm des Vaters und einen Arm der Mutter. Zu dritt gingen sie in das Wohnzimmer, zu dritt setzten sie sich auf das lange Sofa.

»Wir haben Jessica besucht«, sagte Elinor.

»Um Himmels willen...« begann Susan.

»Herbert meinte, sie könnte vielleicht wieder geheilt sein«, unterbrach William, »ich bin froh, daß wir selbst dort waren. Sie wird nie geheilt werden, das hat uns der Arzt vollkommen klargemacht. Sie kann sich nur wohl befinden, wenn sie dort bleibt, wo sie ist, beschützt und doch dabei erfolgreich auf ihre Art, wie man sagen könnte. Mit dem Leben draußen weiß sie absolut nichts anzufangen. Sie hat dazu weder die Kraft noch den Verstand; aber das weiß sie nicht.«

»Eine merkwürdige Geschichte!« sagte Susan. Ihr Blick war nachdenklich und haftete unablässig an Williams Gesicht. Sie dachte, dachte...

»Ich beginne Licht zu sehen – auch wenn es ein seltsam verzerrtes Licht ist«, sagte sie langsam, »aber irgendwie hängt alles mit Jessica und unserem Haus zusammen und wirkte auf die absonderlichste Art auch auf Peter... und mich.«

Sie beugte sich zwischen den beiden vor und vergrub das Gesicht in den Händen; aber sie weinte nicht. Kurz darauf richtete sie sich wieder auf, erhob sich, nahm eine Zigarette von dem Seitentischchen und setzte sich in einen Stuhl vor dem Kamin, ihnen gegenüber.

»Habt ihr Jessica jemals in diesem Zimmer vor dem Spiegel gesehen?« fragte sie.

»Nie«, sagte Elinor überrascht.

»Ich schon«, erklärte William.

»Ach, sie ist oft hier gewesen«, fuhr Susan fort, »immer, wenn sie sich allein glaubte. Wir beobachteten sie oft, als wir noch Kinder waren, Edwin und ich. Ob Winsten sie je gesehen hat, weiß ich nicht. Aber Edwin und ich. Wir schlichen dann die Treppe hinunter und sahen ihr zu, wenn sie's nicht merkte. Manchmal lachten wir dann plötzlich laut auf und liefen davon, und dann weinte sie. Wir waren roh – wohl alle Kinder sind so. Einmal, als sie während der Ferien hier war, erwischte ich sie in meinem Zimmer und sah, daß sie mein bestes Abendkleid angezogen hatte. Erinnert ihr euch noch an das rosa Tüllkleid? Ich habe es ihr daraufhin geschenkt. Aber sie hatte Angst und wollte es nicht nehmen. Sie meinte, sie hätte doch ohnehin nie eine Gelegenheit, es anzuziehen, außer hier, im Haus.«

»Armes Ding«, sagte Elinor, »trotzdem durfte sie das auf keinen Fall!«

Sie war streng, denn jetzt hatte auch sie Jessica übersatt. Sie konnte nicht vergessen, was Dr. Bergstein gesagt hatte: ›– Wenn gute Menschen vergessen können –‹

Plötzlich wandte sie sich jäh und fast leidenschaftlich zu William: »Ach, ich wünschte, wir hätten weder dieses Haus, noch Geld, noch Bildung. Heute wollte ich, wir wären Wilde. Die Unwissenden, die Unzivilisierten sind es, denen heute anscheinend die Welt gehört; einfach – indem sie für alle anderen eine Bürde sind.«

»Nein, das sind sie nicht!« Susan unterbrach sie mit ruhiger Stimme. »Ganz und gar nicht, Mutter. Darin hast du unrecht.« Sie begann ein leises, gedämpftes, bitteres Lachen. »Erinnert ihr euch«, fragte sie, »erinnert ihr euch, daß ich Peter geheiratet habe, um beschützt zu sein, meine Lieben? Erinnert ihr euch, daß ich ihn für stark hielt, weil er den schwarzen Hund erwürgt hatte?« Spöttisch setzte sie hinzu: »Mit den bloßen Händen!«

Diese Susan war zur Frau geworden! Seine Tochter! Das fühlte William jetzt überdeutlich, und das tat etwas weh. Das Kind Susan war nicht mehr – und es gab auch nicht mehr jenes junge Mädchen, wie es das letzte Mal damals in diesem Zimmer vor ihnen gesessen hatte. Sie war eine Frau geworden, die ihrem Leben gegenüberstand und es nun ganz anders fand, als sie es sich vorgestellt hatte.

»Und was glaubt ihr?« fragte sie jetzt. »Was glaubt ihr wohl, was mein Peter ist? Kein Felsen, nein, wahrhaftig nicht, kein Schutz, sondern ein verwirrtes, ungehobeltes Kind, ein Knabe, der schon so groß ist, daß er sich bei Tag rasieren muß. Bei Nacht aber hat er Angst vor der

Dunkelheit. Ich meine nicht wirklich die Dunkelheit, meine auch nicht irgendwas, das so simpel auszudrükken wäre, sondern er hat Angst vor der Erkenntnis dessen, was er wirklich ist, nämlich unwissend, roh und innerlich leer.« Sie lächelte. Aber es war kein heiteres Lächeln, sondern ein Lächeln, in dem das Mitgefühl für die verzweifelte Komödie des menschlichen Lebens enthalten war.

»Ja, das habe ich also jetzt auch entdeckt. Später als ihr, aber dennoch. Er kommt zu *mir* und sucht Schutz! Er möchte die Garage aufgeben! Er haßt das Haus, in dem er aufgewachsen ist, er möchte hierherkommen, zu euch, die ihr ihn nie ertragen könntet. Er glaubt nämlich, daß wir es leicht haben. Das ist's, was er wörtlich sagt. Er stellt sich vor, wir hätten irgendwelche Geheimnisse, die er nicht kennt. Dumm, nicht wahr? Er glaubt, wenn er alles wüßte, was wir wissen, dann wäre auch er mächtig – so mächtig, wie wir seiner Ansicht nach sind. Aber auch so gesichert, wie wir es seiner Ansicht nach sind – im Gegensatz zu ihm. Er besteht plötzlich darauf, daß er ebenso gut wie wir ein Recht habe, genügend zu wissen, um zu ›gewinnen‹ – wie er das ausdrückt.«

Erstaunt lauschte William diesem Ausbruch. Was war das anderes als – Revolution? Ein Licht erhellte seinen begreifenden Geist. Er sah Peter nicht als einzelnen, sondern als einen von einer großen, kläglichen Schar, die sich mit jedem Mittel aufwärtsschob, in die weiteren Räume einer Welt, die sie über sich zu ahnen glaubten. So hatte Jessica es zu tun versucht, blind und töricht, und sie hatte diese Welt nur in der Gestalt seines eigenen Hauses gesehen, dieses Hauses, von dem alle sie ausgeschlossen hatten und ausschließen mußten. Und doch hätten sie ihre Träume verstehen können, so kindisch und unsinnig sie waren, denn für ihre Träume lebte sie, und jetzt war alles tot. Jenseits ihrer tragischen Erscheinung sah er im Dämmerlicht die Gesichter von Verbrechern, die er verteidigt, deren Verurteilung er angehört hatte, und sie alle hatten geplant, gekämpft, gestritten, um in jene höheren Sphären zu gelangen.

Träume! Sie waren der lebendige Atem jeder menschlichen Seele, und wenn sie starben, dann starb die Seele mit ihnen. Wie, wenn seine eigenen Träume nie ins Leben getreten wären? Wenn es dieses Haus nicht gegeben hätte, nicht all die Liebe, die es enthielt, oder wenn seine Träume über seine Kraft, sie zu verwirklichen, hinausgewachsen wären? Was wäre geworden, wenn er, wie Peter es darstellte, nie seine Gelegenheit gehabt hätte, nie sein Recht, genug zu wissen, um zu ›gewinnen‹?

Die Vergangenheit blieb. Jessica war in ihr begraben. Mochte die Vergangenheit wenigstens um Peters willen das ihre tun! Wie sollte er das diesen beiden Frauen, die er liebte, erklären? Sie warteten darauf, daß er ihnen sagte, was nun geschehen sollte. Er zog vor, zu Susan zu sprechen.

»Du solltest stolz sein, mein Kind. Dadurch, daß du Peter liebst und ihn geheiratet hast, dadurch hast du etwas Wundervolles für ihn getan. Er ist nämlich aufgewacht. Natürlich gehört er zur Familie. Wir alle stehen zu dir – und auch zu ihm. Laß ihn herkommen!«

Er wandte sich zu Elinor. »Wir müssen hinter dem Burschen stehen, Liebste. Diese Geschichte mit Jessica – sie darf sich nicht noch einmal ereignen; nicht in diesem Haus!«

Bei dem erstaunten Ausdruck ihrer Gesichter war er nicht ganz sicher, ob sie ihn verstanden, vielleicht nicht alles... noch nicht alles.

Susan aber, die nie geweint hatte, begann plötzlich zu schluchzen. »Ich weiß, was du meinst!« Sie machte eine Kugel aus ihrem Taschentuch und preßte es an die Augen. »Ich hätte nie geglaubt, daß du das könntest. Ach, Vater, ich danke dir!«

Ihre Tränen machten ihn zuerst unglücklich, dann verlegen, und er versteckte sich hinter seiner gewohnten Sachlichkeit. »Weine nicht, Susan. Ich zweifle nicht, daß ich meine Freude an ihm haben werde, wenn ich Peter besser kenne. Das ist alles.«

Seine Tochter wischte sich die Augen, sah ihn mit einer Zärtlichkeit an, die er noch nie bei ihr wahrgenommen hatte, und dann, ganz leise und zart, sagte sie:

»Verstehst du auch..., begreifst du auch, wie wunderbar du bist?«

Daß er selbst in den Erkenntnissen dieses Tages und der Häufung von menschlichen Komplikationen noch kein glückliches Ende erblicken konnte, das war zu erwarten. Dazu war er wohl zu alt und zu erfahren. Doch der Weg war ihm klar, und in einer mitternächtlichen Aussprache mit Elinor sprach er sich darüber aus. In dieser Nacht kam sie zu ihm gehuscht, als ob sie sich plötzlich einsam fühlte. Dann sagte sie, als habe sie seit Stunden darüber nachgedacht:

»Ich liebe dich, William, aber ich weiß wirklich noch nicht, wie wir Peter auf uns nehmen sollen. Er kann sich doch jetzt nicht mehr ändern. Ist es nicht zu spät? Und sind die Unterschiede zwischen uns nicht zu groß?«

Er schlang mit der Zwanglosigkeit alter Gewöhnung den Arm um sie und zog ihren Kopf an seine Brust.

»Ich glaube nicht, daß wir überhaupt versuchen sollten, Peter zu ändern«, sagte er. »Das wäre ein Fehler und, wie du selbst sagst, fast unmöglich. Ich schlage einfach vor, daß wir, als Familie, ihm das Haus öffnen. Dann wird sich alles von selbst finden.«

»Ich kann mir nicht vorstellen, daß Madge –«

Der Name Madge erinnerte ihn an etwas, das er so lange schon hatte loswerden wollen.

»Liebste«, sagte er über ihrem Kopf, der an seiner Brust lag, »ich muß dir sagen, daß ich mich in den letzten Jahren Madge gegenüber unbehaglich gefühlt habe, weil sie unsinnige Dinge, die Jessica einmal über mich sagte, wohl so halb und halb geglaubt hat.«

»Über dich?« Elinor hob den Kopf und sah ihn im gedämpften Licht der Nachttischlampe erstaunt an.

»Jessica hatte Madge und Winsten erzählt, auch ich hätte einmal etwas mit ihr gehabt.«

Es fiel ihm schwer, diesen Unsinn in Worte zu fassen, nicht etwa, weil er Angst gehabt hätte, Elinor könne etwas davon glauben, denn daß sie das nie für möglich halten würde, dessen war er sicher, sondern weil sein guter Geschmack in tiefem Widerwillen davor zurückscheute. Deshalb sprach er schnell und versagte sich den Vorteil jeder Umschreibung.

»Wie töricht!« sagte Elinor. »Und warum hast du mir das nicht schon längst erzählt? Madge ist nämlich manchmal mir gegenüber sehr seltsam gewesen, fast so, als ob ich ihr leid täte.« Sie setzte sich auf. »Ich war wirklich ziemlich böse darüber!«

»Auf mich?« fragte er ruhig.

»Nein, natürlich nicht auf dich! Was denkst du denn?!«

»Du hast damals manches zu mir gesagt«, erinnerte er sie.

Sie kuschelte sich wieder neben ihn. »Ich weiß... ich

kann heute noch nicht begreifen, warum. Etwas im Hause war nicht in Ordnung...«

»Es waren Stimmen«, gab er zu, und er legte wieder den Arm um sie. Ja, es hatte seltsame Stimmen gegeben, störende, verderbliche Stimmen, die das Menschliche ihres gemeinsamen Lebens gestört hatten. Auch Jessica war eine Art Instrument gewesen, von einem Teufel besessen, wie man das früher genannt hätte. Und doch gab es keinen Teufel in Jessica, wie auch anderwärts nicht. Sondern es waren nur die in die entgegengesetzte Richtung gelenkten Energien unerfüllter Träume.

»Jetzt kennst du mich jedenfalls«, sagte er ruhig zu Elinor. »Und kannst dazu beitragen, Madge wieder in die Familie zurückzuführen. Winsten wird dann mit ihr kommen.«

Elinor öffnete die Augen. »Winsten hat doch nie geglaubt, daß du...«

»Nicht so ganz«, gab er zu, »aber irgendwie war er voreingenommen, wie Vera auch nie Jessicas Reden über Edwin vergessen hat, obgleich sie sich das selbst nie zugeben wollte.«

»Nein, William, Vera hat doch nicht...«

»Nicht ganz, und doch genug, um bei Edwin den Eindruck zu erhalten, daß sie es vielleicht doch glaubte.«

Er spürte, wie seine Brust feucht wurde. Elinors Tränen! Sanft streichelte er mit der linken Hand ihre Wange.

»Nun, nun«, sagte er tröstend.

»Hoffentlich kann ich mich so weit beherrschen, Jessica nicht doch noch zu hassen«, flüsterte Elinor.

»Du kannst gar nicht hassen«, erwiderte er. »Und darum möchte ich auch bald die Familie hier unter einem

Dach haben, damit wir alle miteinander die Dinge richtig begreifen.«

»Jessica ist für alle eine furchtbare Last gewesen«, sagte Elinor abschließend.

Er erinnerte sich des Augenblicks am Abend im Wohnzimmer, als es ihm wie ein Schleier von den Augen gefallen war und es in seiner Seele hell wurde. Und er dachte nach. Solche taghellen Minuten konnten natürlich nicht andauern. Aber er konnte sich ihrer erinnern, und er wollte in dem verstehenden Licht der Erinnerung leben.

»Ja, gewiß«, gab er zu. »Jessica ist eine Last gewesen. Unsere Schuld war, daß wir dauernd versucht haben, sie als Last hinzunehmen und zu tragen. Darin lag unser Fehler, daß wir sie nicht einfach ins Haus gelassen haben.«

»Wie konnten wir das? Sie war doch Berthas Kind!« sagte Elinor.

»Pst! Sag das nicht so, Liebste! Sie ist nur zufällig als Berthas Kind auf die Welt gekommen. Nun... jetzt ist es Peter, an den wir denken müssen. Für Peter ist es noch nicht zu spät.«

Und er wappnete sich für alles, was immer es sein mochte.